기다림과 머무름의 땅,
몽골

기다림과 머무름의 땅,
몽골

펴낸날 2025년 2월 21일

지은이 김종호
펴낸이 주계수 | **편집책임** 이슬기 | **꾸민이** 전은정

펴낸곳 밥북 | **출판등록** 제 2014-000085 호
주소 서울시 마포구 양화로 156 LG팰리스 917호
전화 02-6925-0370 | **팩스** 02-6925-0380
홈페이지 www.bobbook.co.kr | **이메일** bobbook@hanmail.net

© 김종호, 2025.
ISBN 979-11-7223-063-0 (03810)

기다림과 머무름의 땅,
몽골

—————————————————— 김종호

산책처럼 가벼운 여덟 날의 초록빛 여행

몽골 초원은

기다려야 더 풍요롭고,

머물려야 더 아름답고,

움직여야만 살아갈 수 있는 곳이다.

기다림은 살아내야 하는 것들이 살아가는 기본 방식이다.

머무름은 존재가 현실을 살아가는 모습이다.

몽골을 떠올릴 때면 칭기즈 칸, 기병(騎兵)과 함께 광활한 초원으로 쏟아지던 푸르른 빛이 선명하게 기억난다. 어느 세상 봄볕이 그처럼 환하고 따스할 수 있을까. 몽골을 생각하면 별이 빼곡한 밤하늘이 먼저 떠올랐다. 드넓은 사막과 초원, 그리고 끝없이 펼쳐진 지평선도 물론 떠올랐지만, 그 모든 것을 상상하면서 그 위를 뒤덮은 별천지의 하늘을 함께 떠올리지 않을 수 없다.

상상을 뛰어넘는 추위로 인해 겨울엔 몽골을 찾는 관광객이 드물지만 반짝하는 짧은 봄과 여름엔 여행자들로 넘쳐난다고 한다. 거기다 제주 올레가 몽골 초원에 떴다고 하니 안 가볼 수가 없었다. 제주는 불러보는 것만으로도 온몸이 푸르게 젖는 섬이다. 한라산과 크고 작은 오름들, 쪽빛 바다와 야자수를 품은 이 섬은 뭍과는 또 다른 경치를 보여준다. 제주만큼 사람의 마음을 들뜨게 만드는 곳이 또 있을까. 이 섬에 아름다운 길이 열렸다. 이름하여 '올레길'이다. 그리고 그 길은 일본과 몽골까지 이어지고 있다. 몽골에 열린 올레길은 어떤 모습으로 내 앞에 나타날까.

어떤 길이든 그 길에는 저마다의 고유한 시간과 분위기, 그리고 삶의 이야기가 스며있다. 몽골은 제주와는 다르게 '섬'도 아니고 '바다'와 접하지도 않은 '내륙'이다. 몽골에 열린 올레길은 광활한 초원 위에 있다. 다른 올레길보다 많은 기다림이 필요한 공간이다. 그래서 오래 머물러야 아름답다. 몽골에 열린 올레길은 층층이 쌓인 그 땅에서 살아온 유목민들의 삶의 흔적이다. 그 땅은 사람들이 기억하지 못하는 것까지도 촘촘히 기억한다. 그 안에 담긴 심층적 흔적을 보고, 듣고, 느끼면서 몽골 초원을 산책하고 싶다는 상상을 한다.

몽골에 열린 올레길은 제주올레 길과는 무엇이 다르고, 어떤 시간이 흐를까? 바다와 마을로 이어지는 제주올레 길과 초원과 마을로 이어지는 몽골올레 길의 만남은 어떤 조합으로 연결될까? 그 길에 어떤 삶의 이야기가 숨어있을까? 이런 상상은 나를 피곤하지 않고 유연하게 마음이 머물 수 있는 곳으로, 어딘가에 안식이 있고 쉴 수 있는 곳으로 데려다줄 것이라 믿는다.

대략 4시간 가까이 비행기를 타고 다다른 몽골 수도 울란바토르. 한국 사람과 닮아도 너무나 닮은 몽골 사람의 모습에 놀란다. 말을 하지 않으면 누가 한국 사람이고, 몽골 사람인지 구별이 힘들 정도였다. 그리고 처음 마주한 몽골 초원에서 쏟아지는 햇살과 깨끗하고 소박한 산천의 풍광을 보는 순간 다시 한번 놀란다. 몽골 풍경에 놀란 것은 그 풍경에 내재된 새로움 때문이리라.

거기다 몽골올레 길에서 만난 익숙한 듯한 낯섦은 늘 있는 곳에서 느끼는 그 어떤 것보다 광활했고 선명한 색깔을 갖는다. 그래서 오히려 위협적이다. 텅 빈 곳에 열린 몽골올레 길은 나에게는 외부와 다른 시간으로 넘어오는 시간의 문턱 같은 공간이고, 새로운 만남과 낯선 세상 속으로 들어가는 통로 같은 곳이 된다.

낯선 모습으로 뒤바뀐 몽골 초원의 풍경을 천천히 바라본다. 북쪽의 태양은 사뭇 부드러웠다. 연한 햇살이 푸른 초원 위에 희미하게 아롱지고 그 너머 언덕들은 어슴푸레 빛나고 있다. 그런 초원을 바라보는 순간 이국적인 산천 풍물들은 '다채로운 스펙트럼의 초록 빛깔, 텅 빈 곳, 고요한 하늘, 막힘이 없는 지평선, 움직임이 느껴지지 않는 광활한 산천, 유목민의 집 게르' 따위 수많은 요소들을 빚어낸다. 그리고 그 안에는 '기다림, 머무름, 넉넉함과 느긋함, 침묵, 자유, 그리고 안식' 따위 단어들을 동반했다.

몽골 초원에서는 시간이 흐르지 않는 듯했다. 이곳에서 시간은 느긋하게 머물고 있을 듯한 인상을 받았다. 이곳은 일상에서는 느낄 수 없는 낯선 공간에서의 설렘과 기대가 느껴지는 곳이다. 아무것도 하지 않아도 모든 것을 할 수 있을 것만 같은 그런 공간이다. 내 안의 시간, 오로지 나만의 시간을 살아냄으로써 시간의 굴레에서 벗어났다는 느낌을 주는 곳이다. 이것은 행복에 겨운 놀라움이고 해방감이다. 이럴 때면 자기 자신에 머문다는 것은 시간의 극복을 뜻하며, 우리가 측정할 수 있는 일상의 시간과 비교하면 또 다른 시간이 흐르는 듯했다. 그래서 몽골 초원은 다르게 아름답다.

유유자적 세상을 떠도는 여행자에게 다급한 사연이 있을 까닭이 없다. 그저 '이곳'을 즐기면 될 뿐이다. 그냥 '지금 이 시간'을 여행 친구들과 함께 충분한 만족과 기쁨을 느끼면 그뿐이다. 단순하게 나 자신을 둘러싼 것들에만 집중하며 오롯이 여물어가는 인생을 살 수 있다는 것. 마음의 새어나감 없이 자연스럽게 고요함과 충만함을 느낄 수 있다는 것. 이것이 내가 살아가고 싶은 꿈이고, 얻고 싶은 소소한 행복이다. 그런 여행자에게 두 팔을 벌려 무언가를 기다리게 하는 드문 체험을 제공하는 곳이 바로 몽골 초원이다.

몽골 초원에서 여덟 날 동안 머물면서 유목민들이 만끽하는 느긋함과 넉넉함을 책을 통해 배웠으면 한다. 광활한 초원에서 기다리는 동안 느린 시간이 우리 몸속으로 들어왔으면 좋겠다. 그러면 누구나 자기 시간의 주인이 되고 스스로 중요한 존재가 될 수 있을 것이다.

2024년 10월

도ㅇ가ㅇ 기ㅁ조ㅇ호

여행하는 시간이란
다른 세계에 자신의 일부를
조금씩 두고 오는 것이 아닐까.

문득문득
몽골 초원에 대한 그리움이 밀려오면
그런 생각을 하게 된다.

240km 50km 테를지

140km

첸헤르 엘승타사르해 ★ 울란바토르

100km 350km

하라호름

차례

여는 글   5

첫째 날

테를지 국립공원의 익숙한 듯한 낯섦

몽골 테를지 국립공원 가는 길   16

몽골의 성황당 '어워'   21

거북바위와 흔들바위   30

'아리야발 사원'   37

'바양 하드' 캠프   45

둘째 날

몽골올레 1코스 및 복드항산, 트레킹

'바양 하드' 캠프의 아침 풍경   56

몽골올레 1코스 트레킹   60

'복드항산' 정상 '체체궁' 가는 길   64

'헝허르' 마을 풍경   78

몽골의 저녁 식사 '허르헉'   88

몽골 초원에서의 둘째 날   91

셋째 날

몽골올레 2코스 및 '칭기스산' 트레킹

몽골 초원의 아침 풍경   96

몽골올레 2코스 트레킹   98

'칭기스산' 트레킹   105

몽골, 푸른 초원을 보다   112

몽골 초원에서의 하루가 또 저문다   117

넷째 날

천진 벌덕에 서 있는 칭기즈 칸

하늘엔 별, 땅에는 칭기즈 칸   124

내 생애 처음인 승마 체험   126

칭기즈 칸의 청동 기마상   132

울란바토르의 첫인상   142

자이승 승전기념탑   145

이태준 선생 기념공원   151

몽골의 삼보(三寶)   157

울란바토르에서의 저녁 풍경   162

몽골에서 길을 떠나는 일이란?   167

다섯째 날

몽골제국의 옛 수도 하라호름

몽골제국의 옛 수도 '하라호름'으로 가는 길   172

하라호름의 '에르덴 조' 사원   180

'이흐 몽골' 캠프 주변   188

오르혼 강가를 걸으면서   191

여섯째 날

쳉헤르 온천에서 동네 마실

'큰 나라 몽골'이라는 거대한 제국 지도   200

몽골 국기 문양인 황금색 '소욤보'   209

쳉헤르 온천을 향해 가는 길   211

'항가이 리조트' 캠프   217

부시 워킹(Bush walking)   221

쳉헤르 온천의 저녁 풍경   230

일곱째 날

엘승타사르해에서 저녁노을

엘승타사르해(미니 고비사막)으로 가는 길	236
나담 축제	241
'바양 고비' 캠프	250
미니 고비라는 '엘승타사르해'에서의 낙타 체험	258
샌드보딩 체험	266
엘승타사르해(미니 고비사막)의 저녁노을	271

여덟째 날

울란바토르 수흐바타르 광장 산책

'바양 고비' 캠프를 떠나는 날	280
울란바토르를 찾아가는 길	286
몽골국립박물관	291
수흐바타르 광장 산책	299
몽골에서의 마지막 시간	304

닫는 글	307

첫째 날

테를지 국립공원의

익숙한 듯한 낯섦

몽골 테를지 국립공원 가는 길

〰〰〰〰〰〰〰〰〰〰〰〰〰〰〰

　몽골의 초원은 '아득하게 너른 벌판'이다. 평범한 만남에서 느끼는 그 어떤 곳보다 낯설다. 처음에는 우아하고 세련된 아름다움을 지녔는가 싶더니, 바라볼수록 어딘지 모르게 서늘했고 위협적으로 다가온다. 몽골의 대지는 천 개의 봉우리들이 모여서 하나의 평원을 이룬 '광활하고 높은 곳'이다. 하늘에서는 빛이 내려오고 세상은 하나같이 초록빛으로 변해간다. 모든 빛을 집어삼키는 듯했다.

　끝없이 펼쳐진 초원을 지날 때마다 수천의 계곡과 기슭을 통과했다. 여러 겹이 층층이 쌓여 어디가 높고, 어디가 깊은지 분간할 수가 없다. 하지만 길 끝에 크고 낮은 언덕이 있었고, 언덕을 넘으면 어김없이 새로운 하늘이 열린다. 겹겹이 쌓인 언덕마다 하나의 하늘이 내려와 초원에 고요함을 가득 채운다.

　몽골 여행의 첫날. 인천에서 출발한 비행기가 몽골의 수도 울란바토르에 다다랐다. 이곳은 아직 어둠이 짙게 깔린 새벽 4시. 우리는 졸린 눈으로 현지 가이드의 안내를 받았다. 입구에서 기다리고 있던 7인승 승합차를 타고 어디론가 간다. 짙은 어둠 때문에 방향감각이 헝클어진다. 얼마쯤이나 달렸을까. 희미한 불빛이 멀리 보이기 시작했다. 아직은 차창 밖이 어두워 몽골의 참모습을 볼 수는 없지만, 나무울타리로 만들어진 도심 속의 아기자기한 마을과 크고 작은 게르들로 가득 채워진 초원이라는 공간을 상상했다. 우리들이 상상했던 몽골의 너른 초원이 어둠 속에서 살포시 다가오리라 생각했다. 크고 작은 상상은 끝없이 이어진다.

몽골은 한국을 '솔롱고스(Solongos)'라고 부른다. 1240년에 출간한 『몽골비사』에도 '솔롱가(Solonga)'로 기록되어 있다. '솔롱고스'라는 말은 '무지개'라는 의미의 몽골어 '솔롱고(Solongo)'에서 유래되었을 가능성이 크다. 오늘날 동몽골, 내몽고마르가, 훌룬부이르의 옛 조상들이 "우리는 만주에서 백두산까지 이동했다. 백두산 뒤에는 항상 무지개가 떠 있었고, 백두산 넘어 사는 국가는 곧 무지개의 나라이니 '솔롱고스'라고 부르노라"라고 했다고 전해진다.

일부 몽골 학자들은 한국의 전통 의복인 한복 저고리의 색동무늬를 마치 무지개의 모습을 하고 있다고 해서 무지개의 의미인 '솔롱고스'라고 부르게 되었다고 주장하기도 한다. 또 15~19세기 몽골 역사 기록에는 한국을 '흰색의 한국'으로 기술하고 있다. 목축이 주업인 몽골인들에게 흰색은 '투명, 선한 마음, 보름달, 올바름' 등과 같은 의미를 상징한다. 역사적 기록에 나타나는 몽골인의 한국에 대한 인식은 '긍정적이며 친근했다'라는 것을 알 수 있다.

멀리 희미한 불빛들이 반짝거린다. 화려하지는 않지만 수많은 불빛이 새로운 아침을 기다리고 있다. 은은한 어둠을 뚫고 공항을 지나 울란바토르 시내로 들어선다. 크고 작은 건물들이 실루엣처럼 다가온다. 그 가운데 선명한 모습을 드러내는 곳은 한적한 변두리에 위치한 몽골의 한인 식당이다. 이른 새벽인데도 너른 홀에는 한국인 여행자들로 가득 채워진다. 그 시간에 아침을 먹기 위해 식당을 찾아오는 여행자들의 모습이 하나도 낯설지 않았다.

몽골의 낯선 도시에서 식당 아주머니의 구수한 우리말 사투리가 홀 안에 울려 퍼진다. 순간 깜짝 놀랐다. 어느 시골의 한 식당에 온 느낌이다. 중년을 넘어선 주인아주머니의 구수한 사투리만큼 식당은 다정다감하고 깔끔했다. 우리가 자리에 앉자마자 기다렸다는 듯이 음식이 나오기 시작했다. 배추겉절이, 찐 달걀, 된장국, 쌀밥, 마른반찬 순으로 식탁 위에 가지런히 음식이 놓인다.

한국 음식이면서도 어딘가 조금은 낯설다. 몽골이라고 생각해서 그런가, 아니면 한국 음식을 몽골 재료로 만들어서 그런가, 마치 퓨전 음식처럼 느껴진다. 거기다 이른 새벽이라 그런지 입맛도 없다. 모두 가볍게 된장국에 안남미로 된 부슬부슬한 밥을 말아서 조금 먹고 자리를 뜬다. 아침을 드는 둥 마는 둥 하는 우리가 안쓰러웠는지 주인아주머니는 가는 길에 출출하면 먹으라고 우리가 남긴 찐 달걀과 그 외 겉절이김치, 마른반찬, 밥 등을 가득 싸준다. 몽골이라는 낯선 곳이지만 한국적인 정서를 느끼게 했다.

그러는 사이 몽골에서의 첫날이 시나브로 밝아온다. 식당 주변은 생각했던 것보다 환경이 열악하다. 도로는 파여 물이 고여 있고, 길은 포장보다 비포장이 더 많고, 주변의 집들은 옛날 모습 그대로다. 상상했던 몽골의 푸른 초원은 어디에도 흔적조차 찾을 수가 없다. 도시의 변두리는 여전히 냉전 시대의 오래전 모습을 그대로 간직하고 있는 듯했다.

여기에서 곧바로 '몽골 테를지 국립공원'으로 이동했다. 울란바토르에서 테를지 국립공원까지 대략 50km이고 약 1시간 정도 걸린다고 했다. 테를지 국립공원은 몽골에서는 보기 드물게 산과 초원과 강이 어우러진 아름다운 곳이고, 사회주의 시절부터 울란바토르 주민들의 휴양지로 널리 이용된 곳이다. 1990년대 이후 외국 관광객의 증가와 난개발로 인하여 많은 문제가 야기되고 있지만, 테를지 국립공원은 여전히 몽골의 대표적인 관광명소란다.

우리는 테를지 국립공원 안에 있는 '바양 하드' 캠프에서 삼 일 동안 머문다. 이곳은 외국인들도 불편 없이 지낼 수 있는 캠프란다. 여기에 머물면서 몽골 초원을 느긋하게 산책하고, 주변 야산은 부시 워킹도 할 것이고, 초원의 해 뜨는 모습과 지는 모습을 천천히 바라볼 것이다. 또 몽골올레 길을 걷고, 높은 산에도 오르고, 승마와 낙타 체험도 할 것이다. 그리고 몽골의 특식 '허르헉'과 '마유주'도 맛볼 것이다. 그런 상상만 해도 온몸이 찌릿했다. 그런 상상은 보통 이상으로 진하고 묵직한 즐거움을 불러온다.

도심에서 벗어나자 비로소 멀리 나무로 만든 울긋불긋한 울타리가 있는 작은 집이나 낮은 언덕 아래 하얀 게르들이 간간이 보였다. 한참을 달려 지나온 길을 뒤돌아보면 도시 전체가 마치 광활한 녹색 대지 위에 둥둥 떠 있는 것만 같은 착각에 빠져든다. 어느 순간 마법처럼 도심의 흔적은 사라지고 사방은 온통 푸른 초원으로 변했다. 우리들이 꿈꾸어 왔던 공간으로 순간 이동한 느낌이다. 칭기즈 칸과 그 병사들이 말 타고 달렸던 과거의 모습 그대로 몽골 초원은 내 눈앞에 그 모습을 드러냈다.

이제야 몽골 초원에 왔음을 실감한다. 원초적인 자연의 모습에 모두 환호했다. 승합차를 타고 달리고 또 달려도 사라지지 않는 초원의 푸름은 끝없이 이어진다. 마치 초록빛 환상 여행을 하는 듯한 착각에 빠져든다. 초원에 들어서는 순간부터 사유는 자유로워지고 감정은 풍부해진다. 초원의 빛이 가슴으로 한 아름 들어오자 모두 숨소리부터 달라진다. 몽골 초원에 닿으니 바람 냄새부터가 다르다. 막힘이 없는 대지는 너무도 고요했다. 심지어 너무 고요해서 두렵다는 생각이 들 정도였다.

몽골의 성황당 '어워'

~~~~~~~~~~~~~~~~~~~~~~~~~~~~~~~~~~~~~~~

새벽부터 비가 내렸다. 식당을 찾아가는 길에서도, 초원을 찾아가는 길목에서도 차창에는 빗방울이 맺혀 흘러내린다. 몽골의 지금은 우기라서 비가 간간이 내리는데 특히 올해는 제법 많이 내렸단다. 7월 지금 몽골의 날씨는 우리나라 5월의 날씨를 보이며, 비가 잦은 편이므로 우산이나 우비 등을 챙기셔서 이를 대비하라고 했다. 몽골 울란바토르의 8월 평균기온은 8℃~19℃로 우리나라 4월과 비슷한 온도를 보이고, 평균 일교차는 12℃로 큰 편이며, 평균 강수량은 60mm, 평균 강수일수는 4일로 적은 편이다.

우리나라 초봄의 날씨와 비슷하고 일교차가 큰 편이니 카디건과 바람막이 등으로 이에 대비하시길 바란다는 말도 들었다. 몽골 초원에 비가 내리니 여행은 쪼금 불편했다. 베일에 감추어진 초원 풍경은 침묵 속에 잠든다. 끝없이 넓고 소리마저 삼켜버린 산천 풍물은 우리를 깊은 상상 속에 빠져들게 했다. 그런 상상은 점점 신령스럽고 더 나아가 조금 두려워지기까지 했다.

몽골 초원에 첫발을 내딛다.

빗방울이 굵어지는가 싶더니 어느 사이 조금씩 가늘어진다. 몽골 초
원이 우리를 받아주겠다는 뜻인가. 이른 9시가 다 되어서야 비가 서서
히 그치기 시작했다. 비로소 몽골 초원을 두 발로 밟고 선다. 텅 비어있
는 낯선 곳을 천천히 걸으면서 초원의 공기를 만져보고, 깊이 마셔보고,
몽골 사람들이 신처럼 모시는 신성한 아버지 '멍케 텡그리(영원한 푸른
하늘)'를 쳐다본다. 텅 비어 있는데 가득 찬 하늘이다. 몽골 사람들은 늘
이런 풍경에 도취된 기분으로 살아갈까. 지극히 속된 일상까지도 놀라
운 신화로 변화시키고 마는 마법 같은 하늘. 사실 하늘의 표정은 곧 땅
의 표정이다. 그리고 땅의 표정은 곧 그 땅에 살아가는 유목민들의 표
정이 된다. 이들은 자기가 살아가는 흔적을 땅에 남긴다. 우리들은 몽

골 테를지 국립공원으로 가는 길목에서 그 흔적을 발견했다. 몽골 초원에 가면 어김없이 사방이 환히 보이는 언덕 위에 푸른 색깔의 천이 걸려 있다. 몽골은 어딜 가나 '오보(Ovoo)'를 만나게 된다. 몽골인들은 오보를 '어워'라고 부르는데, 어워를 돌 때는 시계 방향으로 세 바퀴를 돌아야 한다는 규칙이 있다. 이때 어워에 돌을 얹는데 이를 '더 한다'고 한다. 돌을 얹는 것이야 우리네 풍속과 다를 바 없지만, 반드시 한 바퀴에 차례대로 하나씩 얹는다는 점은 다른 것 같다. 작은 고갯마루에 우뚝 선 돌무더기 어워가 그것이다.

우리가 몽골에서 와서 처음으로 마주친 몽골만의 고유한 풍경이다. 중앙의 나무 기둥과 휘날리는 푸른 천 '하닥.' 그것을 둘러싼 넓고 높은 돌탑은 한국의 성황당(또는 서낭당), 티베트 타르초와 많이도 닮아있다. 몽골의 성황당 '어워.' 몽골 사람들이 살아가는 곳이라면 그 어느 곳이든 반드시 어워가 있다. 우리들도 이른 새벽 초원에 들어서자마자 처음 만난 것은 바로 어워였다.

우리를 환영하듯 여름비가 내리다가 멈추기를 반복한다. 어워는 돌멩이들을 마구 쌓아 올린 돌무지에 가깝다. 그것은 종교적인 심성을 예술로 정교하게 승화시킨 석탑이 아니라 태곳적부터 원초적인 신앙이 깃들어 있는 성황당이다. 그것은 날 것 그대로 자연과 하늘에 대한 두려움, 그리고 간절한 기원을 담고 있다.

몽골 어워에 얽힌 이야기도 전해져 온다. 한 부잣집에 양치기 소년이 살았다. 그는 어느 날 양 떼를 몰고 초원에 나갔다가 깜빡 잠이 들었다.

한 식경이나 지났을까. 어디서 늑대의 울음소리가 들렸고 양들이 헐떡이는 소리, 그리고 죽어가는 소리가 들렸다. 늑대의 습격을 받은 양들은 몸이 상하거나 대부분 죽어 있었다. 잠깐 눈을 감고 뜬 사이에 양들이 죽어간 것이다. 소년은 죄책감을 이기지 못하고 나무에 목을 맸다. 이후 소년의 몸에서 흘러나온 영혼은 초원으로 스며들어 양들을 지키는 정령이 되었다고 한다. 소년이 죽은 자리에 사람들은 돌로 무덤을 쌓고 버드나무 가지를 꽂아 그 소년의 넋을 기렸는데 그것이 어워의 전설이라고 한다.

어워는 유목민들의 마음 하나하나가 모인 신성한 장소다. 먼 길을 떠나는 여행객들과 전장에 출정하는 병사들이 살아서 돌아오길 바라며, 아낙네와 자식들도 가족의 무사 귀환을 바라며 버드나무가 꽂힌 어워에 돌멩이를 얹는다. 머무르는 자의 불안도 있겠지만 떠나는 자의 공포는 더욱 클 것이다. 어워에 비는 것은 공포와 불안을 덮는 자기 위안이다. 그렇게 세월이 쌓이면 땅이 하늘에 닿는 기도처가 된다. 소박한 기도처가 쌓이고 쌓여 그들만의 신앙이 된다.

몽골인은 하늘 그 자체가 초월적인 힘, 즉 신성을 가지는 것으로 여긴다. 또한 몽골인은 모든 사물에 정령이 깃들어 있다고 생각한다. 나무, 바위, 산 등에 정령이 있어 그의 심기를 거슬리면 해를 입는다고 생각한다. 커다란 바위에는 땅을 지키는 신이, 난로에는 불을 지키는 신이, 가옥에는 집터를 지키는 지신 즉 터줏대감이 그리고 아이를 지키고 점지해주는 삼신이 있다고 믿는다.

테를지 국립공원 가는 길에 처음 만난 '어워' 앞에서.

몽골의 거친 자연환경은 하루에도 몇 번씩 몽골인의 생명을 위협하기 일쑤이다. 느닷없이 회오리바람이 불어와 풀을 뜯던 양을 날려버리기도 하고 게르를 흔적도 없이 부숴놓기도 한다. 또한 곰이 쳐들어와 가축을 잡아가고, 길 가던 나그네를 해치기도 한다. 종족 간의 갈등이 심했을 때는 초원의 주인이 아침저녁으로 바뀐 적도 있었다. 이런 상황에서 그들이 영원히 기댈 수 있었던 곳은 신뿐이었다.

어워를 보면 우선 눈에 띄는 것이 푸른색 천이다. 어워에는 주로 신성함의 상징인 흰색과 하늘을 뜻하는 푸른색 천을 쓴다. 푸른 천을 통해 하늘에 닿으려는 고독하고 불안한 인간의 갈망이 드러난다. 성 베드로 성당에서 두 손 모아 기도하나, 우리 어머니들이 물 한 그릇을 떠 놓고 기도하나 간절한 마음은 매한가지다. 그런 기도나 정화수가 모이고 모인 게 유목민의 어워이고, 모든 종교의 신앙이 아닐까?

돌무더기 한가운데 신목이 서 있다. 대개 그것은 버드나무라고 했다. 버드나무는 물과 생명을 상징한다. 만주 지역을 비롯한 북방의 유목민들에게는 버드나무를 숭배하는 사상이 있다고 한다. 버드나무는 장형 즉 곤장을 치던 나무이다. 동양의 버드나무에만 형벌의 의미가 담겨있는 것은 아니다. 그리스도의 십자가도 버드나무로 만들었다고 들었다. 또한 버드나무는 이승과 저승을 연결하는 나무이다. 염을 하는 수저도 버드나무로 만들고, 그리스 신화의 뱃사공도 버드나무 노를 젓는다. 망자가 강물 한 모금 마시면 과거의 모든 기억이 깨끗이 지워지고 전생의 번뇌를 잊게 된다는 '레테의 강'을 건너는 도구도 버드나무라고 했다.

몽골 사람들은 어워를 그냥 지나치는 법이 없다. 그 의식이 낮 길엔 사고의 불안을 달래주고, 밤길엔 괜한 무서움을 쫓아준다. 몽골 초원은 어디나 자연뿐이다. 인적이 드물고, 죽어서도 무덤을 남기지 않는 유목민의 초원에서 어워는 인간의 체취를 느낄 수 있는 유일한 건축물이라 해도 과언이 아니다.

어워는 고독한 인간에게 알려준다. 너는 인간이다. 이웃이 있다. 어워에는 기원이 없다. 다만 슬픈 전설만 전해져 내려올 뿐이다. 누구든, 무엇이든 만들면 생성되고 성장한다. 시간이 기원이다. 세상을 살면서 쌓고 쌓은 모든 것, 우리가 '업'이라 부르는 것들이 현재와 과거와 미래를 품은 채 돌아난다. 그렇게 어워는 인간의 마음이 하늘로 올라가는 자리가 된다.

처음 마주친 돌무지 어워는 제법 높고 크다. 돌탑이 높게 쌓여 있는 것으로 세월의 무게가 느껴진다. 그만큼 오래된 원시적인 신앙의 장소이다. 그래서 그런지 그 앞에만 서면 왠지 몸가짐이 엄숙해진다. 우리가 교회, 절, 성당이나 모스크에 들어갈 때의 성스러운 그런 느낌이랄까. 다른 점이 있다면 이곳은 그리스 신전처럼, 아니면 일본의 신사나 우리나라 성황당처럼 왠지 성스러운 느낌보다는 신령스러움이 더 많이 느껴진다. 문명 세계의 정제된 신앙의 공간이라기보다는 원초적인 신앙의 공간 같은 그런 느낌이 든다. 우리는 어워 주변을 천천히 한 바퀴 돌고, 돌을 하나 얹고, 각자 작은 소원 하나씩 빌었다. 소원이 이루어질 것만 같은 밝은 기운이 느껴진다.

몽골 초원의 첫 느낌은 너무도 강렬했다. 몽골 초원은 누군가의 손길에 잘 다듬어진 정원처럼 보였다. 너른 정원에는 나무 한 그루, 웃자란 풀 한 포기 보이지 않았다. 초원의 표정은 맑고 푸르렀으며, 빛깔은 정갈하고 곱다. 마치 우리 동네 18홀이 넘는 골프장을 연상시킨다. 몽골 초원은 그곳에 오래 머물면 머물수록 다채롭고 풍성한 자신의 민얼굴을 보여 줄 것만 같았다.

낮은 언덕에는 유목민들의 집인 게르 한 채가 덩그러니 놓여 있다. 그 언덕 너머에는 여행자들의 숙소인 듯한 게르나 펜션 같은 건물들만 듬성듬성 보일 뿐이다. 대부분 그 너른 초원은 텅 비어있다. 몽골 초원에 외로이 서 있는 게르에서 내가 본 것은 도피가 아니라 포기하지 않는 기

몽골 초원에 외로이 서 있는 게르

다림이다. 몽골 초원은 어디를 보나 무언가로 채워지는 공간이라기보다는 무언가를 끊임없이 비워내고 있는 공간이라는 느낌이 더 강했다. 이런 풍경이 몽골 초원에서 첫인상이다.

드넓은 몽골 초원에 홀로 서 있는 게르가 있는 풍경은 바라볼수록 새롭고 신선했다. 왠지 외로운 것 같지만 외롭지 않은 누군가를 얌전하게 기다리는 '주제넘은' 풍경이다. 몽골 초원은 있는 그대로 존재하기에 더 아름다운지도 모르겠다. 무언가 인위적인 것으로 덧칠하지 않아도 몽골의 자연은 그 자체만으로도 아름답다. 자연이 주는 풍경에는 조급함이나 낡음이 없다. 모든 것이 넉넉하고 느긋했다. 그리고 신선해서 보기에 좋았다. 어쩌면 진정한 행복의 근원은 마음에 와닿는 풍경, 그리고 순백한 자연이 주는 풍경에 있는 것이 아닐까 싶다.

거북바위와 흔들바위

여행 친구들과 거북바위 앞에서

'몽골 테를지 국립공원'은 몽골 최고의 휴양지로, 울란바토르 시내에서 차로 약 한 시간 반이 소요된다. 산으로 둘러싸인 계곡과 기암괴석, 숲, 초원, 국립공원을 가로지르는 툴강(Tuul River)이 조화롭게 어우러져 장관을 이룬다. 이곳은 여름철에는 각종 야생화가 만발하는 몽골 최고의 관광지라고 한다. 이곳에서는 야생화 트레킹, 테를지 최고의 명소 거북바위 관람 등을 할 수 있다고 한다.

몽골 테를지 국립공원을 관통하는 톨강은 셀렝게(Selenge)를 지나 러시아의 바이칼호수(Lake Baikal)로 이어진다는 안내문은 내 마음을 들뜨게 했다. 바이칼호수는 생각만 해도 가슴을 뛰게 했다. 오래전에 여행 친구들과 이르쿠츠크로 해서 다녀온 바이칼 트레킹은 그만큼 좋은 추억이 새겨진 공간이었기 때문이다.

가이드는 몽골 테를지 국립공원 안에 있는 '바양 하드' 캠프로 바로 가기에는 시간이 조금 이르단다. 그래서 몽골 테를지 국립공원 안에서 관광 명소라고 알려진 '거북바위, 흔들바위, 그리고 아리야발 사원'에 들렀다 가자고 했다. 특히 거북바위는 대로변에 있어 몽골 테를지 국립공원의 랜드마크로 알려져 있다. 가는 길에서 왼쪽으로 조금 들어가면 거대한 바위가 나타난다.

이슬비가 간간이 대지를 적신다. 시간이 흐르면서 빗방울은 조금씩 가늘어진다. 이내 하늘이 밝아진다. 대지는 촉촉하고 초원은 싱그럽다. 거북바위는 거북이 형상을 가진 단일 바위로는 꽤 큼직했다. 가까이 다가갈수록 높이와 크기가 우리들의 상상을 초월했다. 거북바위는 산줄기에서 조금 떨어진 초원 한가운데 우뚝 서 있다. 어떤 연유에서 이곳에 홀로 서 있게 되었을까.

낯선 공간에서는 보이는 것마다 신기가 감돈다. 보는 각도에 따라, 거리에 따라 바위의 형상은 다양하게 보였다. 적당한 거리와 각도에서 보면 나이가 수천 년은 족히 넘을 것 같다. 바위 표면에 보이는 수많은 갈라짐과 벗겨짐, 그리고 촘촘한 주름들이 그것을 증명하고 있다. 마치 알을 낳기 위해 해변에서 올라온 커다랗고 늙은 거북처럼 수많은 세월의 흔적을 보는 듯했다. 등껍질에 새겨진 검은 점들, 다리와 목에 문신처럼 새겨진 주름들, 그리고 얼굴에 새겨진 버짐과 연륜의 크고 작은 흔적들이 거북바위에서도 보였다.

마지막 고향으로 향하는 늙은 거북처럼 보인다. 거북바위는 어디를 향해서 가고 싶은 것일까. 그리고 언제쯤 자신이 그리워하는 고향에 다다를까. 마치 몽골의 과거와 현재 그리고 미래를 보는 듯했다. 느리지만 천천히 언젠가는 칭기즈 칸이 꿈꾸었던 세상에 이를 것이라고 말하는 듯했다. 만약 칭기즈 칸이 부활한다면 몽골에 어떤 세상을 이루고 싶을까.

몽골 초원은 모두 '낯섦'으로 채워진다. 그 '낯섦'을 오래오래 기억하고 싶어 보고 또 본다. 거북바위 뒤로는 거칠고 마른 산줄기가 길게 뻗어 있다. 거북바위뿐만 아니라 몽골의 산들은 무언가를, 누군가를 기다리고 있는 것만 같았다. 왠지 외로워 보였다. 온통 살은 갈라지고, 겹치고, 쪼개지면서 생겨난 수많은 주름을 통해 기다림의 무게가 느껴진다. 기다림은 외로움을 수반한다. 몽골의 산은 기다림에서 오는 그런 외로움이 몸에 배어있는 듯했다. 거북바위 옆에 있던 선물 가게인 게르에도 들렀다. 우리나라 같으면 관광지의 기념품 가게 같은 곳이다. 그곳에는 소박하지만 온통 칭기즈 칸, 마두금, 그리고 양털과 관련된 낯선 물건으로 가득했다. 몽골 초원에서는 가장 중요한 물건들이란다. 모든 것이 몽골과의 첫 대면이다.

누군가 가이드에게 "거북바위를 오를 수 없을까?" 하고 물었다. 가이드의 대답은 평소에는 거북바위에 올라갈 수는 있지만, 오늘은 비가 와서 미끄럽단다. 그래서 정상에는 올라갈 수는 없지만 아래 동굴에는 들어갈 수 있단다. 그 말을 듣고 모두 호기심에 거북바위의 단단한 등껍질 아래에 작은 통로를 통해 몸 안으로 천천히 들어갔다. 그곳은 거북의 심장 같은 곳인데 훈훈했다. 입구에 서 있던 한 그루 자작나무도 인상적이다. 마치 거북바위를 지키는 수문장처럼 늠름했다.

거북바위 주변 초원에는 앙증맞고 선명한 빛깔의 야생화들이 하나둘씩 피어나고 있다. 파란, 분홍, 하얀 빛깔로 세상을 향해 고개를 내민다. 자신의 존재를 알리고 싶다는 듯이 당당한 자태와 화사한 빛깔이 유난히 눈에 띈다. 비록 체구는 작았지만 빛깔은 작은 거인처럼 짙다. 아직 온기가 남아있는 거북의 심장에서, 우유 빛깔의 자작나무에서, 은은한 야생화의 선명한 빛깔에서 몽골의 오래된 희망을 보는 듯했다.

두 번째로 만난 바위는 흔들바위다. 비스듬한 마당바위 한가운데 둥그런 흔들바위가 살짝 걸쳐있다. 손만 되면 금방이라도 굴러 내려갈 것만 같았다. 하지만 아무리 밀어 봐도 꿈쩍하지 않았다. 자연의 힘은 인간의 상상을 초월한다. 그곳에서 잠시 쉬어가면서 술 한 잔 아니할 수 없었다. 먼저 한 잔 가득 채워 '고시레'하면서 몽골 초원에 바친다. 몽골 여행 내내 모두 건강하고 무탈하기를 비는 마음이다. 몽골에도 우리의 '고시레'와 비슷한 풍습이 있다고 한다. "초원에서는 오른손 4번째 손가락 약지를 이용해서 첫 잔을 마시기 전에 세 번 술 방울을 튕긴다"라고 했다.

가이드의 말속에서 멀게만 느껴졌던 몽골이 가깝게 다가온다. 먼 과거에는 가까운 이웃이 아니었을까. 비록 생존을 위해 부족끼리 끊임없이 다투고 싸우기는 했겠지만 풍족할 때 가까운 이웃으로 지냈을지도 모르는 일이다. 어떤 연구에 의하면 사람의 유전자는 90% 이상이 서로 섞였다고 하지 않던가. 아시아 대륙에는 수많은 부족이 살았을 것이고, 그들은 서로 헤어지고 합쳐지기를 수없이 반복하면서 이어져 왔을 것이다. 유전자뿐만 아니라 많은 관습이나 문화는 새로 창조한 것이 아니라 오고 가는 발자국을 통해서 전달되고 계승 발전되어 왔다는 것이다.

흔들바위가 매달려 있는 너른 마당바위에 올라 앞산의 모양을 둘러본다. 주름진 산의 풍경은 유난히 까칠했다. 산 아래 전나무들이 듬성듬성 보이고 그 사이로 오솔길도 보였다. 몽골 초원은 어디를 가나 깊은 숲은 이루지는 못하고 있는 듯했다. 주위를 둘러봐도 잡목이라곤 거의 없다. 날씨와 기후라는 환경 때문이리라.

몽골 초원에 이슬비가 개고 날이 맑아진다. 탁 트인 시야가 뭔가 개운해지는 느낌이다. 그래서 승합차로 이동하는 것을 멈추고, 바로 '아리야발 사원'까지 걸어가 보기로 했다. 비록 멀지 않은 이동 거리지만 그 안에서 몽골 초원의 속살을 볼 수 있을 것 같았다. 우리는 걷는 것을 모두 좋아하고 그런 여행을 즐기는 편이다. 아래쪽 편편한 초원 위에는 시골 마을을 연상케 할 만큼의 큼직한 게르 마을이 형성되어 있었다. 하지만 우리 같은 여행자들이 계속 밀려온다면 앞으로 초원 위에는 게르나 펜션이 계속 설치될 것이다. 아직은 듬성듬성 설치되어 있어서 보기에 괜찮았지만 언제까지 초원을 지킬 수 있을까. 자본의 위력 앞에 몽골 초원도 허무하게 무너지는 것은 아닐는지.

흔들바위

몽골 초원은 아직 지구상에 몇 안 되는 살아 숨 쉬는 싱싱한 허파 같은 공간이다. 하지만 지구도 힘들면 화를 낸다. 물만 화를 내는 게 아니라 가뭄과 추위도 화를 낸다. 그것은 스스로를 지키려는 자연의 노력이다. 대지를 정화하고, 사막화를 막으며, 지상의 생명체들로 하여금 새로운 내성을 갖도록 촉구한다. 인간은 문명을 강화하여 그런 시련과 대면하지 않으려고 애쓰지만 자연재해는 피할 수 없다. 많은 폭염과 한파, 가뭄과 홍수, 해일과 지진 등이 인간에 대한 자연의 경고 같은 것이 아닌가 싶다.

우리 옆에는 아이들과 함께 여행 온 몽골 가족도 보였다. 초원에 여행자들이 찾아오는 것은 막을 수 없겠지만, 초원을 지키고 가꾸는 것은 몽골 사람뿐만 아니라 우리 모두의 몫이다. 오래도록 몽골 초원이 마지막 지구의 희망으로 남아있기를 간절히 바랄 뿐이다.

'아리야발 사원'

〜〜〜〜〜〜〜〜〜〜〜〜〜〜〜〜〜〜〜〜〜〜〜〜〜〜

몽골 초원과 더 가까이 마주하고 싶어서 '새벽 사원'으로 불리며, 테를지 국립공원 전체를 조망할 수 있는 '아리야발(Ariyaval) 라마사원' 앞까지 천천히 걸었다. 오락가락하던 이슬비가 완전히 그치자 햇살은 투명했고 시야가 넓어진다. 이곳에서 새로운 시간을 경험한다. 시간의 구속에서 벗어나니 자유롭다. 여기서는 보이는 사물마다 왠지 모르게 평온했다. 그런대로 주변 환경이 깨끗했고 어느 곳이든 신선했다. 아직은 때 묻지 않는 자연 때문이리라.

하늘이 맑아지자 푸른 하늘은 제 모습을 드러낸다. 몽골 초원은 바라볼수록 자연을 향해서 또 다른 눈을 뜨는 것 같다. 자연은 스스로 만족함을 아는데, 소멸할 때까지 그냥 앉아있고 싶어 하는데 인간이 놓아주질 않는다. 자연에게 인간이 굳이 필요할까. 오솔길을 따라 한 걸음씩 앞으로 내딛는다. 작은 게르 유목민 마을도 지나고, 작은 개울도 건너고, 야트막한 산 능선을 넘어서면 산 중턱에 위치한 아담한 라마불교 사원인 '아리야발 사원'이 나타난다.

'아리야발 사원' 일주문 앞에서

　우리들의 발걸음은 참선하는 마음으로 아리야발 사원을 향해서 부지런히 움직였다. 울창한 숲길이라기보다는 가로수가 심어져 있는 오솔길 같은 느낌이다. 낮은 오르막길을 따라 초원을 천천히 걸어 일주문 앞에 이른다. 일주문은 상상했던 것만큼 웅장하지도 화려하지도 않았다. 일주문은 검소하고 조촐했으나, 함부로 가까이 다가갈 수 없는 기품이 서려 있는 듯했다. 몽골의 아픈 역사와 고통의 무게가 느껴지는 공간이다. 입구에 그려진 4대 천왕도 한국 사원처럼 '얼굴은 우락부락하고, 인상은 험상궂고, 손에는 커다란 무기를 들고 있는 모습에 비해 오싹하지도 않았고 오히려 부드럽고 온화한 모습이다. 일주문에서 사원까지 이어지는 거리는 꽤 멀다.

'아리야발 사원' 가는 길

완만한 오르막길을 따라 불경을 담은 경판이 쭉 세워져 있다. 모두 마음을 가다듬고 부처님 말씀을 음미하면서 천국 문을 통과했다.

천국 문을 통과하여 출렁다리인 '피안(彼岸)의 다리'를 건너면 사원을 오르는 길고 가파른 계단이 나타난다. 인간이 지닌 백여덟 가지의 번뇌를 상징하는 108개의 계단이란다. 그 계단의 끝자락에 아리야발 사원이 있다고 했다. 중생의 백팔번뇌(百八煩惱)를 의미하는 108개의 계단을 천천히 올라 드디어 관음보살을 모시는 사원의 내실 불상 앞에 선다. 모두 합장하고 작은 소원 하나씩 빌었다. 한때는 수천 명의 스님이 수행하던 곳이란다. 하지만 지금은 관광객의 발길만 잦다고 했다. 오늘도 유난히 길고 가파른 108개의 계단을 통해 여행자들의 발길이 이어지고 있었다.

가이드가 말하기를 "피안의 다리는 깊은 계곡도 아니고, 길이가 길지도 않지만, 이 출렁다리는 속세에서 저 너머 피안으로 넘어가는 삶과 죽음을 의미하는 것으로 죄지은 자는 이 다리를 넘지 못한다는 죄에 대한 경각심을 갖게 하려고 만든 다리"라고 설명했다. 이어 "아리야발 사원은 부처님이 타고 다니셨다고 전해지는 코끼리를 형상화하여 건립한 사원이다. 새벽 사원이라는 별칭도 갖고 있다. 본당으로 올라가는 계단의 수는 정확히 108개이고, 본당 바닥은 해발 1,665m이다. 본당은 코끼리의 머리에 해당하고 아래로 늘어진 108의 계단은 코끼리의 코에 해당한다. 좌측으로 올라가는 길에는 불경의 좋은 말씀을 담은 경판이 길 따라 쭉 세워져 있다. 외국인들의 편의를 위해서 몽골의 키릴문자 위에 영어로도 표기를 해 놓았다. 이곳은 러시아 군정 때 불교 탄압으로 많은 사찰이 사라져서 몽골에 몇 남지 않은 사원 중 하나이다"라고 했다.

가이드 말을 듣고 108개의 계단을 오르기 전에 사원을 올려다본다. 계단과 사원이 코끼리 형상을 닮은 것도 같다. 기도하는 마음으로 한 계단 한 계단 올라간다. 그리고 마지막 계단에 서서 아래 낯선 세상을 내려다본다. 몽골의 산야가 보이고 아스라이 거북바위가 보였다. 아리야발 사원은 병풍처럼 주변의 산봉우리로 둘러싸고 있고 그 가운데에 아늑하

천국 문, '피안의 다리'와 '아리야발 사원'

게 자리하고 있다. 우리말로 하면 '명당' 같은 곳이다. 우리나라 대부분의 절이 그 산에서 가장 좋은 자리에 세운 이치와 비슷했다.

몽골 테를지 국립공원은 이곳의 정기(精氣)가 영험하여 '신산(神山)'이라고 부르기도 한다는데, 그중에서도 아리야발 사원의 터는 정령의 에너지가 가장 강한 곳이라 한다. 몽골의 사원 중 에너지가 많이 모이는 곳으로 꼽히는 아리야발 라마사원은 현재 몽골에서 제일 오래된 사원이라고 한다.

몽골은 사회주의 정권이 수립되면서 불교 탄압이 시작되었다. 이에 따라 아리야발 라마사원을 제외한 많은 사원은 불태워지고, 많은 수의 승려들은 불교 탄압으로 인해 죽거나 혹은 쫓겨났다. 지금은 몇몇 승려들만이 돌아가며 그곳을 지키고 있다고 했다. 언젠가는 그들의 성지였으며 과거의 영광인 이곳이 다시 번성하여 후대에까지 전해지기를 바란다.

아리야발 라마사원을 올라가는 길가에는 경전을 영어와 몽골의 키릴 문자로 적어 놓은 게시판이 줄줄이 세워져 있었고, 우측으로 꺾어진 모퉁이에는 마니 휠(Mani wheel)이 있는 조그만 정자가 있다. 마니 휠 겉면에는 '옴마니밧메훔(라마교 신자가 외는 주문)'이 있고 안에는 경전이 있어 그것을 한 번 돌리면 그 경전을 한 번 외는 것과 같다고 믿는다. 글을 모르는 사람도 있고, 시간이 없는 사람도 있어 한 번 돌리고 경전을 한 번 외우는 셈 치는 스스로 만족과 위안의 수단이라 여겨진단다. '만트라(Mantra)'라는 말은 기도나 명상을 할 때 외는 주문을 말한다. '옴마니밧메훔'을 108번 암송하면 생사해탈(生死解脫)의 길을 얻는다고 했다.

몽골은 13세기 원나라 세조에 의해 라마불교가 국교로 공인된 이래 현재 몽골인의 대부분이 티베트불교와 샤머니즘이 결합한 형태의 몽골 라마불교를 믿는다. 라마불교는 티베트에서 동방으로 전파된 불교의 일파로서 승려인 라마(Lama)를 삼보(三寶: 佛寶, 法寶, 僧寶)보다 더 숭배하는데, 그 라마 가운데 달라이라마(Dalai Lama)가 최고의 라마가 된다. 이 때문에 라마 중은 비상한 권력을 갖게 되고, 이 권력이 성적 향락을 중요시하는 일부 밀교의 폐풍과 결합하여 라마불교의 심한 부패, 타락을 가져온 역사도 있단다.

'달라이'는 몽골어로 '큰 바다', '라마'는 산스크리트어로 '구루(guru)', 즉 스승을 일컫는 단어다. 원래는 승려 중에서 전생을 기억할 정도의 뛰어난 수행력을 가진 대덕고승(大德高僧)에 대한 존칭이다. 우리가 방문했던 사원은 영문으로는 'Aryapala Temple'로 되어 있으나 외래어 표기법이 통일되어 있지 않아 대개 '아리아발, 아리야발, 아랴발'의 3가지로 나뉘는데, 여기서는 '아리야발 사원'으로 기록했다. 티베트불교는 티베트를 중심으로 중국, 인도, 몽골, 만주의 일부 지방에서 믿는 대승불교의 한 종파이다.

'아리야발 사원'을 쭉 둘러보고, 마니 휠도 돌려보고, '옴마니밧메훔'이라는 주문도 외우면서 작은 소원도 하나 빌었다. 우리는 다시 108개의 계단을 내려와 사원 입구에서 전나무 숲길을 따라 내려간다. 저만치 승합차가 우리를 기다리고 있다.

'아리야발 라마사원' 외부와 내부

'바양 하드' 캠프

~~~~~~~~~~~~~~~~~~~~~~~~~~~~~~~~~~~~~~

　몽골 테를지 국립공원의 푸른 초원을 따라 '바양 하드' 캠프로 가는 길은 미세한 바람에도 '청아한 풍경소리'가 들릴 것만 같은 단아한 풍경을 보여준다. 몽골 초원은 언제, 어느 때 보아도 신선했다. 어디를 보아도 잔잔했고 정갈한 느낌을 준다. 능선에서 능선으로 이어지는 연두 빛깔의 어울림은 우리들의 몸과 마음을 정화해 주는 듯했다. 몽골 초원은 어디를 보아도 싫증이 나지 않았고 언제 보아도 한결같은 편안함을 주는 공간이다. 몽골 초원의 모습은 당당하면서도 거만하지 않았고, 겸손하면서도 비굴하지 않았다. 과연 몽골 초원은 은퇴 여행자인 나에게 머무르는 법을 가르쳐주고, 나를 기다림으로부터 자유롭게 해 줄 수 있을까.

　몽골 초원을 바라보면서 크고 너름에 감탄하고, 깊고 깊은 고요함에 두려웠고, 간간이 보이는 초원 위에 하얀 몽골식 가옥인 게르를 보면 정겨웠다. 바양 하드 캠프에 다다랐다. 캠프에 종사하는 사람들이 모두 나와서 우릴 반긴다. '여행객을 위한 조촐한 환영 행사'라고 했다. 낯선 풍경에 잠시 어리둥절했다. 그중 인상적인 것은 몽골 복장을 한 소녀가 몽골에서 신성시하는 푸른 천, '하닥'(몽골에서는 특별한 행사에 사용하거나 경사스러운 날, 귀한 분이나 웃어른께 바치는 천)을 양팔에 두르고 가장 앞에 나서서 우유로 만든 전통 과자를 하나씩 나눠줬다.

각설탕 크기의 과자 한 개를 입에 넣자 우유 특유의 향이 입안에 퍼진다. 우리만을 위한 뜻밖의 환대인가 했더니 몽골에서는 자신의 게르를 찾아오는 손님에게는 누구에게나 이런 행사를 하는 것이 일상이란다. 몽골처럼 낯선 이방인을 이렇게 환영하는 나라는 아마도 드물 것이다. 몽골 사람들은 자신의 초지(草地)를 방문한 사람들에게 대가 없이 게르를 내어주고 음식을 대접한다고 했다.

가이드 말을 빌리면, 거대하고 광활한 초지에서는 누구든 길을 잃거나 허기와 추위 그리고 맹수의 위협에 처할 수 있다. 그들을 돕지 않으면 그 사람이 또 다른 게르를 찾다가 죽을 수도 있다. 또한 자신도 그런 위기에 처할 수 있다는 것을 알기에 자기 게르를 찾아온 사람들에게 기꺼이 먹을 것을 내어주고 재워준다고 했다.

몽골 사람들은 손님이 행운을 가져다준다고 믿는다. 이것은 외지인들을 통해서 새로운 정보를 듣고, 바깥세상엔 어떤 일이 있는지 알 수 있는 실용적인 측면도 있기 때문이다. 초원에서 말, 양, 소, 염소 따위를 키우며 살아가는 몽골 사람들에게는 넓은 초원에서 사람을 만난다는 게 참으로 드문 일이긴 할 것 같다. 넓은 초원에서 사람과 사람의 만남이 힘들어서 그런 풍습이 생겼나 보다. 넓은 초원에서 게르의 발견은 그들의 생명과 직결된다는 것이다.

바양 하드 캠프 주변 산천 풍경이 아주 낯설었다. 이곳저곳 돌아다니며 초원의 낯섦과 마주하고, 캠프 주변을 자유롭게 산책하면서 초원의 생소함을 익혀갈 것이다. 기다림의 시간이 흘러가면 초원은 우리에게 친숙한 공간으로 서서히 변해갈 것이다. 우리는 게르 28호(5인실)에 배정되었다. 초원 속의 집 같은 게르 생활은 처음이다. 게르에 들어와 짐을 푼다. 게르는 번잡함보다는 간결함이 깃들어 있는 풍경이다. 있음보다는 없음이라는 말이 더 어울리는 공간이다. 낯선 공간구조와 익숙하지 않은 냄새가 조금 불편했지만 머물다 보면 차츰 적응해 갈 것이다.

'바양 하드' 캠프 전경(全景)

어럴저뜨의『몽골 인 몽골리아』에서 몽골의 주거 형태인 게르에 대해 한 마디로 '하늘과 인생의 축소판 게르'라고 표현하고 있다. 책에 게르에 대한 설명이 나오는데 "게르는 몽골 민족의 전통 가옥 형태로 현재도 몽골 국민의 70%, 수도 울란바토르 주민의 약 40%가 게르에서 생활하고 있다. 우리에게는 영어의 '유르트'로 소개된 집이다. 몽골인은 기후 여건에 따라 자주 이사하므로 이동이 간편하고 보온이 잘 되는 게르를 주거로 이용해 왔다. 게르는 새로 짓거나 다시 조립하는 데 길어야 세 시간을 넘지 않는 다. 이처럼 게르는 영구성이나 외적으로부터의 보호기능보다 일시적인 추위와 햇빛, 그리고 바람으로부터 차단하는 차양 목적으로 지었다.

초기 게르는 3~4명이 한 공간에서 보낼 수 있도록 고안된 임시 거처 였다. 이보다 앞서서는 풀로 만든 주머니 속에서 살았다.『몽골비사』에 보면 칭기즈 칸의 선조였던 보돈차르는 풀주머니에서 살면서 적이 나타나면 언제든지 맞서 싸웠다고 한다. 그러다 양털을 사용하는 반영구적인 게르가 등장했다. 이처럼 몽골인의 모든 생활은 전쟁과 연결된 비상체제로 보면 이해가 쉽다. 게르가 실생활에 사용되기 시작한 것은 오래되지 않았다. 기록에 따르면 게르는 주로 전쟁 중에 사용되었다고 한다. 기동성에만 초점을 맞춘 거처로 전장에서는 밝은색의 천 대신 두껍고 튼튼한 직물로 방한을 했다.

게르는 몽골인의 심오한 사상을 담고 있다. 자연과 한 몸이라고 믿는 몽골인은 게르의 부품 하나하나마다 독특한 의미를 부여했다. 게르는 하늘과 인간을 잇는 유일한 통로이며 미래의 길흉화복(吉凶禍福)을 보장하는 신성한 물건이다. 몽골인은 세상에서 하늘과 인간이 사는 집을 직접 연결하는 민족은 자신들뿐이라고 말한다. 지붕 중앙에 뚫린 구멍인 '천창(天窓)'이 바로 그 역할을 한다는 것이다.

천창인 '터너'는 하늘을 나누는 기준이 되고, 게르 정문은 방향을 정하는 기준이 된다. 연기가 나가는 터너 부근은 게르에서 유일하게 열린 공간이며 태양 빛이 들어오는 통로이다. 이곳으로 몽골 조상의 어머니인 '알란고아'가 드나든다고 믿는다. 알란고아는 세 아들을 거느리는 신인데 우리로 치면 삼신할머니쯤 된다. 이 구멍으로 들어오는 빛은 몽골인에게 시계의 역할을 한다. 시계가 없던 몽골인은 게르에 들어오는 빛의 위치 즉 터너의 그림자를 보고 시간을 감지했다.

게르 지붕은 천으로 덮는다. 이 천으로 터너를 가리거나 열어 빛의 양을 조절하며, 눈비가 올 때는 닫아 게르 안으로 들이치지 못하도록 한다. 밤에는 이 천으로 터너를 막아 게르 안의 온도를 유지한다. 천을 묶은 끈은 바람이 심한 몽골 초원에서 게르의 중심을 잡는다. 새로운 게르를 지을 때는 이 끈의 끝부분을 '하닥'(푸른 천 조각)으로 연결한다. 하닥에는 곡식 낟알을 한 움큼 담아 묶는다. 우리나라에서 새 집을 지을 때 고사를 지내고 난 북어를 대들보에 매다는 것과 비슷한 민간 신앙의 일종이다. 이 의식으로 다산과 행운을 늘 함께하기를 기원한다. 게르의 기둥은 과거, 현재, 미래를 연결하는 하나의 축선 역할을 한다. 또 하늘과 주인집을 맺어주는 또 하나의 통로로 여겨지기도 한다. 그러므로 몽골 부모들은 자녀에게 기둥을 함부로 만지거나 기대서는 안 된다고 가르친다. 그러나 본래는 땅에 박히지 않은 기둥이 흔들리면 게르 자체가 무너질 수 있기 때문에 금기시하는 것이다"라고 한다.

게르에서 가장 재미있는 점은 안팎 어디에도 화장실이 없다는 것이다. 초원에서는 자기가 서 있는 자리가 화장실이 된다. 자신의 몸을 조금 가릴 수 있는 자동차 너머, 말 무리의 속, 작은 언덕 너머 자신의 엉덩이를 조금 숨길 수 있는 곳이면 충분하다. 몽골 사람들은 사방 모든 곳이 '자연의 화장실'이라고 말한다. 그래서일까. 초원에 서면 우리는 자연스럽게 자연의 일부가 되는 느낌이다.

화장실에 간다는 표현도 재미있는데 '말을 본다'고 한다. 예전부터 말은 대부분 게르에서 조금 떨어진 곳에 있어 그곳에서 볼일을 보는 경우가 많았다. 여럿이 말 떼 속으로 들어가 볼일을 볼 때 주위 사람에게 건넬 말이 없어 "말이나 보자"고 했는데 여기서 유래된 말이라고 한다. "모리 하리아(말을 보자)" 또는 "모리 하르마르 마인(말을 보고 싶다)"이라고 말하면 몽골어를 품위 있게 쓰는 것으로 간주한다. 화장실이라는 뜻의 '조르동'이라는 말은 잘 사용하지 않는단다. 이런 풍습은 도시지역에서도 그대로 쓰이는데 현대식 호텔에서 화장실에 가면서도 "말을 보자"라고 한단다.

지금도 유목민은 화장실을 따로 짓지 않는다. 제대로 된 화장실을 찾으려면 도시로 가야 한다. 하지만 요즘 몽골 초원에도 작은 변화가 생겼다. 나라 밖에서 여행자들이 밀려오면서 그들을 위한 현대식 화장실이 만들어지고 있단다. 우리가 갔던 게르촌에도 관광객들의 편의를 위해 게르촌 한가운데 공동 화장실과 샤워장, 그리고 식당 시설이 초원 위에 덩그러니 서 있었다. 우리에게는 익숙한 모습이지만 몽골 유목민에게는 생경한 모습이 아닐까 싶다.

　낯선 여행자들은 주변 풍경이 조금씩 익숙해지자 어떤 이는 캠프 주변을 어슬렁거리면서 산책도 하고, 어떤 이는 조금 멀리까지 부시 워킹(Bush Walking)을 즐긴다. 이곳은 바쁜 일상에서 벗어나 그냥 심심함을 즐기고 싶은 곳이다. 이곳에서는 서두를 일도, 서둘러야 할 필요도 없다. 아무것도 하지 않아야만 될 것 같은 그런 공간이다. 하지만 '바쁨'이나 '빠름'이 몸에 뺀 습관 때문인지 여행자들은 한시도 가만히 있지를 못하고 이곳저곳 서성인다.

　우리도 첫날이라 주변을 가볍게 산책하면서 몽골의 하늘과 대지, 산과 들의 경치, 그리고 초원의 빛깔에 가까워지려고 했다. 초원에 핀 야생화를 관찰하기도 하고, 식당 뒤편 나지막한 언덕에 올라가 햇살에 따라 변해가는 초원의 모습을 눈에 담기도 하고, 연두 빛깔 능선 저 너머에 서 있는 엉거츠산이나 칭기스산을 멍하니 바라보기도 하고, 게르를 중심으로 능선을 따라 주변을 한 바퀴 돌아보기도 하면서 내일을 위한 준비를 했다.

그중에 가장 행복했던 일은 잔잔한 여름 햇살에 시시때때로 변하는 초원의 빛깔을 바라보면서 '지금 여기, 몽골'에 있는 것이었다. 또한 여행 친구들과 '지금 여기, 함께' 시시콜콜한 이야기를 나누면서 웃은 일, 게르 남쪽으로 낸 문 앞 계단에 쪼그리고 앉아 반짝거리는 연둣빛의 초원을 안주 삼아 여행 친구들과 소주 한 잔 나누는 '지금 이 순간'이 가장 행복했다.

바양 하드 캠프에서 몽골 초원을 마주하고 게르 앞에 앉아 긴 하루를 되돌아본다. 내 앞에서 선 초원은 어디서도 볼 수 없는 고고한 자태를 간직하고 있다. 어떤 시간도, 어떤 상황도 제거돼 버린 원초적 공간이다. 텅 빈 하늘이 불러일으키는 긴장감이 들뜬 여행자의 마음을 차분히 눌러준다. 몽골 초원은 생각하는 일까지도 지극히 단순하게 만들고, 작고 사소한 것으로도 미소 짓게 한다. 행복감이 이렇게 쉽게 찾아오는 것에 우리 모두 놀랐다.

나지막한 언덕인 바양 하드 캠프 뒷산에 올라서서 내려다본 주변의 풍경은 여유롭다. 야트막한 산 사이사이마다 보석처럼 박힌 크고 작은 게르들의 모습이 정겹다. 그리고 저녁이 되면 눈 부실만큼 찬란한 별빛이 쏟아질 몽골의 밤하늘이 기다려진다.

'바양 하드' 캠프와
주변 풍경

몽골올레 1코스 및

복드항산, 트레킹

'바양 하드' 캠프의 아침 풍경

〰〰〰〰〰〰〰〰〰〰〰〰〰〰〰〰

'테를지 국립공원'에 있는 '바양 하드' 캠프, 유목민의 집이라는 게르에서 첫날이 밝아온다. 남쪽으로 반쯤 열려 있는 천창(天窓)인 '터너'를 통해 아침 햇살이 들어온다. 한 줌의 햇살과 함께 초원의 아우성도 들려온다. 몽골 초원에서 아침을 알리는 신호이다.

그 빛은 시간에 따라 계속 이동한다. 침대에 누워 천창을 보면서 상상속으로 빠져든다. 저 빛은 시간의 흐름에 따라 게르 안을 한 바퀴 돌며 온기를 주고, 저녁이 되면 다시 그 창을 통해 빠져나갈 것이다. 초원의 게르에서 살면 유목민의 아이들은 움직이는 햇살을 따라 빙빙 돌면서 햇살이 잘 드는 쪽으로 이동할 것이다. 그리고 다시 밤이 되어 유목민의 집, 게르에 누우면 지붕에 난 천창으로 별이 흐를 것이다. 먼 옛날 몽골의 밤이 이랬을까?

쏟아지는 별 사이로 삶의 무게가 흩어진다. 바람이 불면 날아갈 듯 보이지만 유목민의 게르는 수천 년의 세월이 쌓여 완성된 과학적인 구조물이란다. 그중에서도 터너, 즉 하늘에 난 창문이야말로 작은 관측소라

할만하다. 천창의 원형은 크게 사등분되어 있고, 칸마다 다시 셋으로 쪼개져 총 열두 조각으로 돼 있다. 큰 칸 하나가 한 계절이고, 작은 조각들은 한 달이다. 터너를 통해 별이 어디에 있는지를 읽으면 깜깜한 밤에도 날짜와 시간을 짐작할 수 있단다.

처음에는 창문이 없는 집이라 좁게 느껴지고 답답했다. 하지만 게르 천창에서 내려온 햇살을 바라보고 그 의미를 알고 나니 게르는 더 아늑해지고, 더 넓어 보였다. 오늘 밤에는 별들이 반짝이는 천창을 보고 싶다. 천창을 통해서 몽골 초원의 별빛들이 행운과 함께 쏟아져 들어오기를 간절히 바란다.

게르에서 식당으로 향하는 길에 잠시 언덕에 올라 몽골 초원을 바라본다. 아침 햇살을 받은 몽골 초원은 정갈하고 단정했다. 빛깔은 다채롭고 선명했으며 흰색 게르와 붉은 지붕의 펜션들은 유난히 초원 위에서 반짝거렸다. 거기다 초원을 둘러싸고 있는 크고 작은 능선과 주변 산들의 모습은 우람하고 믿음직스러웠다. 한 폭의 풍경화처럼 보이는 모든 것들이 평온했다.

바위 언덕 아래 위치한 식당은 게르와는 다르게 원목으로 지어진 현대식 건물이다. 아침은 간단한 뷔페식이고 저녁은 대개 전통식이 나온다고 했다. 식당 긴 테이블 위에는 빵, 계란, 샐러드, 주스, 커피 따위가 준비되어 있다. 거기다 더욱 놀라운 사실은 매일 아침과 저녁에는 밥과 국, 그리고 김치가 꼭 나온다는 것이다. 그만큼 한국인 여행자들이 이곳을 많이 찾는다는 증거가 아닐는지.

첫날은 된장국이 나왔다. 이곳에서 머무른 3일 동안 된장국뿐 아니라 미역국도 자주 나왔다. 감칠맛 나는 된장국과 미역국은 동이 날 만큼 모두 좋아했다. 종종 서양인들도 "미역국은 맛있어"라고 할 정도였다. 이곳에서 직접 담근 겉절이를 닮은 생김치도 먹을 만했다. 한국인들의 밥과 국, 그리고 김치 사랑은 때와 장소를 가리지 않는다. 정말 좋아한다. 그 것만 있으면 불평도, 불만도 사라진다. 특히 한국인 여행자들이 아침마다 게걸스럽게 미역국을 먹던 모습은 지금도 잊히지 않는다. 모두 한 그 릇은 기본이다.

몽골올레 1코스 트레킹

~~~~~~

몽골올레 1코스 시작점인 '헝허르' 마을로 향한다. 차창에 비친 테를지 국립공원은 온통 푸르름으로만 덮여있다. 몽골의 여름 초원은 빛깔이 선명하고 싱싱했다. 막혔던 시야가 시원스럽게 트인다. 크고 작은 구릉들이 능선을 따라 겹겹이 이어진다. 대지는 촉촉하고 부드러우며 연둣빛으로 물들어 있고, 하늘은 높고 그윽하며 불그스름한 빛으로 물들어간다. 하늘과 땅 사이에 내가 홀로 된 느낌이다.

테를지 국립공원의 산야(山野)는 태곳적 모습 그대로였다. 하늘과 대지 사이는 긴 침묵으로 이어지고 있다. 우리는 그 아름다움에 말을 잃고 침묵했다. 우리는 평생을 바쁘게 흘러가는 시간과 공간 속에서 살아왔다. 초원의 목가적 정경이 아름다운 것은 어쩌면 기다림의 결과물인지도 모른다는 생각을 했다. 기다림보다 차라리 머무름에 더 가깝다고 할 수 있다. 가을, 겨울 그리고 봄이 지나가기를 기다렸고 짧은 여름 동안 이곳에 머무르다 사라진다. 순간의 머무름 가운데 사물들은 잠시 제 모습을 드러낸 것이다.

몽골올레 1코스 시작 지점인 '헝허르' 마을

테를지 국립공원의 초원은 고요하다. 그리고 침묵했다. 그래서 더 아름다웠다. 모든 아름다운 것들이 아도르노가 『미니마 모랄리아』의 한 인상적인 단상(斷想)에서 '안식일의 눈'이라고 불렀던 시선 속으로 흘러들어 온다. '안식일의 눈'이란 그 대상에 자기를 맡긴 눈이다. 유일무이한 아름다움에 홀린 눈이 바로 '안식일의 눈'이다.

마치 『창세기』에서 하루가 끝날 때마다 반복되는 "그리고 신께서 보시기에 좋았다" 하는 구절처럼 내 앞에 나타난 몽골 초원의 풍경은 다른 말이 필요 없다. 단 한마디면 충분하다. "보기에 좋았다." 지금 내 눈앞에 나타난 초원의 풍경이 우리에게 평안한 안식을 주는 듯했다. 초원의 풍경에 머무르는 내 시선의 한계선 너머로는 아마도 끝없는 삶의 떨림이 있을 것이다. 다채로운 식생이 살아 숨 쉴 것이고, 때가 되면 야생화들이 들판을 가득 채울 것이다. 몽골 초원에 오래 머물도록 만드는 아름다운 풍경은 초원의 완전성을 온전하게 보호하고 유지했다.

　오늘은 제주올레의 두 번째 자매의 길인 몽골올레 1코스를 걷고, '복
드항산(Bogdkhan Mountain)' 트레킹을 한다. 걷기 전 안내 책자에서
읽었던 몽골올레 길의 풍경을 상상한다. 안내 책자에는 "몽골올레 1코
스는 '헝허르' 마을에서 시작해 오밀조밀 모인 작은 가게, 동네 식당, 학
교 등을 지나면 광대한 평지, 복드항산(최고봉인 체체궁은 2,256m)의
겹겹 능선들이 올레꾼을 반기는 14km의 길이다. 파란 하늘에 점점이
떠가는 구름과 길가에 흐드러지게 핀 야생화가 한 폭의 수채화를 만들
고, 칭기즈 칸이 말을 타고 누빈 초원과 작은 능선이 두 겹 세 겹 이어진
언덕 그리고 아기자기한 마을 덕분에 올레꾼의 마음은 걷는 내내 편안
했다. 그런 길을 걷다 보면 어느새 종점이다. 침엽수림의 작은 숲을 지나
내리막길을 걸어가다 보면 종점인 '톨주를렉' 마을의 기차역에 도착한다.
길의 시·종점을 마을로 설정해서 올레꾼을 마을의 작은 상점에라도 들
르게 해 지역경제에 기여하고자 하는 올레의 운영 방침을 몽골올레에서
도 볼 수 있었다"라고 적고 있다.

　상상 속의 몽골올레 1코스는 일명 '저지 곶자왈'이라고 불리는 제주올
레 14-1코스와 많이 닮았다는 생각을 한다. 저지마을에서 시작해 조용
한 마을 길을 벗어나 저지 곶자왈을 걷노라면, 어느새 나지막한 문둣지
오름에 다다르고 사방이 탁 트인 제주의 아름다운 풍광과 마주하게 된
다. 이어서 때 묻지 않는 원시림의 숲이 드리워진 저지 곶자왈 숲길을 벗
어나면 목적지 오설록 녹차밭이 넓게 펼쳐진 마을에 이른다.

헝허르 마을 가는 길에 그런 풍경을 상상만 해도 가슴이 벅차고 설렌다. 새로운 길을 찾아가는 일은 언제나 여행자의 마음을 두근거리게 한다. 헝허르 마을의 오밀조밀한 주택가를 지나면 광활한 대지와 복드항산의 겹겹 능선이 우리를 반길 것이다. 몽골올레 1코스는 시점과 종점이 모두 마을로 연결된 길이라고 했다. 과연 어떤 풍경이 어떤 모습으로 우리 앞에 나타날까.

하지만 상상이나 기대와는 달리 헝허르 마을 가는 길은 시작부터 험난했다. 최근에 비가 많이 와서 길들이 끊어진 곳이 많고 사라진 곳도 있단다. 가이드도, 기사도 우왕좌왕하는 것 같다. 정확한 방향을 모르고 가고 있나 싶을 정도였다. 결국 처음에 가려던 마을 길은 방향을 잘못 들어 철도로 가로막혔고, 철길 밑으로 통하는 길은 많은 비로 인해 흔적도 없이 사라졌다. 하는 수 없이 철도변을 따라 비포장도로를 멀리 돌아서 마을로 겨우 들어갔다.

마침내 헝허르 마을 앞에서 몽골올레 1코스의 간세와 표지판을 발견했다. 너무 반가웠다. 여기가 출발점인가 했더니 그냥 지나친다. 그리고 비포장도로를 따라 계속 달려간다. 가이드가 알아서 하겠지. 우리는 차창 밖의 낯선 경치를 구경하기에 바빴다. 너른 들판에는 말, 소, 양, 염소들이 우적우적 풀을 뜯고 되새김질을 하고 있다. 정말 소박하고 서정적인 풍경이다. 가축들에게는 오랜 기다림 끝에 오는 안식 같은 시간일 것이다. 몽골의 가축들은 일 년 치 식량의 대부분을 여름에 보충한다고 했다. 몽골은 가을이 아니라 여름이 모든 가축이 살찌는 '천고마비'의 계절이라는 말이 더 어울릴 것만 같다.

'복드항산' 정상 '체체궁' 가는 길

～～～～～～～～～～～～～～～～～～～～～～～

　헝허르 마을을 지나 한참 달리던 차가 아치형 조형물이 세워진 곳에서 멈춘다. 게르 안에서 아주머니가 나오더니 가이드와 대화를 나눈다. 그때는 무슨 일인지 몰랐다. 아마 길을 몰라 물어보나 했을 뿐 관심이 없었다. 뒤에 안 사실이지만 그곳은 우리나라로 말하면 복드항산으로 들어가는 길목에 있는 매표소 같은 곳이란다. 이곳을 통과하려면 입장료를 내야 한다는 사실을 알게 되었다. 우리나라 국립공원 같은 곳인가. 거기서도 꾸불꾸불한 길을 따라 낮은 언덕을 넘고, 작은 개울을 건너고, 때론 평평한 초원을 따라 길 아닌 길을 한참 달리더니 마침내 마을이 보이기 시작했다. 길옆 철망 너머로 작은 개울이 흐르는 마을도 보이고, 마을 앞에는 우리나라 방갈로 같은 게르촌이 있었다. 그 앞에 승합차를 세운다.

　이곳은 '복드항산' 정상 '체체궁'에 오르는 등산로 입구였다. 입구에는 낡은 안내판이 여러 개가 있었다. 어떤 것은 글자는 퇴색되고 그림은 날아가 아무것도 보이지 않았다. 또 어떤 것은 모두 몽골 문자로 쓰여 있어 읽을 수가 없었고, 어떤 것은 페인트가 공기 중에서 산화해 증발해 버리고 녹슨 흔적만 너덜너덜하게 표지판에 걸려 있다. 사람들이 많이 다니는 등산로가 아닌 듯했다.

이곳이 몽골올레 길이 맞는지, 여기가 어디쯤 되는지 모든 것이 혼란스러웠지만 가이드만 믿고 따라나선다. 여행은 어디든 처음이다. 어딘가보다는 처음이 더 중요했다. 누군가 "낯선 곳은 그 낯섦 때문에 큰 즐거움을 준다"라고 했던가. 지금이 딱 그런 기분이다. 이곳에서는 여름에 다양한 야생화가 피는 아름다운 자연을 만날 수 있다고 했다. 몽골올레를 찾은 사람들에게는 눈이 호강할 정도로 아름답다고 했다. 반신반의하면서 게르촌 앞으로 난 좁은 오솔길을 따라 나지막한 언덕을 오른다. 오솔길은 초록 빛깔 위에 사람들이 다녔던 희미한 흔적만 남아있다.

헝허르 마을 입구로 승합차를 먼저 보내고 낮은 언덕에 올라선다. 자그마한 노란 양귀비꽃 두 송이가 낯선 이방인을 반긴다. 고개를 흔들며 우리를 반기는 모습이 앙증맞다. 앞으로 나아갈수록 세 송이, 네 송이 보이던 것이 한 다발을 이루는가 싶더니 어느 순간 들판은 온통 들꽃 천지로 변해간다. 몽골올레 안내문에 나온 표현처럼 들판에 만발한 야생화들, 하늘의 구름 조각들, 그리고 구름 조각들이 만드는 여러 모양의 그림자가 대지 위에 마법처럼 펼쳐진다. 너른 초원에 피어난 천연색 야생화들은 마치 우리를 천국으로 인도하려는 듯했다. 그 순간 모든 감각은 예민해지고 무언가에 홀린 듯 발걸음은 자연스레 멈춘다. 그런 풍경 앞에서는 좀 전까지 혼란스럽던 기분도, 의심했던 마음도 일순간 사라진다.

우리 앞에 나타난 들판은 마치 푸른 초원 위에 울긋불긋한 야생화들로 수놓아진 한 폭의 페르시아 양탄자를 연상케 했다. 모두 알록달록한 아름다움에 취해 비틀거렸다. 황홀한 색감과 눈부신 풍경에 어쩔 줄 모른다. 풍경은 본디 주인이 없기에 보고 느끼는 자가 주인이다. 초원에 핀 분홍색의 패랭이, 자홍색의 엘레지, 노란색의 애기똥풀, 보라색의 초롱이, 그 외 수많은 이름 모를 들꽃이 자신만의 자태와 색깔로 아름답게 피어나 누군가를 유혹하고 있다.

누군가 "꽃은 사람에게는 단순히 아름다운 볼거리이지만 식물이 꽃을 피운다는 것은 사랑을 갈구하는 행위이며, 짝짓기를 원하는 행위이다"라고 했다. 야생화들은 누군가를 유혹하려는 듯 가장 화려한 빛깔로 자신만의 아름다움을 뽐내고 있다. 그 행위를 통해 식물들은 종족을 보존해 나간다. 생명체에게 있어 종족 보존만큼 중요한 행위는 없다. 어떤 동물은 짝짓기 행위를 통해 기꺼이 자신의 삶까지 희생한다. 생명체에게 자신의 유전자를 이어가는 일만큼 중요한 일이 또 있을까. 결국 꽃이라는 형태도 누구에게도 양보할 수 없는 가장 이기적인 모습이 아닐까. 그래서 유난히 아름다운 걸까.

체체궁 가는 길에서 발견한 야생화의 빛깔이 이렇게 맑고 아름다울 줄 몰랐다. 오솔길에서 하나둘 피어날 때는 느끼지 못했던 감정이다. 너른 들판에 거대한 군락을 이루어 피어나는 야생화들의 모습은 숭고함을 느낄 만큼 온갖 빛깔이며 모양, 종류 따위가 서로 어울려 신비롭다. 자연이 만들어낸 가장 화려하고 청순한 풍경이다. 언덕에 서서 그 풍경을 넋 놓고 한참을 바라봤다. 말로 형용할 수 없는 여러 가지 감정이 일어난다. 모두 행복한 표정이다. 낯선 곳에서 느끼는 설레는 감정은 갑절이 된다. 거기다 같은 길을 함께 걸어가는 여행 친구들이 있어 즐거움은 두 배가 되었다.

은퇴하고 알프스 몽블랑 둘레길도, 제주와 규슈 올레길도, 베트남 여행도, 중국의 황산, 태항산, 호도협과 옥룡설산, 우이산, 삼청산, 그리고 백두산 종주도 함께 했던 여행 친구들이다. 가끔은 높은 산도 오르고 거친 들도 건넜다. 때론 높은 언덕도 넘고 깊은 골짜기를 넘어서 함께 힘든 길을 걸었다. 생의 끝자락까지 건강을 유지해서 함께 여행했으면 하는 바람이다. 모두들 평범한 일상에서 소소한 행복을 느끼면서 살아갔으면 한다.

복드항산 체체궁으로 오르는 길목에서 바라본 풍경은 지금까지 보아온 몽골 초원의 모습과는 확연히 다르다. 멀리 침엽수림들이 빽빽했다. 작은 오두막 같은 쉼터에서부터 오르기 시작했다. 그 옆으로 '어워'가 보이고 안내 표지판도 있다. 입구부터 아름드리나무들이 울창한 숲을 이루고 있다. 몽골 초원에서는 좀처럼 볼 수 없는 풍경이다. 전나무 숲 사이로 난 길은 경사가 급하지 않고 완만했다. 숲은 아직 태곳적 모습을 그대로 유지하고 있다. 사람들의 흔적이라곤 나무에 삼각형으로 붙여진 파란색과 회색의 방향 표시뿐이다. 일정한 간격마다 발견되는 삼각형은 파란색은 오름을, 회색은 내림을 뜻한다. 천천히 숲속으로 발걸음을 옮긴다.

복드항산 '체체궁'으로 오르는 길목에서

오래된 숲길은 포근했고 전나무가 내뿜는 향은 신선했다. 숲길은 거의 낮은 오르막이고, 공기까지 신선하니 힘들거나 숨이 가쁘지는 않았다. 『헤르만 헤세의 나무들』에 보면 "나무는 우리보다 오랜 삶을 지녔기에 긴 호흡으로 평온하게 긴 생각을 한다. 우리가 그들의 말에 귀를 기울이는 동안에도 나무는 우리보다 더 지혜롭다"라고 했던가. 오래된 전나무는 말이 없지만 길을 가는 여행자에게 작고 소박한 기쁨과 위로를 전하는 듯했다. 그리고 나무에서 소중하고 아름다운 것들을 한 움큼씩 얻어가라고 손짓을 하는 듯했다.

낮은 오르막길을 한 시간 반 정도 걸었을까. 탁자가 놓여 있는 자그마한 공터에서 잠시 쉬어간다. 눈부시지 않게 화사한 햇살이 한국의 가을과 많이 닮았다. 포근하고 아늑한 햇볕은 우리네 시골의 가을 풍경을 연상시켰다. 몽골의 푸른 하늘이 오늘따라 곱디곱다. 캠프 식당에서 싸준 간단한 도시락을 먹고 다시 길을 나선다.

복드항산 올라가는 길에 거리를 표시한 말뚝도 보였고, 나무 위에 세워진 동물 해골도 보았고, 쉼터 같은 정자도 두어 군데 발견했다. 정자는 육각형으로 재질은 콘크리트나 기와는 사용하지 않고 전체가 모두 나무로 되어 있다. 바닥에 통나무로 기둥을 세우고, 넓적한 나무로 지붕을 덮었고, 빙 둘러 나무 의자를 만들었다. 오래된 듯 낡고 허름했지만 낯익은 모습이다. 우리나라에도 길이 있는 곳이면 산이든, 들판이든, 마을이든 어디든지 사각이나 팔각 정자가 있다. 그래서 몽골 풍경이 더 편하게 느껴지는 걸까.

체체궁, 복드항산 정상(2,256m)에 가까워지자 길은 거칠어지고 가팔랐다. 언덕 바위틈 사이에 이정표가 하나 보였다. 화살표는 세 방향을 가리킨다. 하지만 이정표는 모두 몽골어로 표기되어 있어서 가이드의 설명을 듣고서야 어디를 가리키는지 그 방향을 알 수가 있었다. 한 방향은 체체궁 정상이고, 또 한 방향은 우리가 걸어왔던 '후르흐레 계곡(1,700m)'이고, 마지막 한 방향은 '만즈시르 사원(1,630m)'으로 가는 길이다. 복드항산 트레킹을 즐기는 사람들은 대부분 만즈시르 사원에 차를 세우고 왕복하거나 아니면 후르흐레 계곡 쪽으로 내려간다고 했다.

체체궁에 오르는 이정표가 있는 곳에서 조금만 올라서면 세상의 끝이 보인다. 마치 제주 오름에 올라서면 제주의 끝인 태평양과 연결된 수평선이 보이는 것처럼 복드항산 정상인 체체궁에 오르면 몽골 초원의 끝이 보이는 듯했다. 지평선은 하늘과 맞닿아 있는 듯했다. 유라시아 대륙과 연결된 끝없는 지평선과 몽골 초원이 한눈에 들어온다. 답답했던 가슴이 뻥 뚫리는 기분이다.

먼 지평선 끝에서 비스듬히 다가오는 햇살은 느긋하고 넉넉했다. 맑은 하늘에서 산란되어 쏟아지는 빛들이 넓게 퍼지면서 나뭇잎 속으로, 풀잎 속으로 스며든다. 나뭇잎과 풀잎을 스쳐 간 잔바람에 빛들은 수억만 개의 생멸로 반짝거린다. 저 빛들은 저녁이 찾아오면 어둠 속으로 불려가서 지평선 아래로 내려앉은 해가 초원 위에 빛나는 수많은 햇살을 거두어갈 것이다. 또한 빛들은 서서히 해지는 쪽으로 몰려가 소멸할 것이다. 깊이 잠들어 있던 태양은 아침이 되면 아무 일도 없다는 듯이 깨어나서 나뭇잎과 풀잎에 반짝거리며 초원에서 수억만 개의 빛으로 거듭 태어날 것이다. 그런 일이 반복되는 공간에서 유목민들은 살아왔고, 살아가고, 그리고 살아갈 것이다.

복드항 산의 정상 체체궁에 오르면 눈에 가장 먼저 띄는 것은 푸른 빛깔의 어워이다. 봉우리에 서 있는 어워는 초원에서 보았던 어워와는 규모나 크기가 좀 다르다. 봉우리를 가득 채운 어워의 푸른 천들이 바람에 나부낀다. 긴 줄에 매달려 나부끼는 푸른 천을 중심으로 빨강, 노랑, 초록 따위의 여러 빛깔의 천들도 함께 나부낀다. 펄렁거릴 때마다 신성한 기운이 감돈다. 바람에 나부끼는 푸른빛은 마치 속세를 정화하고 싶다는 간절한 소망을 담고 있는 듯했다.

'복드항 산'의 정상 '체체궁'에 있는 어워

몽골 사람들은 어워에 대지와 물의 신이 살고 있다고 믿는다. 어워는 자연의 정령이 살아가는 신성한 장소이다. 몽골 사람들에게 가장 중요한 신은 바람과 기후를 관장하는 하늘의 신 '멍케 텡그리(영원한 푸른 하늘)'이지만 그에 못지않게 초원에서 자라는 풀의 생장을 다스리는 대지와 물의 신 '에투겐' 역시 중요한 숭배의 대상이다. 에투겐은 어머니의 배 혹은 어머니의 자궁이라는 뜻으로 세상 만물의 모든 것을 품고 있는 대지로부터 태어나 자란다는 몽골 사람들의 믿음이 반영되어 있다.

오랜 옛날부터 가축들을 데리고 풀을 찾아 이동하며 끝없는 초원을 살아야 했던 몽골 사람들에게 있어 대지와 그 아래로 흐르는 물줄기는 초원을 비옥하게 하는 가장 중요한 생명의 근원이었다. 그래서 몽골 사람들은 매년 새해 첫날이 되면 집에서 마련한 술과 유제품 음식을 지니고 어워로 나와 해맞이를 한다. 새해의 첫 동이 트면 어워의 돌무덤을 세 바퀴 돌며 준비한 음식을 봉헌하고 술을 올리며 제를 지낸다. 그리고 해가 떠오르는 동쪽을 향해 땅으로부터 받은 가장 중요한 산물인 우유를 세 번 뿌린다.

몽골 사람들에게 있어 우유란 농사를 짓는 정착민들이 땅으로부터 거두는 곡식과 같은 의미를 지닌다. 그들은 땅으로부터 풀을 먹고 자란 동물에게서 우유를 생산하고 그렇게 생산된 우유를 가지고 한 해 먹을 유제품을 만들어 생활한다. 그런 까닭에 그들은 멀리 길을 떠날 때도, 새해를 맞이하는 제사를 지낼 때도 어워에 흰 우유를 뿌리며 소원을 빈다.

대지와 땅의 신이 깃들어 있는 어워의 돌무덤 꼭대기에는 대개 버드나무 가지가 꽂혀 있다. 나뭇가지를 타고 신이 오르내리는 동안 몽골 사람들은 신과 간접적으로 접촉할 수 있다. 그래서 어워에 꽂힌 버드나무 가지엔 푸른 비단 조각인 '하닥'이 매여 있는 경우가 많다. 하닥은 몽골 사람들이 신이나 공경하는 사람에게 바치는 천 조각이자, 일상생활에서도 사람들끼리 선물할 때나 예의를 주고받을 때 쓰는 귀중한 물건이다. 가죽으로 옷을 지어 입는 몽골 사람들에게 근대문명이 들어서기 전까지 비단 조각은 무척이나 귀한 물건이었다. 그래서 지금까지도 몽골 사람들은 어워의 돌무덤에 나뭇가지를 꽂고 푸른 천 조각을 걸어 바친다.

복드항산의 정상 체체궁은 마치 큰 제단 같은 느낌이다. 한쪽에는 바위가 우뚝 솟아있고 주변은 편평한 바위를 깔아놓은 형국이다. 정상 주변에는 크고 작은 어워가 푸른 천과 연결되고 있고, 가운데 우뚝 솟은 바위에 있는 가장 큰 어워도 푸른 천이 나부낀다. 몽골 초원의 안녕과 평온을 기원하고 있는 듯했다.

이곳은 초원에서 신성한 공간이다. 그래서 어워가 있는 최정상에는 오르지 않는 것이 불문율이란다. 여행자 중 누군가 들뜬 기분에 어워가 있는 꼭대기 바위에 올라가 기념주 한잔하려 하자 몽골 현지 가이드가 제지했다. 그제야 이곳 사람들에게 어워가 어떤 의미인지 어렴풋이 느낄 수 있었다.

우리는 최정상 아래 편평한 바위에 앉아 넓고 너른 몽골 초원을 바라본다. 넓고 너름에 놀라고 그윽함에 탄성을 지른다. 우리는 기념주 한잔하기 전에 '고시레'하면서 술 한 잔을 산신령께 바쳤다. 모두 무탈하기를 바라는 마음이다. 주위에 한 무리의 몽골 청년들이 보인다. 바위에 누워 천진난만하게 웃고 있는 그들에게서 몽골 초원의 풋풋함과 여유로움이 느껴진다. 그들에게서 몽골의 미래를 보는 듯했다.

몽골 초원은 아득하게 너른 땅이다. 지평선은 끝이 보이지 않는다. 인간의 눈으로 바라볼 수 있는 한계 너머, 그 끝까지 펼쳐진 푸른 풀밭은 제주 애월 앞바다에서 보았던 태평양의 에메랄드빛 수평선과는 또 다른 감흥으로 다가왔다. 초원의 쪽빛 바다에서는 '웅장함'이 느껴졌다. 어쩌면 '숭고함'이라고 말해야 더 어울릴 것만 같다.

'체체궁'에서 바라본 광활한 몽골 초원

몽골 시인 S.돌람의 「맑고 푸른 하늘」이라는 시(詩)에서 '몽골 초원의 숭고함'을 이렇게 노래하고 있다.

맑고 푸르게 하는 자 이 하늘에서, 우리는
지혜와 밝은 지성을 배운다.
끝도 없이 광활한 이 초원에서, 우리는
순결하고 넓은 마음을 얻는다.
멈춤 없이 앞으로 물결쳐 흐르는 강물에서, 우리는
목적한 곳에 이르는 믿음을 생각한다.
수직으로 연이은 회색빛 산, 산에서 우리는
용기와 인내의 이야기를 듣는다.
분홍빛 작약꽃 그에게서, 우리는
가슴을 성스럽게 하는 사랑을 발견한다.
즐겁고 명랑한 여름, 우리는
뜨거운 청춘의 생명력을 느낀다.
누렇게 변한 초원의 가을에서
고통을 맛보는 자의 인고를 생각한다.
균열되는 소리를 낼 듯한 겨울의 희디흰 성에서, 우리는
백발의 생애를 읽는다.
풍요롭고 드넓은 고향에서, 우리는
삶을 영위하는 법칙을 깨닫는다.

저 광활한 땅은 흉노, 선비, 유연, 돌궐, 위구르, 몽골제국 등 몽골 초원에서 흥기한 역대 유목국가들이 모두 도읍을 정하고 번창한 곳이다. 몽골 사람들은 이 초원에서 '지혜, 밝은 지성, 순결하고 넓은 마음, 삶을 영위하는 법칙'을 배울 것이다. 지구의 마지막 보루 같은 몽골 초원이 잘 지켜지기를 바랄 뿐이다.

복드항산의 정상 체체궁을 오르면서 우리와는 다른 몽골의 산세와 환경을 대략 짐작했다. 한마디로 몽골의 자연을 표현한다면 "검이불누 화이불치(儉而不陋 華而不侈)"라 말하고 싶다. 검소하지만 누추하지 않고 화려하지만 사치스럽지 않은 자연이다. 그리고 몽골 사람들은 그런 자연을 닮았다. 지금까지와는 사뭇 다른 숲을 보았고 녹음이 울창한 숲길을 걸었다. 멋진 풍경은 지금까지의 힘듦을 보상이라도 해주는 것 같다. 상큼한 공기가 폐부 깊숙이 들어차니 심신은 맑아지고, 감각은 깨어나며, 눈은 밝아진다. 몽골에서 가장 부러운 것은 깨끗한 자연이다. 그리고 넉넉한 공간이다.

'헝허르' 마을 풍경

～～～～～～～～～～～～～～～～～～～～

복드항산을 내려와 제주올레 길과 닮은 낯선 마을의 에움길을 따라 걸었다. 이런 길에서 여행자는 무장이 해제된다. 몸과 마음의 보호 장비를 벗어던진 채 온전히 자신이 되어 타박타박 걸어갈 뿐이다. 그러다 보면 어느 순간 그 모든 것이 사라지고 오직 발소리만 남는다. 빨리 도착해야 할 조급함도, 꼭 완주하겠다는 욕심도 없어진다. 그저 그날 자신만의 보폭으로 묵묵히 걸음으로써 말보다 더 큰 위로를 받는 곳이다. 이제야 진정한 올레길을 걷는 기분이다. 몽골의 속살을 보는 듯이 짜릿했다. 하늘은 해맑게 눈부셨고, 땅은 끝없이 푸르렀고, 산천은 고요하고 단조롭다. 그저 풍경의 단순함에 놀라울 뿐이다. 몽골올레 길은 이상하리만큼 신비했다.

가끔 만나는 물웅덩이마다 소 떼와 말 떼가 옹기종기 모여 있고, 어디에나 양과 염소가 어우러져 풀을 뜯고 있다. 소란스러운 움직임들은 넓고 넓은 대지에 갇혀서 순간 멈춰 있는 것처럼 느껴졌다. 바람도, 햇살도, 그리고 구름까지도 그 자리에 움직이지 않는 듯했고, 하늘과 땅 사이를 침묵과 고요가 가득 채우고 있는 듯했다. 아무 까닭도 없이 눈물이 난다. 이런 길을 마음에 상처가 많은 사람들이 걸어간다면 얼마나 좋을까? 마음의 위안을 얻을 수 있을 것만 같은 공간이 바로 몽골올레 길이다.

헝허르 마을로 가는 길에 올레 표식을 하나도 발견할 수 없었다. 그래도 지금 걷는 길이 올레길일 것으로 생각하고 이곳저곳을 둘러보는 재미가 쏠쏠했다. 헝허르 마을 입구까지 초원 위에 난 길을 따라 천천히 걸었다. 벌써 여행 친구들과 가이드는 저 멀리 가버렸다. 아무도 보이지 않는다. 이국의 땅에 홀로 서 있는 느낌이다. 하지만 우리네 시골 풍경처럼 별반 다르지 않아 낯설지는 않았다. 길 아래쪽은 계곡에서 내려오는 물이 흐르고 군데군데 작은 마을도 보인다. 마을 아이들이 삼삼오오 짝을 이루어 물놀이하는 장면이 우리나라 시골 여름을 연상시킨다. 가족끼리 피서라도 온 걸까.

너른 초원에 자유롭게 돌아다니는 소, 양, 말, 염소들도 보인다. 초원에서는 차들도 가축을 피해 움직인다. 그만큼 유목민에게는 가축이 중요하다. 초원에서 여름 동안 가축이 살찌는 것은 그들에게 긴 겨울의 삶과 직결된다. 올레길은 끝없이 이어지고 몽골의 여름 햇살은 점점 따갑다. 마을을 지나 단조로운 길을 따라 한참 걷다 보면 다리도 팍팍하고 풍경의 침묵이 지루함 직하다. 아무리 둘러보아도 그늘 한 점 만들 큰 나무조차 없다. 간간이 불어오는 바람을 벗 삼아 초원 한가운데 간이의자를 폈다. 하늘과 땅 사이 텅 빈 곳에 홀로 남아 앉아 있는 기분이 묘했다.

걸음이 지체되자 낯섦은 더 가까이 다가온다. 시선은 넓어진다. 사방을 두리번거렸다. 아무런 변화가 없고 고요했다. 다만 멀리 지나다니는 차들이 내 시선을 끈다. 초록빛의 초원에는 차량이 지나간 자리마다 길처럼 생긴 황토 빛깔의 흔적이 선명했다. 누군가의 말이 생각난다. "원래 지상에는 길이 없었다. 지나다니는 사람들이 많아지면 그곳이 길이 되었다." 결국 길이란 인간 활동의 결과물 같은 것이 아닌가 싶다. 원래 초원에는 길이 없었을 것이다. 처음에는 동물이 지나가고, 사람들이 걸어가고, 차들이 움직이면서 흔적을 남겼다. 그리고 그 흔적을 보고 다른 사람들이, 다른 차들이 지나간다. 그런 흔적들이 쌓이고 쌓여 짙은 흔적이 생긴 것이다. 사람들은 그 짙은 흔적을 '길'이라고 부른다.

초원에서의 '길'은 임의로 만든 것이 아니라 자연스럽게 필요에 의해서 만들어진다. 마치 산길이 산을 오르내리는 사람들 여럿이 함께 걸어가면 발걸음 뒤에 생겨나듯이 그런 길은 자연을 해치지 않는다. 자연을 파괴하지 않고 꼭 필요한 만큼만 사용한다. 그러면 자연은 곧바로 복원되는 것이다. 자연을 스스로 자정작용을 할 수 있을 만큼만 사용하는 유목민의 지혜가 초원을 살리는 길이고, 초원을 살리는 일은 곧 유목민들의 삶과 직결된다.

복드항산에서 내려와 벌써 한 시간 이상을 걸었다. 아직 갈 길이 멀다. 저 멀리 아침에 보았던 철로가 보이고 철로 근처에 마을도 보인다. 지금 생각해 보면 철로 근처 마을이 몽골올레 1코스 종점인 '톨주를렉' 마을인 모양이다. 멀리 보이는 기차는 베이징에서 출발해 모스크바까지 유라시아 대륙을 다녀온다고 했다. 기차 칸이 한눈에 들어오지 않을 만큼 길다. 꼬리에 꼬리를 물고 계속 이어진다. 열차는 과거 실크로드를 왕래했던 대상들처럼 수많은 사연을 싣고 어디를 가는 것일까. 기차는 힘에 부치는지 천천히 마치 버스가 속리산 말티고개를 오르는 것처럼 구불구불 빗면으로 돌고 돌아 언덕을 오른다. 그리고 그 언덕에서 힘을 받으면 다시 빠르게

몽골 올레길을 걷다.

초원을 가로질러 멀고 먼 유라시아 대륙을 향해 질주할 것이다.

유라시아 대륙을 향해 가는 저 기차를 타면 우리를 어디로 데려다줄까. 그 순간 실크로드라는 과거의 길을 따라 왕래했던 대상(隊商)들이 생각났다. 『유럽 도시 기행』에서 "길은 사람과 상품과 정보와 문화를 옮기고 뒤섞는다. 길이 있어서 우리는 풍요로운 삶을 살고 낯선 사람을 만나며 다른 문화에 대한 이해와 공감의 폭과 깊이를 더할 수 있다. 그렇지만 오로지 좋은 것만 오간 것은 아니다. 길 위에 삶만 있는 것도 아니다. 죽음도 함께 있었다. 인간은 길을 따라 세균을 옮겼고 약탈과 살상을 저질렀다"라고 했다.

과거에도 수많은 길이 있었고 그 길을 통해 서로 소통하면서 우리의 삶은 지금까지 이어져 왔다. 그 길에서 산 자와 죽은 자가 함께 체류했고, 순간적인 것과 무한한 것이 서로 뒤섞인다. 지금도 마찬가지다. 몽골은 이념 때문에 가까운 이웃이면서 먼 나라였다. 몽골에 머무는 시간이 많아질수록 몽골과 우리는 닮은 게 너무 많다는 생각을 했다. 거기다 여기에 와보니 유라시아 대륙은 끊어진 것이 아니라 연결되어 있고, 먼 것 같으면서도 가까웠다.

먼 과거에 유라시아 대륙의 초원길에는 수없이 바람이 불었다. 그 바람을 타고 문화, 문명, 풍습 심지어 언어까지도 동쪽에서 서쪽으로, 서쪽에서 동쪽으로 이동했다가 되돌아오기를 수없이 반복했을 것이다. 그 때문일까. 우리의 유물, 문화, 습관 등이 중앙아시아에서도 가끔 발견된다고 들었다. 어쩌면 우리가 지금 누리는 많은 혜택은 결국 동서 간 소통의 결과물이 아닌가 싶다.

헝허르 마을 입구에 여행 친구들이 쉬고 있었다. 운전기사 부인과 아들, 딸이 울란바토르에서 삼겹살과 '아리랑표' 포장 김치를 가지고 왔단다. 그 정성이 너무 고마웠다. 몽골올레 첫날 기념 파티를 하는 기분이다. 마을 앞으로는 개울이 흐른다. '복드항산'에서 내려온 계곡물이란다. 시원한 개울물로 발을 담그니 정신이 맑아진다. 거기다 시큼한 김치 한 가닥으로 감싼 삼겹살에 '칭기즈 칸 보드카' 한 잔 마셨더니 피로감이 싹 사라진다. 여행은 이런 것이다. 여행 중에 아무리 힘든 일도 작고 소소한 일상 속에 쉽게 녹아든다. 이런 것이 바로 '소확행'이 아닌가 싶다.

이제 기사 가족과 헤어질 시간이다. 기사의 가족들은 허리가 불편한 아버지가 걱정인 모양이다. 항상 조심하라고 당부를 하고 떠난다. 사실 기사를 공항에서 처음 만날 때부터 불안한 자세가 마음에 걸렸다. 오랜 시간 운전을 할 수 있을지 걱정도 되었다. 여행에서는 안전이 제일 중요하다. 가이드는 다행히 허리만 불편하고 승합차를 운전하는 데 아무런 지장이 없다고 했다.

가이드를 통해 나중에 안 일이지만 기사 아저씨는 한국 공장에서 일을 하다가 허리를 다쳐서 한국에서 2~3년 치료를 받고 거의 완치가 되었지만, 공장에서는 더 이상 일을 할 수가 없어서 몽골로 돌아왔다고 한다. 아직도 다친 허리가 불편해 보였다. 완전히 치료를 해도 원상태로 회복은 안 되는 모양이다. 기사는 차에서 오르고 내릴 때 지팡이에 의지해 이동한다. 걱정되어 물어봤을 땐 빠르게 움직일 수는 없지만, 생활에는 지장이 없다고 말했다. 한국에서 일을 하다가 다쳤다는 말을 듣자 괜히 안쓰러운 마음이 든다. 그런 사연을 들어서인지 기사와 더 가까워진 느낌이다. 기사는 덩치는 크고 얼굴은 우락부락하게 생겼다. 얼굴에는 많이 고생한 모습이 역력했다. 처음에는 우리와 나이가 비슷한 줄 알았는데 생각보다 젊다. 40대 후반이란다.

여기서 멀지 않은 거리에 몽골올레 1코스 출발점인 헝허르 마을이 있다. 어쩌다 보니 종점인 톨주를렉 마을에는 가보지 못했지만, 아름답게 마무리하고 싶은 마음에 우리는 헝허르 마을까지 걸었다. 높고 푸른 하늘과 초록으로 가득했던 대지에 울긋불긋한 지붕과 널빤지로 된 울타리로 둘러싼 헝허르 마을이 우리를 반긴다. 마을 입구 앞에는 몽골올레 1코스 '간세', '몽골어로 기록된 안내판과 코스지도', 그리고 '콘크리트 기둥으로 된 표지판'이 있다. 허허벌판인 몽골 초원에 세워진 제주마의 '간세'가 무척 반갑고 신기했다.

몽골 초원에 세워진 제주마의 '간세'와 몽골올레 1코스 이정표들

모두 이곳저곳 신기한 듯 둘러본다. 물론 몽골올레 길을 오롯이 체험하지 못해 모든 감각이 뒤죽박죽이다. 거기다 이들의 일상으로 온전히 들어가 보지 못한 것도 아쉬움으로 남는다. 그래도 몽골올레 길이 어떤 모습인지, 어떤 풍경인지 어렴풋이 알게 되어 좋았다. 몽골올레 길은 순례자에 의해, 순례자를 위해 만들어진 길이다. 이곳에 몽골올레 길이 처음 만들어진 것은 우연이 아니었다.

이곳을 떠나면서 이문재 시인의 "길 위에서 일어나는 변화는 여러 겹이

몽골올레 1코스 출발점 '헝허르' 마을 입구에서 가이드 수혜, 남바야르 운전기사와 기념사진 한 컷.

다. 우선 자기 자신과 만난다. 길 위에서 내면의 소리를 듣는 것이다. 자기 자신과 대화는 타인과의 만남으로 확대된다. 다시 살아난 감수성이 인간을 넘어 지구와 우주를 다시 만나게 한다"라고 했던 글이 생각났다. 몽골 초원에서 올레길을 걷다 보면 무심코 지나쳐버린 풀 한 포기, 바람 한 줄기, 햇볕 한 줌이 다시 보였다. 몽골올레 길 위에서도 수많은 만남과 만남이 부딪친다. 그 안에서 나 자신과 만나고, 타인과 만나고, 또 다른 세상과 만난다. 몽골 초원에서 다시 살아난 나의 감수성이 인간을 넘어 지구와 우주를 다시 만나게 해 줄 것이라 믿는다. 그것이 바로 '길'이다.

몽골의 저녁 식사 '허르헉'

~~~~~~

캠프 주변이 서서히 어두워진다. 하늘은 가장 짙은 파랑으로 덧칠되어 가고 있다. 대지에도 조금씩 흐릿한 회색이 내려앉는다. 다만 언덕 아래 식당만 밝은 전등불이 흐릿하게 옅어져 가는 세상을 밝혀준다. 식당에서 준비한 저녁은 '허르헉(Horqhog)'이란다. 몽골 전통 음식인 허르헉이 이렇게까지 맛있는 줄 몰랐다. 식탁에 차려진 양고기 찜 요리인 허르헉은 푸짐했다. 접시에 가득 채워진 양고기, 감자와 각종 야채는 부드럽고 소스 또한 일품이다. 겉보기에는 간단한 요리 같은데 그 맛은 참으로 오묘하고 깊다.

가이드는 "허르헉은 몽골식 환영하는 음식으로 정말 귀한 음식이다. 허르헉은 그 전통의 한가운데 있는 요리이며, 양고기와 감자, 야채를 찜통에 넣고 달군 돌과 함께 오랜 시간에 걸쳐 쪄 먹는 요리이다. 허르헉은 양고기라는 양 특유의 냄새 또는 질기다는 이미지를 모두 사라지게 할 음식이다. 육질은 부드러워 살살 입안에 녹으며 전혀 냄새가 없다. 등갈비찜처럼 부드럽다. 달궈진 돌로 고기와 채소를 익히는 방식은 원나라가 유럽 원정에서 사용한 요리법이다. 음식을 끓일 도구와 느긋하게 식사를 즐길 시간이 없었던 군인들에게 안성맞춤이었다"라고 말했다. 요즘으로 말하면 간편한 '전투식량'이라고나 할까? 우연히 만들어진 요리법인데 지금은 최고급 몽골 전통 요리가 되었다.

자신이 생활하는 공간에선 쉽게 맛볼 수 없었던 음식을 만난다는 건 여행이 주는 즐거움의 하나임을 부정할 수 없다. 방목한 양의 고기와 말의 젖으로 만든 요리는 우리나라 어디서도 찾아보기가 쉽지 않다. 몽골은 80% 이상의 땅이 초원이다. 여름이면 어디를 가도 온통 풀밭이다. 이곳에서 양과 말 등의 가축을 키우며 살아온 게 몽골 사람들. 몽골의 산맥과 산맥 사이 분지에선 수천, 수만 마리의 짐승들이 뛰논다. 비가 적게 내리고 기온 변화가 극심한 몽골의 겨울은 무섭도록 춥다. 하지만 여름의 온화함은 혹독한 겨울 추위를 상쇄시키고도 남는다. 몽골 북부 낙엽송과 소나무 아래서 즐기는 독특한 음식들은 그 매력을 더해준다.

몽골을 방문하는 여행자라면 누구나 한 번쯤은 먹게 되는 허르헉은 몽골 특유의 방식으로 도축한 양고기를 뜨겁게 달군 돌의 열기로 요리하는 음식이다. 가죽과 뼈, 살과 내장을 버려지는 부위 한 점 없이 칼로 재단하는 허르헉 요리사의 솜씨는 보는 이의 경탄을 부른다. 유목민은 손님을 무엇보다 중요시한다. 자신의 집을 찾는 이들을 식구 이상으로 귀하게 대접하는 건 몽골 사람들이 오래 이어온 전통이다.

양고기 찜 허르헉과 궁합을 이루는 또 하나 빠질 수 없는 것이 있다면 바로 '칭기즈 칸 보드카'가 아닌가 싶다. 보드카 병에는 칭기즈 칸의 얼

굴이 그려져 있다. 냉혹하면서도 엄정해 보이는 표정이다. 알코올 함량
이 39%를 넘는 독주인 칭기즈 칸 보드카는 냉혹해 보이는 칭기즈 칸의
얼굴과는 다르게 향과 색이 없어 마시기에 편하다. 처음에는 알코올 함
량에 놀라 조금 주저했는데 한 잔, 두 잔 마시다 보면 모두 칭기즈 칸 보
드카 매력에 자연스럽게 빠져든다. 음식 궁합이 잘 맞은 '허르헉'과 '칭기
즈 칸 보드카'를 함께 먹고 마시면서 몽골에서의 두 번째 밤이 깊어간다.

몽골 초원에서의 둘째 날

~~~~~~

불가의 수행자들에게 '일기일회(一期一會)'라는 말이 있다. 여러 번 되풀이되지 않는 평생 단 한 번뿐인 만남을 뜻한다. 일생 단 한 번 만나는 인연, 두 번 만나기 힘든 세상에서 서로 만났을 때 마음과 최선을 다한다. 그런 몽골 초원에서의 둘째 날이다.

몽골올레 1코스를 걸었다. 복드항산에도 올랐다. 몽골 초원의 지평선도 보았다. 몽골 초원을 산책하면서 텅 빈 대지, 푸른 하늘, 광활한 초원도 보았다. 그곳에서 몽골의 광활한 초원과 드넓은 하늘이 맞닿아 있는 풍경에 감흥이 일었다. 하늘과 땅 사이에 나 홀로 서 있는 듯한 묘한 기분도 느꼈다. 모든 것이 평생 처음 만나는 일이다. 평생 처음 보는 산천의 낯선 풍경들이다. 어쩌면 다시는 만날 수 없는 인연일 수도 있다.

우연히 나 홀로 남겨진 몽골올레 길에서는 그런 초원의 순결한 빛깔을 닮아가고 싶다는 생각도 했다. 몽골올레 길에서 만난 야생화의 빛깔, 초원의 넉넉함과 느긋함, 어워의 신령스러움, 몽골 젊은이들의 기상, 형허르 마을의 평온함, 운전기사 가족의 따뜻함, 가축들의 유유자적함 등 다양한 몽골 초원의 모습들은 나에게는 '일기일회(一期一會)' 일수도 있다. 살면서 다시 만날 수도 있겠지만 다시는 만나지 못할 수도 있다는 것이다. 그래서 오늘이 더없이 소중하고, 오래 기억하고 싶은 것이다.

광활한 우주 속의 점 한 톨 같은 인간, 몽골 초원에서 사람을 만나는 것은 그런 인연을 맺는 일이다. 그러니 지금 옆에 있는 한 사람 한 사람이 얼마나 소중하겠는가. 유목민이 손님을 접대하는 마음이 딱 그렇다. 그런 모습을 보노라면 그들은 마치 도를 체득한 선사(禪師) 같다는 느낌을 받는다. 초지를 찾아서 이동하는 게 숙명인 유목민은 이동 중에 누군가에게 숙소와 음식을 제공받고, 또 누군가에게 그만큼 베푼다. 그런 순환고리에서 벗어난 사람은 아무도 없다. 연고가 있든 없든, 안면이 있든 없든.

모든 유목민은 그렇게 살아간다. 거대한 자연 속에서는 누구나 길을 잃을 수 있고, 허기와 추위와 맹수의 습격으로 위험에 처할 수 있다. 더구나 몽골 초원은 하루 종일 차를 달려도 집 한 채 구경하기 힘들 만큼 광활하다. 그러니 천신만고 끝에 만난 게르에서 숙식을 거절당한다면 그 나그네는 다음 게르를 만나기 전에 죽을 수도 있을 것이다.

만남을 소중히 여기는 초원에서 유목민의 삶은 몽골올레 길과도 많이 닮아있다는 생각을 했다. 몽골올레 길에 서면 이 길이 자신을 어디로 데려갈는지 그것은 아무도 모른다. 아니 어딘가로 데려가 주기는 할 것인지조차 알 수 없다. 하지만 이 길이 나를 무언가로부터 자유롭게 해 주리라고 믿는다. 일상의 지혜롭지 못한 나태, 체념, 그리고 환멸에서 벗어나게 해 줄 것이라고 믿는다. 내 안에 숨어있는 장중하고 부드러운 어떤 것을 회복시켜 줄 것이라고 믿는다. 그런 면에서 몽골올레 길은 초원의 습성과도 많이 닮았다.

몽골올레 2코스 및 '칭기스산' 트레킹

몽골 초원의 아침 풍경

~~~~~~

새벽부터 몽골 초원에는 비가 내리고 바람이 분다. 게르촌의 새벽 풍경은 옛날 우리네 시골 풍경을 연상시킨다. 게르 굴뚝마다 연기가 나오고 게르촌은 안개 자욱한 모습으로 변해간다. 그런 풍경이 정겹다. 오늘 새벽에도 별을 보지 못했다. 요즘 몽골은 우기여서 밤하늘에 별을 보기가 쉽지 않다고 했다. 그래도 나에게만은 행운이 찾아올 것이라고 믿었는데 역시나 '꽝'이다. 그래도 희망의 끈을 놓지는 말자. 앞으로 몽골 초원에서 별이 쏟아지는 풍경을 볼 수 있는 날은 많다. 새벽 비가 그치고 아침이 되자 사방에 깔려있던 어둠은 순결한 초원을 더럽히지 않고 슬그머니 빠져나간다.

햇살이 돌아온 몽골 초원은 처음 마주했던 날처럼 경이롭다. 시야가 탁 트인 초원은 자꾸 달려오라고 손짓을 한다. 초원의 빛깔이 시시각각으로 변하고 있다. 게르에서 바라본 초원은 언덕의 높고 낮음, 거리의 멀고 가까움, 햇볕의 밝음과 어둠, 햇살의 반사각도 등으로 인해 수많은 푸름을 만들어내고 있다. 몽골 초원에 녹색 스펙트럼이 이렇게까지 넓고 다채로운 줄 몰랐다.

옅은 연두색, 푸르스름한 흰색, 옅은 갈색, 아주 옅은 갈색, 검지만 푸르스름한 색, 진한 갈색, 갈색, 옅은 청색, 붉은 갈색, 옅은 검은색, 베이지색, 발그스름한 노란색, 붉은 갈색, 옅은 흰색, 짙은 초록 따위가 다르다고 생각만 할 뿐 말로는 표현할 수 없는 다채로운 빛깔들을 만들어내고 있다. 수시로 변화하는 천연의 빛깔이 몽골 초원을 더 아름답게, 더 신비롭게 만들고 있는 것은 아닐까 생각했다. 몽골 초원은 숭고함이 느껴질 만큼 청순했다.

몽골올레 2코스 트레킹

~~~~~~

몽골올레 길을 나서기 전에 모두 무탈하고, 비가 오지 않기를 바라는 마음으로 포도주 한 잔을 초원에 '고시레'하고 뿌렸다. 출발에 앞서 게르 앞마당에 뿌렸던 우리의 '고시레' 술 한 잔에 하늘이, 땅이, 그리고 초원이 감동했으면 하는 마음이다.

가이드 수혜는 몽골 초원에도 이와 비슷한 풍습이 있다며 자세히 설명해 준다. "첫째 손가락은 사람을 다스리는 데 쓰고, 둘째 손가락은 돈을 세는 데 쓰고, 셋째 손가락은 뒤를 닦는 데 쓰고, 다섯째 손가락은 코를 후빌 때 쓴다. 그리고 넷째 손가락은 푸른 하늘에 술을 '고시레'할 때 쓴다. 초원에서는 첫 잔을 마시기 전에 세 번 술 방울을 튕긴다. 오른손 4번째 손가락 약지를 이용해서 하늘과 땅과 사람을 위하여, 하늘이시여 우리를 굽어살피소서. 땅이시어 시들지 않은 풀밭을 주시어 가축을 살찌게 해 주소서. 가족이 건강하게 오래 살 수 있도록 해주소서"라는 의미란다.

우리의 '고시레' 같은 의식이다. "고시레~ 고시레~ 고시레~" 우리는 농사철에 막걸리 마실 때 '고시레'하면서 술을 세 번 뿌리는 풍습이 있다. 또 어릴 때 보면 제사를 지내고 난 후에 연세가 있으신 분들이 '고시레'하며 음식의 일부를 떼어내어 허공에 던지고 들이나 산에서 식사하시는 모습도 기억난다. 지금도 이런 광경을 종종 볼 수 있다. 제사 지내러 산에 가서도 그랬고, 들판에서 점심 먹을 때도 그랬다. 심지어 등산이나 놀러 가서 음식을 먹을 때도 무의식적으로 그런 행위를 한다.

어린 마음에 왜 아까운 음식을 저렇게 버리나 하는 의구심을 가졌는데 어른들의 말씀이 주변 삼라만상 신들이나 짐승들에게도 음식을 나누어 주는 것이라 했다. 우리 조상들은 먹을 것조차 없었던 시절에 귀한 음식이었지만 삼라만상 신이나 짐승들에게조차 배려하는 나눔의 문화가 있었다는 것이 중요한 의미를 전해주고 있다. 나눔과 배려는 하면 할수록 좋은 것이고, 그 아름다운 결과는 베푼 사람과 그 자손에게 반드시 되돌아온다는 것이다.

지방에 따라 '고시네, 고시레, 고씨네'하며 사용하셨던 단어의 표준어는 '고수레'란다. 고수레는 우리 민족의 오래된 믿음의 산물로써 고수레를 하지 않고 먹으면 체하거나 혹은 재앙을 받게 된다고 믿었다. 고수레는 우리 조상님들 홍익인간의 뜻이 담긴 우리 고조선 한국인의 조상, 동이족의 풍습으로 러시아 바이칼호수 부근 원주민인 '부리야트'족은 고수레를 '쩨르찜'이라고 하고 전통적으로 고수레 풍습을 조상 대대로 지키고 있단다. 이 이야기는 사실 여부를 떠나서 우리 배달민족의 후손들이라는 또 하나의 증거가 아닐지.

초원과 산맥이 어우러진 몽골올레 2코스는 "몽골 테를지 국립공원에 위치한 칭기스산을 도는 순환형 코스로 난이도는 초급, 총길이는 11km, 소요 시간은 4시간이다. 아시아의 알프스라 불리는 테를지 국립공원에서 각종 야생화와 기암괴석, 흐르는 강물을 걸으면서 즐기실 수 있다"라고 안내문에 기록되어 있다. 우리 앞에 얼마나 다소곳하고 단정한 풍경이 기다리고 있을까. 몽골올레 길을 걸으면서 바라는 것은 하나다. 초원의 기다림이 일상의 조급함을 떨어내는 만큼 올레길에서 머무름이 더 편해졌으면 하는 마음뿐이다.

몽골올레 2코스는 "시작 지점으로 원을 그리며 돌아오는 원형의 코스로 초반 평지 구간과 후반 산 구간의 풍광 차이가 드라마틱한 길이다. 유네스코 세계자연유산인 테를지 국립공원은 초원 및 거대한 높이의 화강암 덩어리들과 함께 몽골 동북부의 젖줄인 톨강이 흐른다. 제주올레 길을 하나하나 낼 때마다 마을 청년들이, 군인들이 힘을 보탰던 것처럼 몽골올레 길도 강을 따라 이어진 길에 있는 징검다리는 현지의 자원봉사자들이 함께 만들었다. 평지를 지나 조금 가파르다 싶은 오르막을 오르다가 멈추어 뒤를 돌아보면 숨이 멎는 장엄하고 광대한 풍경이 따라온다. 능선의 끝에 닿으면 360도 파노라마로 펼쳐지는 테를지 국립공원이 보이며, 오른쪽으로 이어진 산 정상에 있는 큰 규모의 검은 깃발 어워를 돌아 내려가면 이제 길은 종점까지 내리막으로 이어진다. 웅장하고 기괴한 바위산이 언덕 아래에 펼쳐지며 그 중심에 소원바위가 버티고 있다. 바위산과 남근 조각상을 오른쪽으로 끼고 초원의 내리막을 따라 가볍게 걷다 보면 시작점이자 종점에 이른다"라고 했다.

몽골올레 2코스는 또 어떤 길일까.

　몽골올레 풍경을 상상하면서 설레는 마음으로 차에 오른다. 몽골 올레 2코스는 또 어떤 길일까. 몽골 초원은 어떤 모습으로 우리 앞에 나타날까. 몽골올레 1코스를 걸으면서 초원과 산에 감탄하고, 그 초원과 산을 따라 흐르는 강물에 감사하고, 지천으로 널린 들꽃에 취하고, 기암괴석에 반했고, 체체궁 정상에 있던 어워에서 초원의 신성함을 느꼈다. 오늘은 과연 몽골올레 2코스를 걸으면서 찌든 일상에서 벗어나 마음의 평안을 되찾을 수 있을까. 여행이 주는 긴장감을 덜고, 일상이 주는 지루함에서 벗어나 여행과 일상 사이에 머무를 수 있을까. 올레길을 통해 안온한 머무름이 찾아왔으면 한다.

　캠프를 벗어나 포장도로를 20~30분 달리다가 왼쪽으로 방향을 튼다. 초원으로 들어서자 차는 길이 있는 듯하면서도 길이 아닌 길을 길쳐럼 달린다. 우리 앞에 나타난 초원은 티끌 하나 없는 순수함 그 자체였다. 티 없이 맑은 갓난아이의 얼굴을 닮았다. 한 폭의 수채화 같은 해맑은 풍경이다. 보기만 해도 흠이 날 것 같아 보기에도 아까운 산천의 모습이다. 보이는 것마다 태초의 모습을 많이도 닮았다. '보기에 좋았다'라는 말이 우리가 할 수 있는 언어의 전부였다. 옥에 티라면 산기슭에 있던 게르촌과 여행자인 우리뿐이다. 마치 불청객들이 신선한 땅에 들어온 이질적인 느낌이다.

우리가 내린 곳은 길이 사라져 버린 허허벌판이다. 초원 한가운데 섰을 때 우리의 시선이나 생각을 가로막는 인위적인 장애물은 어떤 것도 존재하지 않았다. 시작도, 끝도 없는 텅 빈 곳뿐이다. 우리의 명상을 방해하는 것은 아무것도 없다. 우리는 절대적인 나약함 속에서 절대 자연의 무한과 마주하게 된다. 드넓은 공간에는 푸른 하늘, 끝없는 초원, 그리고 우리뿐이다. 마치 다른 행성에 온 듯한 착각 속으로 빠져든다. 지금 여기는 우리가 사는 세상인 듯하면서도 우리들의 사는 세상이 아닌 듯했다.

이곳은 잠시만 머물러도 신선(神仙)이 될 것만 같은 그런 평온함이 초원 위에 깃든다. 이런 초원의 광경들은 사람들한테 판타지를 주고, 사람들의 상상력을 자극해서 설화나 전설이나 이런 것들을 만들어낸다. 또 사람들이 되려 그걸 또 믿고, 그 초원의 풍경에서 그들의 흔적을 찾아내고, 그런 것들이 계속 반복되면서 몽골에서 초원은 자신을 의지하는 믿음으로 승화된다. 이런 몽골 초원에 서면 누구든 자연스럽게 경건해지고 엄숙해질 수밖에 없다.

몽골올레 2코스 가던 길에 마주친 올레길 이정표인 '올레 리본'

신령스러운 기운이 감도는 초원의 풍경에 홀려서 아무것도 생각할 여력이 없다. 모두 조심스럽게 발걸음을 옮긴다. 몽골 초원은 허허벌판이라 주위가 모두 비슷해서 방향 감각이 사라진다. 어디가 동쪽인지, 서쪽인지 종잡을 수가 없다. 그냥 가이드만 따라 걸었다. 그 발끝에서 뜻밖에 만난 것은 올레길 이정표인 '올레 리본'이다. 허허벌판의 초원 위에 홀로 외로이 서 있다. 제주와 규슈의 바닷가에서 봤던 올레 리본을 몽골 초원에서 보니 무척 반가웠다.

너른 들판, 자그마한 돌 더미 사이에 꽂힌 파란 쇠기둥 위에 파란색과 주홍색 올레 리본이 나부낀다. 주변에 나무나 전봇대가 없어서 그런지 행색은 초라했다. 금방이라도 바람이 불면 쓰러질 것 같은 가냘픈 모양새이다. 우리는 한참을 서서 주변을 살핀다. 올레 리본 하나로는 방향을 알 수가 없다. 간세나 화살표가 가리키는 방향으로 가야 하는데 어디를 봐도 간세나 화살표, 그리고 나부끼는 리본도 보이지 않았다. 올레 리본을 발견한 기쁨도 잠시뿐이다.

'칭기스산' 트레킹

~~~~~~

　지금 걷고 있는 공간은 온통 높고 낮은 초록빛 세상이다. 하지만 한 곳만은 다른 세상이다. 그곳만은 푸르스름한 빛을 걷어내고 온통 누르스름한 빛으로 가득했다. 이곳은 수많은 세월의 무게인 주름으로 겹겹이 쌓인 '칭기스산(Chinggis Mountain)'이다. 이곳은 쳐다보는 것조차 힘들 만큼 가파르다. 우리는 가이드를 따라 산등성이로 오르기 시작했다. 거대한 화강암 봉우리들이 눈앞에 스크린처럼 다가온다.

　오랜 풍화작용으로 노출된 암석의 풍광이 바로 몽골 테를지 국립공원을 유네스코 세계자연유산으로 만든 주역들이다. 거북바위, 소원바위 등을 포함해서 다양한 이름을 가진 바위들이 국립공원 곳곳에서 이정표가 되어준다. 멀리서 보면 완만한 것 같으면서도 끝없어 보이는 경사가 구릉 끝까지 이어진다. 나는 오르다가 힘이 들면 가끔 뒤를 돌아본다. 능선으로 이어지는 산길은 경사가 장난이 아니다. 힘겹게 한 걸음 한 걸음 내딛는다.

　아직도 칭기스산의 첫 봉우리까지는 한참 남았다. 일행들은 저만치 가이드를 따라 능선을 오르고 있다. 나는 올라가면서 다시는 보지 못한 올레 표식이 몹시 궁금했다. 이 길이 몽골올레 길이 맞나 하는 의구심 때문일까, 아니면 간절한 기다림 때문일까. 다른 사람보다 빨리 지쳐가는 듯했다. 그리고 결국 앞뒤 봉우리 사이에 있는 능선에서 걸음을 멈추고 말았다. '다시 내려올 길인데' 하면서 능선에서 일행을 기다렸다. 이만큼 걸었으면 어디쯤 올레 표식이 하나쯤은 있을 법도 한데 보이지 않았다. 가이드는 길을 정확히 모르는 걸까. 아니면 더 멋진 풍경을 보여주고 싶은 걸까.

여행 친구들은 모두 가파른 길을 따라 칭기스산 왼쪽 끝 봉우리에 올랐다. 능선에서 어워를 바라보면서 사진을 찍는 모습이 아스라이 보인다. 순간 봉우리에 오르고 싶다는 강한 욕구가 일었지만 몸이 말을 듣지 않는다. 올라오는 내내 의식보다는 무의식 속에서 올레길로 가지 않고 있다는 느낌에 몸이 화를 내는 듯했다. 하지만 그냥 있는 그대로 받아들이자 마음이 편해졌다.

나 홀로 능선에 앉아 일행들이 내려오기를 기다리면서 이곳저곳 몽골 초원을 내려다보고, 올레 깃발도 찾아보고, 주변의 야생화도 관찰했다. 그때 마침 발아래 주홍빛이 선명한 엘레지가 한눈에 들어온다. '광대', '바람난 여인'이라는 꽃말처럼 자태가 요염했다. 꽃피기 전에는 단정하고 순박하게 보였던 모습이 꽃이 활짝 피어나자 전혀 다른 모습으로 변해간다. 몇 송이만으로도 주변이 환해지는 느낌이다. 엘레지 주변에도 이름 모를 보랏빛과 노란빛 야생화들이 산바람에 흩날린다. 작고 수수한 얼굴들을 탁 뜨인 하늘을 향해 들어 올릴 때면 그보다 멋진 장관이 따로 없다. 다양한 야생화들의 화사한 자태를 넋 놓고 바라보았다. 또 칭기스산에서 바라본 자연의 경치는 나에게 설렘, 예쁨, 정갈함 그리고 놀라움 그 자체였다.

칭기스산에서 바라본 경치

능선에서 바라보면 높고 낮은 언덕들이 꼬리에 꼬리를 물고 이어진다. 광활하게 펼쳐진 몽골의 스텝 지대와 아득하게 너른 들판이 만들어내는 풍광에 깊이 매혹된다. 산 아래 수많은 오름이 짙은 초록 고깔을 쓰고 춤을 추듯이 너울거린다. 오름의 하늘거리는 모습이 너무도 환상적이다. 몽골 초원은 바라보면 볼수록 보는 사람을 끌어당기는 까닭을 알 수 없는 이상한 힘이 느껴진다. 크고 작은, 높고 낮은 수많은 오름은 곡선으로 곡선을, 단정함으로 단정함을, 부드러움으로 부드러움을 서로 뽐내고 있는 형국이다. 우열을 가리기가 어려울 지경이다. 이것이 몽골 초원의 매력이 아닌가 싶다.

일행과 합류해서 오르막과 내리막을 반복하며 앞으로 나아갔다. 터벅터벅 궁륭(穹隆) 같은 대지를 걷는 동안 자연스럽게 나는 말수가 적어졌다.

'칭기스산'에서 바라본 '테를지 국립공원'

오름을 연결하는 칭기스산 아래 둘레길이 바로 몽골올레 2코스라는 사실을 알게 되었기 때문이다. 그리고 길을 구별하고 있는 내 모습이 한없이 초라해졌다. 모든 길은 하나인데 말이다. 제주든 몽골이든, 올레길이든 산길이든, 이름이 있든 없든 길에서는 누구라도 한 발 한 발 땅을 밀어내며 걷는 동안 자신을 정면으로 마주하고 삶을 한번 돌아보면 된다. 바로 '그' 길만이 가진 유일한 매력도 분명히 존재하기 때문이다. 하지만 누구나 걷고 싶은 길이 있다. 그 길을 걷지 못한 서운함은 어쩔 수가 없었다.

칭기스산에서 바라본 테를지 국립공원의 초원은 평온했다. 초원은 한없이 넓고 푸르며 막힘없이 트여있다. 바람도 거침이 없다. 하지만 고요

한 초원 속에는 보이지 않는 생태 사슬이 두 겹 세 겹으로 꽁꽁 묶고 있을 것이다. 각종 생명체가 능력을 다투는 싸움터와 다름없다. 대지에는 끝없이 부드러운 풀이 자라고 땅 위에는 그것을 먹는 초식동물, 바람 속에는 초식동물을 잡아먹는 늑대, 그 위로는 늑대를 위협하는 인간이 있는가 하면 푸른 하늘 밑 모든 곳에는 인간을 결박하는 극단적으로 가파른 대륙성 기후가 있었다. 그 엄혹한 환경 속에서 도태하지 않고 생존할 수 있는 길은 없는가. 그것은 자연에 순응하는 길이 아닌가 싶다.

누군가 "모든 살아있는 것들은 아름답다"라고 했던가. 감정과 힘이 하나의 점을 따라 이동하는 풍경에서 한없는 두려움과 경외심을 느꼈다. 유목민은 누구나 광활한 대지의 운명을 피할 수 없다. 모든 것은 적막 속에 있다. 바람과 가축을 제외하고는 어떤 움직임의 소리도 들을 수 없다. 귀는 언제나 비어 있고, 눈은 항시 지평선으로 열려 있어서 풀잎을 밟고 가는 바람의 발자국들과 대화가 가능했다. 그 속에서 퇴화하거나 강화되고 있는 인간성의 부품들이 사람살이의 깊이와 위대함을 제공한다. 그래서 물고기는 물을 더럽히지 않은 것처럼, 새가 하늘을 더럽히지 않은 것처럼 유목민은 초원을 더럽혀서는 안 된다. 그것을 지키지 않으면 유목민은 초원을 경영할 자격이 없다. 그곳에서 살아갈 수가 없다.

칭기스산을 내려오면서 걸어왔던 길을 뒤돌아보면 까마득했던 길들이 주마등처럼 나타났다 사라진다. 누구나 자신이 좋아하는 일을 즐기는 에너지는 역시 강력하다. 몽골 초원의 풍경에 흠뻑 빠져 즐기다 보면 어느 순간 '언제 여기까지 왔지?' 하며 깜짝 놀라게 될 때가 많다. '언제 저기까지 가나 싶지만, 곧 언제 여기까지 왔나' 하게 된다. 길은 인생과 많이도 닮았다. 자신이 좋아하는 일을 즐기다 보면 어느 순간 무언가를 이루고 있는 자신을 발견하게 된다. 그런 것이 소소한 행복이 아닐까 싶다. 여행은 행복을 찾아 떠나는 일인데 작은 일로 화났던 나 자신이 부끄러워진다.

칭기스산을 내려와서 화채 그릇처럼 둥그런 몽골 초원 한가운데 서서 하늘을 바라본다. 손을 뻗으면 손가락 끝이 금방이라도 푸른 하늘에 떠 있는 뭉게구름에 닿을 수 있을 것만 같은 착각에 빠져든다. 그만큼 몽골 초원은 맑고 투명했다. 오늘따라 유난히 하늘의 푸름이 더 짙다. 하얀 뭉게구름 때문인가.

동화 속의 세상 같은 몽골 초원에서 우리의 상상력은 자유롭게 날개를 펼친다. 날아가는 새들을 바라보면 우리도 새를 따라 날아가고 싶은 충동이 느껴질 만큼 하늘이 맑고 푸르다. 파란 하늘 아래서 자유롭게 살아가고 싶다. 열린 공간 속을 가르며 마음껏 달려가고 싶다. 마음만이라도 한 마리의 새가 되어 너른 초원을 마음껏 날아보고 싶다. 몽골 초원에서는 그런 상상이 가능했다. 산천의 광활함, 풍경의 정갈함 때문이리라. 모두 동심의 세계로 서서히 빠져든다.

몽골, 푸른 초원을 보다

~~~~~~

칭기스산에서 한 시간 넘게 걸어 내려와 다시 승합차를 타고 초원의 길을 나선다. 초원에는 어디에도 길이 없다. 하지만 어디든 길이 된다. 초원의 길은 필요하면 만들어지고, 필요 없으면 자연스럽게 사라진다. 이것은 자연에 순응하면서 살아가는 삶이다. 어쩌면 가장 원초적인 삶이라고 할 수 있다. 그런 초원은 걸어서 다니면 좋은데 너무 크고 넓어 불가능하다. 요즘은 말 대신 차량으로 많이 이동한다. 다만 차로 갈 때 불편한 점은 간간이 작은 도랑이나 움푹 파인 곳을 만나면 무척 힘들고 위험할 수도 있다는 것이다.

칭기스산에 올라 테를지 국립공원을 더 멀리, 더 넓게, 더 크게 바라보았다. 비록 몽골올레 2코스는 촘촘히 걸어보지는 못했지만 대신 칭기스산에도 오르고, 띄엄띄엄 몽골올레 길이라는 칭기스산 둘레길도 걸었다. 그리고 승합차를 타고 초원의 언덕을 넘고, 모퉁이를 돌아서면서 우연히 고갯길에서 말 모양의 간세와 화살표를 발견했다. 사막에서 오아시스를 발견한 것처럼 정말 기뻤다.

몽골올레 길은 이름뿐 아니라 제주올레의 길 표식과 깃발도 그대로 사용하고 있었다. 몽골올레 길을 걷다가 만나는 작은 어워 옆에, 헝허르 마을 앞에, 그리고 허허벌판 초원에 세워진 제주마(일명 조랑말) 모형의 간세는 몽골과 제주를 이어주는 역사적 고리였다. 고려 말 몽골의 지배를 받은 제주에서 몽골 조랑말이 길러졌었는데 약 800년 후 올레길 표식이 돼 몽골에 온 것이다. 그런 생각이 들자 왠지 모르게 뿌듯했고 무척 반가웠다.

초원에는 어디에도 길이 없지만 어디든 길이 된다.

허허벌판 몽골 초원 위에 서 있는 올레 리본과 제주 조랑말 한 마리

나지막한 언덕 위로 희미하게 올레 리본도 펄럭인다. 몽골식 돌무지인 어워와 검은 깃발도 보인다. 나는 올레 이정표를 다시 만난 기쁨에 깃발이 있는 언덕까지 단숨에 뛰어 올라갔다. 몽골올레 2코스인 칭기스산 둘레길을 온전히 걸어보지 못한 아쉬움이 컸던 모양일까. 아니면 칭기스산을 가고 오는 길에 잠깐잠깐 걷고 보았던 몽골올레 2코스가 어디로 향하고 있는지 궁금했던 것일까.

야트막한 언덕에 몽골의 서낭당인 어워는 둥근 돌무덤 주위로 색색의 천을 묶어 울타리를 두르고 장대에 검은 깃발이 매달려있다. 우리 시골 당산나무에 형형색색의 천을 달아놓고 소원을 빌었던 서낭당처럼 푸른 천들이 따사로운 바람에 휘날리고 있었다. 작은 돌무덤 같은 곳에 두 가닥의 올레 리본도 함께 나부낀다. 올레 리본은 언덕 아래로 쭉 이어지고 있다. 아! 이 길이 바로 몽골올레 2코스 시·종점으로 가는 길이구나.

야트막한 언덕에서 시작해 허허벌판으로 이어지는 수상한 움직임을 바라보면서 나는 꿈을 꾼다. 비록 올레길을 완주하지는 못했지만 칭기스산에서 보았던 올레길 풍경을 그리면서 잠시 몽상에 잠긴다. 보통 대부분의 사람은 그냥 있는 그대로 세상을 본다. 하지만 오늘은 나만의 여러 겹의 '안식일의 눈'으로 몽골 초원을 보고 싶다. 아름답고 신비로운 그 무엇으로 초원의 올레길을 받아들이고 싶다. 몽상가의 프리즘을 통해 초원 아래에 숨겨진 여러 빛깔의 색채를 바라보고 싶다. 앞으로 또 기회가 온다면 그런 감정으로 완성된 몽골올레 길을 온전히 걷고 싶다. 여행 친구들은 무덤덤한데 나만 유별나게 미련이 많은가.

원래 제주올레 길은 '사람의 길'인데 비해 몽골올레 길은 '초원의 길'이구나. 몽골올레 2코스에서는 사람 소리 대신 바람 소리, 풀잎이 부딪치는 소리만 들려온다. 초원은 살아 숨 쉬는 듯했다. 깊이를 헤아릴 수 없는 태곳적이고 짙푸른 들판에 풀잎들의 물결이 너울거린다. 풀잎은 분홍색 일출과 함께 솟아났다가 저물녘에는 주황색 어둠 속으로 사그라진다. 몽골올레는 오고 가는 길에 발견한 올레 표식을 보는 것만으로 큰 위안을 얻었다. 초원 위에 새겨진 여러 빛깔의 올레길 흔적을 머릿속에 그렸다. 멀리 보이는 올레길을 걷는 내 모습을 상상하는 것만으로도 흡족했다.

야트막한 언덕에 서서 완주하지 못한 올레길을 바라본다.

몽골 초원에서의 하루가 또 저문다

몽골올레 2코스를 다녀온 후에 우리는 몽골 초원이 보이는 게르 앞에 앉아 망중한을 즐겼다. 우리네 가을을 연상케 하는 덥지 않은 날씨다. 게르 앞에 의자를 놓고 앉아서 한없이 광활하고 푸른 몽골 초원을 바라보는 일은 편안했다. 시시각각 변해가는 초원의 빛깔을 바라보는 일도 즐거웠다. 초원의 여름은 동서남북 어디를 보나 온통 녹음으로 가득 채워진다. 녹음은 햇살을 받아 다양한 빛깔로 반사된다. 모두 나와서 힘자랑하듯이 마음껏 푸르며 세상을 초록으로 꾸민다. 그 위에 수많은 오축(五畜)이라고 불리는 소, 말, 양, 염소, 낙타가 자유롭게 풀을 먹는다. 마치 풀이 없는 추운 겨울 동안 지낼 양분을 몸 깊숙이 채우려는 듯이 고개 한 번 들지 않고 푸름을 자신의 빈틈마다 가득 채우는 듯했다.

여름 동안 번성했던 초원의 푸르름도 가을이 되면 야위어간다. 초원은 가을이 되면 조금씩 야위어 황금빛으로 변하면서 연주자가 된다고 한다. 바람에 찢긴 자리마다 마두금의 현처럼 초원은 운다. 하지만 대지의 표면이 돌개바람, 가뭄, 폭설, 얼음의 발자국에 질식할 때도 땅 밑은 겸손하게 위대한 생명체가 숨어있다. 흙 속에 묻혀있던 씨앗들은 봄이면 푸른 하늘의 호명을 받아 꿈틀대기 시작한다. 여름이 되면 땅속에 숨어 있는 생명이 움을 뜬다. 이렇게 몽골 초원의 사계절은 동적이다.

그곳에서 살아가는 유목민도 움직이지 않으면 삶이 끊어진다. 그래서 그들은 수시로 게르를 옮기고 가축을 이동시킨다. 이것이 유목민의 숙명과도 같은 삶이다. 어느 유목민 시인은 "한번 깨어난 곳에서 두 번 다시 잠들고 싶지 않다"라고 말했다. 유목민이 바로 그렇게 살아가는 사람들이다. 그래서 유목민들은 가난할지언정 정착해서 사는 삶을 동경하지 않는다. 그들은 스스로 매우 높은 도덕의식을 가지고 있다. 또한 자신들의 문화에 대해 정착 문명의 주인들보다 더 높은 긍지와 자부심을 가지고

'몽골 테를지 국립공원' 내 '바양 하드' 캠프. 유목민 게르

있다. 위대한 유목민이란 자유로운 인간에 불과하다.

　몽골 초원에서의 하루가 또 저문다. 몽골에서 하루는 길다. 몽골에 가면 그곳에 안 가본 여행자는 없다는 곳이 바로 테를지 국립공원이다. 동화책에나 등장할 듯한 연둣빛의 초원이 일상에 지친 이들을 반겨주는 곳이다. 올려다보는 하늘은 청옥의 색채로 빛나는 곳이다. '저 푸른빛은 분명 신이 만들어냈을 것'이란 감탄이 절로 나오는 곳이다. 그런 아름다움과 놀라움의 한가운데 자리한 것이 바로 테를지 국립공원이다.

　드넓은 풀밭과 맑은 물 흐르는 협곡, 웅장한 산맥과 기묘한 형상의 바위들까지 두루 갖추고 여행자들을 반기는 곳이다. 여름이면 매혹적인 자연환경을 보러 오는 사람들로 북새통을 이룬다. 몽골 아이들은 시원

한 냇가에서 물놀이를 즐기고, 누구나 잠깐의 안전 교육만 받으면 승마 체험도 즐길 수 있는 곳이다.

우리도 3일간이나 이곳 테를지 국립공원 내 바양 하드 캠프, 유목민 게르에서 숙박한다. 벌써 이틀이 지났다. 오늘이 마지막으로 이곳에 머무는 시간이다. 이곳은 몽골의 수도 울란바토르에서 비교적 가깝고 유네스코 세계자연유산으로 지정될 만큼 수려한 풍광을 갖추고 있다. 승마 체험이 연기되어 오후 시간은 더디게 흘러간다. 주변을 산책하면서 테를지 국립공원의 풍경을 즐기고 몽골 초원을 마음껏 걸어 다녔다. 우리가 숙박하고 있는 게르에서 보면 앞산은 칭기스산이고, 뒤쪽은 엉커츠산이며, 그 옆으로 크리스털(수정) 광산이 있었던 작은 야산이 있다.

평화로운 테를지 국립공원을 유유자적 돌아다니다 보면, 자연이라는 화가가 그린 한 폭의 진경산수화를 보고 있다는 착각에 빠질 정도다. 그만큼 매력이 넘친다. 트레킹과 말타기, 여기에 에델바이스를 비롯한 아름다운 야생화를 보며 피크닉을 즐기는 사람들의 웃음소리가 넘치는 공간이 도심에서 겨우 50km 거리에 있다는 건 축복에 가까운 일이 아닐까 싶다.

이곳은 여행이 주는 긴장감을 덜고, 일상이 주는 지루함을 벗어나 여행과 일상 사이에서 머무를 수 있는 공간이다. 딱히 만날 사람도 없고, 꼭 사고 싶은 물건도 없고, 꼭 봐야만 하는 것도 없는 곳이다. 덜 쓰고, 덜 가지고, 덜 만남으로써 느긋해지고 싶은 곳이다. 이곳에서 여행과 일상의 중간 지대에 머물며 덜 쓰고, 덜 갖되, 더 충만한 시간을 보내고 싶다. 그래서 그런가 여름에 몽골을 여행한 이들은 입을 모아 말한다. "죽기 전에 꼭 한 번은 다시 가보고 싶은 곳"이라고. 그 말이 결코 입에 발린 미사여구(美辭麗句)처럼 들리지 않았다.

천진벌덕에 서 있는 ——— 칭기즈 칸

하늘엔 별, 땅에는 칭기즈 칸

～～～～～～～～～～～～～～～～～～～～～～～

우리말에 '한참'이라는 말이 있다. '참'과 '참' 사이의 거리를 말한다. '한참 가야 한다'라는 말은 40km 즉, 백 리를 가야 한다는 의미다. '상당한 시간이 지나는 동안'이라는 뜻을 가진 한참은 '두 역참 사이의 거리'라는 뜻으로 몽골에서 유래됐다고 한다. 역참이란 수도를 기점으로 하여 각 지방으로 도로를 놓고, 40km 간격으로 여관과 말이 딸린 '참'을 설치한 제도이다. 참과 참 사이에는 소식을 전하는 파발꾼이 사는 마을이 5km 단위로 만들어졌다.

몽골제국의 칭기즈 칸은 통치 지역이 넓어지자 원활한 통치를 하기 위해 몽골의 전통적인 역참제도를 도입해 40km마다 여관과 말이 딸린 '참'이라는 연락망을 설치했다. 역참제도는 정비를 거듭해 '쿠빌라이 칸' 때 완성되었다. 원나라에도, 페르시아에도, 그리고 조선에도 그런 역참 제도가 존재했다. 세계 곳곳에는 칭기즈 칸의 그림자가 아직도 살아 숨 쉬고 있다.

몽골을 여행하다 보면 여행자들을 깜짝 놀라게 하는 일이 하나 또 있다. 온 천지가 온통 한 사람의 그림자 안에 갇혀있는 것만 같은 느낌이다. 몽골 사람들은 칭기즈 칸 비행기를 타고, 칭기즈 칸 지폐를 쓰고, 칭기즈 칸 호텔에서 잠을 자며, 심지어 칭기즈 칸 보드카를 마신다. 오늘은 천진 벌덕에 위치하고 있는 칭기즈 칸의 거대 동상 안으로 들어갈 것이다. 모든 것이 '칭기즈 칸'에서 시작해서 '칭기즈 칸'으로 끝을 맺는다. 몽골을 한마디로 표현하면 "하늘엔 별, 땅에는 칭기즈 칸이 있다"라고 할 정도이다.

이처럼 몽골 하면 떠오르는 상징적인 인물은 '칭기즈 칸'이다. 그는 몽골 초대 황제로 아시아와 유럽에 이르는 세계 최대 단일 제국을 건설한 입지전적인 인물이다. 갑자기 〈징기스칸〉이란 노래 가사가 생각나 흥얼거려 본다. "약한 자를 도우며 사랑했네. / 슬픈 자는 용기를 주었다네. / 내 맘속의 영웅이었네. 징 징 징기스칸 / 하늘의 별처럼 모두가 사랑했네. 징 징 징기스칸 / 내 작은 가슴에 용기를 심어줬네." 대충 이런 내용이다.

이 노래는 1979년 헝가리 출신 독일밴드 '징기스칸(Dschinghis Khan)'이 노래 〈징기스칸〉을 불러 그의 업적을 칭송했다. "칭기즈 칸을 보면서 용기를 얻게 됐고 그가 마음속 영웅이 됐다"는 내용이다. 그 후 여러 나라에서 번안곡으로 불렸고, 우리나라에서도 오래전에 어떤 가수가 번안곡으로 불러 좋은 반응을 얻었다. 그들에게 칭기즈 칸은 슈퍼맨 같은 그런 사람이었을까. 아니면 그런 사람이었으면 하는 바람을 노래한 것일까. 오늘날 역사학자들도 칭기즈 칸을 다양하게 평가하고 있다. 하지만 몽골 사람들에게 '칭기즈 칸'은 진정 영웅이었다는 사실을 곳곳에서 만나볼 수가 있다.

내 생애 처음인 승마 체험

~~~~~~

몽골에서 처음 3일간이나 머물렀던 바양 하드 캠프를 떠나는 날이다. 모두 짐을 싸서 승합차에 실었다. 최종 목적지는 울란바토르이고, 가는 길에 '천진 벌덕'에 있다는 '칭기즈 칸 청동 기마상'을 보고 갈 예정이다. 청동 기마상은 칭기즈 칸의 고향인 '헨티'를 바라보며, 칭기즈 칸이 황금 채찍을 발견했다는 전설의 시작점이 되는 곳에 있다. 동상의 길이만 40m에 달하는 청동 기마상의 내부에는 칭기즈 칸의 문화와 역사를 체험할 수 있는 박물관이 있으며, 기마상 전망대에 오르면 넓은 공원을 한눈에 관람할 수 있단다. 또 어제 갑작스러운 승합차 고장으로 체험하지 못했던 승마 체험도 할 계획이다. 새로 온 차는 처음 차보다는 크기는 조금 작고, 연식은 덜 오래된 일본제 7인승 스타렉스이지만 사륜구동이 아니라서 언덕을 오를 때 조금 걱정은 된다.

이곳에 정이 들어 편안해진 건가. 아니면 다시 온다고 기약할 수 없는 아쉬움 때문인가. 자꾸만 뒤돌아보게 된다. 시야가 바양 하드 캠프에서 멀어질수록 정들었던 게르의 정경은 흐릿해지고 넓어진다. 그에 비례해

그리움은 짙어지고 지금까지 기억들은 또렷해지고 선명해진다. 그새 정이 들었나.

아침 햇살에 피워 나는 거대한 버섯처럼 엉거츠산 아래 겹겹이 쌓여있는 하얀 게르 풍경도, 게르 문 앞에 앉아 일몰의 초원을 바라보면서 칭기즈 칸 보드카를 마셨던 기억도, 소소한 잡담을 나눴던 여행 친구들의 평온한 모습도, 뒷산에 핀 야생화를 보면서 초원을 산책했던 일도, 큰 바위 얼굴을 지닌 언덕에 올라 시시각각으로 변해가는 초원의 다채로운 빛깔을 보았던 기억도, 낯선 초원의 아름다움에 반했던 기억도 모두 그리움으로 남게 될 것이다.

큰 바위 얼굴을 지닌 언덕 아래 우리에게 즐거움을 주었던 식당은 특히 그리울 것이다. 아침마다 먹었던 퓨전식 된장국과 미역국도, 저녁에 종종 먹었던 몽골 전통 음식도, 저녁마다 공연했던 마두금 연주와 전통 공연도, 새벽에만 볼 수 있었던 초원의 별자리 구경도, 간간이 마셨던 '골든고비 맥주'와 '생구르 맥주'도 그리워질 것이다. 우리들의 입맛에 맞았던 것은 누런 골든고비 맥주였다. 모두 싱거웠던 생구르 맥주에 비해, 라거 맥주인데 호프 맛이 찐한 골든고비 맥주를 더 선호했다. 이곳에서의 모든 그리움은 추억 속으로 잠길 것이다. 몽골 테를지 국립공원에서 추억의 절반은 낯선 곳에 대한 멋이고, 나머지 반은 생소한 음식에 대한 맛이 아닐는지.

승합차는 이틀간 몽골올레 길을 걸을 때 오고 갔던 길과는 다른 방향으로 움직인다. 얼핏 보면 이곳은 온통 푸름으로 덮인 초원뿐이다. 모든 것이 텅 비어 있는 느낌이다. 하지만 자세히 보면 언덕과 언덕이 만나는 틈새마다 자그마한 길들의 흔적이 미로처럼 끝없이 이어진다. 몽골 초원은 모르는 길은 있어도 못 가는 길은 없는 듯했다. 그 길을 따라 여행자들이 서서히 밀려온다. 게르가 하나둘씩 늘어나면서 게르촌을 이루고, 요즘은 게르 대신 현대식 건물도 듬성듬성 보이기 시작했단다.

몽골 초원은 길을 따라 한참을 달려도 마을이라곤 보이지 않았다. 그 땅이 얼마나 크고 넓은지 실감할 수 있다. 얼마쯤 달렸을까. 고요했던 초원에 소리가 들린다. 물이 흐르는 소리, 가축들의 움직이는 소리, 물놀이하는 아이들의 웃음소리, 차량이 움직이는 소리, 그리고 사람들의 소리가 들려오더니 '승마 체험장'에 다다랐다. 목장에는 여러 필의 말들이 풀을 뜯고 있다. 승마 체험장에서 목동들이 내주는 헬멧을 착용하고 장갑을 낀 다음, 가이드에게 말 탈 때의 유의 사항을 듣고 한 사람씩 말에 오른다.

가이드는 "유의 사항 하나, 말의 엉덩이(뒤쪽) 부분으로 다니지 않는다. 안 그러면 뒷다리에 차여 날아갈 수 있다. 둘, 말을 탈 때는 왼쪽에서 오른쪽으로 탄다. 그리고 내려올 때도 반드시 왼쪽으로 내린다. 셋, 말을 움직이게 하려면 '초우'라고 외치고, 살짝 달리고 싶을 경우에는 발뒤꿈치로 말의 엉덩이를 살짝 툭툭 치면 된다. 말은 예민한 동물이고 칭찬을 좋아한다"라고 했다. 특히 말은 처음 타는 초보자와 숙련자를 구별할 수 있다고 하니 번데기 앞에서 주름잡는 일은 금물이라고 강조했다.

승마 체험

몽골의 검푸른 하늘과 드넓은 초원을 배경 삼아 말 위에서 폼 잡고
멋지게 여행 친구들과의 기념사진 한 장을 여기에 남긴다.

승마는 내 생애 처음이다. 살짝 긴장했다. 말에 올라 아래를 내려다본
다. 아래에서 올려다본 세상과 위에서 내려다보는 세상은 달라도 너무
달랐다. 아래에서 보면 그리 높지 않았는데 막상 올라와 보면 아주 높게
만 느껴진다. 작은 차이인데 세상이 한없이 달라 보였다. 세상은 자신의
위치에 따라 다르게 보일 수도 있겠구나. 그래서 '처음처럼'이란 짧은 단
어가 세상에 큰 울림으로 작용하는구나.

말을 타는 순간 살짝 오싹할 만큼 전율이 느껴졌다. 자전거를 타는 것
과는 다르게 온기가 돈다. 살아있는 생명과 함께한다는 것은 묘한 느낌
이다. 그것은 서로 간의 교감이 필요하다는 것이고, 서로 마음이 통할
때 안전하고 편안해진다는 것이다. 말이 움직이기 시작하자 자연스럽게
끈을 꽉 잡게 된다. 말을 타고 고요한 초원에서 하늘을 마음껏 바라보며
달그락달그락 산책하는 느낌이 상쾌했다.

목동의 안내를 받으며 한 시간가량 말을 탔다. 길을 넘고, 마을을 지나

고, 초원을 가로지르고, 작은 언덕을 넘고, 작은 개울을 건너서 다시 원점으로 회귀했다. 처음에는 무척 긴장했다. 자전거를 처음 배울 때처럼 자세가 불안하고 넘어질까 노심초사 안절부절못했다. 시간이 흐르면서 말과 친숙해졌는지 조금씩 편해진다. 그리고 승마 체험이 끝나갈 때쯤에는 살짝 오만해진다. 자리에서 일어나 달려보는 기마 자세를 취해보려고 했다. 물론 자세가 어정쩡했고 뒤뚱거렸다. 짧은 시간이지만 몽골의 새로운 문화를 알게 되어 즐거웠다. 몽골 속으로 한 걸음 내디뎌보는 느낌도 좋았다.

소설가 올더스 헉슬리는 "여행하는 것은 모두가 다른 나라들에 대해 잘못 알고 있다는 것을 발견하기 위한 것이다"라고 했던가. 여행은 타인의 문화를 이해할 수 있는 가장 좋은 통로이다. 타인의 문화에 대해서 겉핥기식 이해는 때론 오해와 반목의 씨앗이 되기도 한다. 그곳에 직접 가서 경험하는 모든 것이 그런 이유에서 소중하다. 더 나아가 타인의 문화를 좀 더 깊이 이해하기 위해서는 떠나기 전에 그곳에 대해 올바르게 쓰인 책을 읽어보는 것도 필요하다.

누군가 차로 가면 되지 왜 힘들게 말을 타고 가냐고 했다. 하지만 이곳에 와서 보면 몽골 초원에서 왜 말을 타야 하는지, 왜 말이 꼭 필요한지 조금 이해가 된다. 몽골 초원은 내가 상상했던 것보다 훨씬 넓다. 말을 타지 않고는 도저히 다닐 수 없을 만큼 너른 공간이다. 거기다가 자동차로 이동할 수 있는 길은 턱없이 부족하고 이동도 자유롭지 못하다. 그래서 넓은 초원에서 말은 필수품이다. 너른 초원을 이동하고, 가축을 관리하고 방목하는 데 말은 필수적이고 그들의 삶과 직결된다. 낯선 곳으로 향하는 여행은 길 너머 또 다른 세상과 만나는 마법의 통로 같은 것이 아닐까 생각하게 된다.

칭기즈 칸의 청동 기마상

~~~~~~~~~~~~~~~~~~~~~~~~~~~~~~~~~~~

몽골 초원은 바라보면 볼수록 정제되지 않은 날 것의 짜릿함이 느껴진다. 어디를 바라보아도 막힘이 없는 지평선뿐이다. 푸른 지평선 위로 마치 솜사탕 같은 뭉게구름이 피어오른다. 그런 초원을 따라 또 한참을

천진 벌덕에 위치하는 '칭기즈 칸 청동 기마상'

달렸다. 우리에게는 보는 것마다 새로움이고 낯섦이다. 새로운 곳을 찾아가는 일은 언제나 즐겁다. 드넓은 초원 사이에 무언가가 은빛으로 반짝거린다. 그것은 바로 '칭기즈 칸 청동 기마상'이다.

어느 사이 그 앞에 다다랐다. 천진 벌덕에 위치하는 '칭기즈 칸 청동 기마상'을 보고 또 한 번 놀랐다. 크기는 우리 상상을 초월했다. 몽골은 온통 칭기즈 칸이라는 영웅에 둘러싸여 있다는 느낌이다. 몽골 사람들에게 신처럼 추앙받고 있는 칭기즈 칸은 우리에게는 긍정적인 면보다는 부정적인 면으로 많이 채워져 있다. 고려 시대 삼별초의 아픔 때문인가.

부정적인 칭기즈 칸의 이미지는 어디에서 왔을까. 모두 서양 중심의 사고 때문이리라. 우리는 평생 서양 중심의 생각을 교과서에서 배웠다. 과학은 물론이고 철학, 종교, 언어 등 이루 말할 수가 없이 많다. 그러다 보니 자연스럽게 모든 사고가 서양적일 수밖에 없다. 우리는 칭기즈 칸 하면 초원의 무법자라는 이미지가 강하다.

칭기즈 칸 하면 프랑스 철학자 볼테르의 희극 〈중국 고아〉에서 묘사된 학살과 파괴와 약탈밖에 모르는 야만인인 침략왕이라는 이미지를 먼저 떠올리는 경향이 있다. 또 현지 역사가들이 과장해서 기록한 면도 없지 않다. 이런 인식 탓에 칭기즈 칸을 그 이전에 등장했던 훈족의 아틸라나 후대의 히틀러와 비슷한 인물로 잘못 생각하기 쉽다.

하지만 잭 웨더포드 교수의 『칭기스칸, 잠든 유럽을 깨우다』나 『칭기스칸의 딸들, 제국을 경영하다』에서는 누누이 칭기즈 칸은 대제국을 건설할 자격이 충분한 지도자였음을 역설하고 있다. 칭기즈 칸은 종교적 열기와 갈등이 아주 치열하던 시기에 살았다. 그는 오늘날 우리도 직면하고 있는 많은 문제로 인해 갈등을 겪으면서 고민했다. 신앙의 자유와 광신자들의 행동 사이에서 어떻게 균형을 잡아야 할 것인가? 서로 자신만이 유일하게 참된 종교라고 주장하며 경쟁하는 종교들이 조화를 이루며 살아가게 하려면 어떻게 해야 할까?

이 책은 그의 종교적 근원을 추적하는 데서 이야기를 시작한다. 부족에게서 추방된 그의 가족은 부르칸 칼둔산에서 하루하루를 힘겹게 연명하는데, 이때부터 칭기즈 칸은 산의 영기(靈氣)가 자신을 도와준다고 생각했다. 점차 몽골 부족을 통합하고 몽골국의 최고 통치자인 칭기즈 칸(위대한 칸)으로 등극하면서 그는 이런 성공이 결국 하늘의 뜻이라는 확고한 신념을 갖게 된다. 이 신념은 이제 세상 밖으로 나가 올바른 종교의 길을 가지 않는 모든 나라를 정복하여 하늘의 뜻을 알려야 한다는 사명감으로 확대 발전한다. 그는 하늘의 뜻을 철저하게 신봉하는 사람답게 적들의 패망을 하늘이 바라지 않았다면 자신이 아무리 공격을 잘했다 하더라도 그 나라들을 정복할 수 없었을 것이라는 일관된 논리를 폈다.

칭기즈 칸은 사람을 평가할 때도 말보다는 행동을 더 중시했고, 올바른 행동을 이끌어 내는 밑바탕은 종교적 가르침이라고 확신했다. 이러한 사상은 나의 종교가 중요하다면 너의 종교도 중요하다는 깨달음으로 확대되었고, 제국 형성 과정에서 종교적 관용을 도입하는 결정적 계기가 되었다. 이 종교의 가르침은 무역로 개발과 함께 몽골제국을 뒷받침하는 두 기둥이 되었다.

몽골제국 이전에도 8세기에 무슬림이 이베리아반도에 진출하여 이슬람교, 기독교, 유대교 사이의 종교적 평화를 모색하기는 했다. 하지만 그것은 어디까지나 무슬림 주도의 종교적 평화였지 이 책에서 보여주는 것처럼 칭기즈 칸이 실천한 완전히 평등한 종교의 자유는 아니었다. 칭기즈 칸이 각 종교에 동등한 자유를 허용한 것은 이런 혜택을 주면 그 종교를 믿는 나라의 백성들이 몽골제국의 통치에 좀 더 쉽게 순응하여 제국의 운영이 훨씬 수월해질 것임을 알았기 때문이기도 하다.

이런 점에서 칭기즈 칸은 뛰어난 제국 창업자인 동시에 그 운영자였다. 그의 성공은 간절한 진리의 탐구와 가장 높은 질서의 법률을 드높이려는 끈질긴 노력에서 나온 것이었다. 이러한 그의 사상적·종교적 관용 정책은 현대 세계에 매우 넓고 깊은 영향을 주었다. 유럽에는 계몽주의 시대에 그 정신이 점차 발현되기 시작했고, 신생 미국 '건국의 아버지들'에까지 영향을 미쳤다. 미국 헌법 수정 1조 내용 일부는 이렇다. "의회는 종교의 수립과 관련된 법률이나 자유로운 종교 활동을 금지하는 법률을 제정해서는 안 된다." 종교와 사상의 극단주의로 혼란을 겪는 오늘의 우리에게도 칭기즈 칸의 열린 사상은 시사하는 바가 매우 클 수밖에 없다.

칭기즈 칸의 그릇이 어떤지를 알 수 있는 사례 한 토막을 소개하면 격렬한 전투에서 적군 한 명이 칭기즈 칸이 탄 말의 목을 화살로 맞혀 넘어뜨렸다. 그래도 칭기즈 칸은 살아남아 전투를 승리로 이끌었다. 그는 포로로 잡힌 적군 병사들에게 물었다. "내 황갈색 말의 목뼈를 부러뜨린 화살을 쏜 자가 누구냐?" 한 병사가 나서 자기가 쏘았다고 자백했다. 그는 자신이 처형돼 들판에 버려질 것으로 예상하고 체념했다. 칭기즈 칸은 오히려 그를 용감한 전사라고 칭찬하며 심복으로 삼았다. 패배한 전사들은 대체로 자신의 행적을 숨기고 입을 다문다. 그런데 이 병사는 용감하게 진실을 말했다는 것이다. "그는 동료로 삼을 만한 사람이다"라고 말한 칭기즈 칸은 말의 목을 부러뜨린 그 화살 이름을 따 그를 '제베'라고 불렀다. 그러면서 "내 곁을 지켜 달라"라고 청했다. 새 이름을 자랑스럽게 여긴 제베는 나중에 위대한 몽골 장수가 되었다.

저자는 칭기즈 칸은 종교의 의미를 제대로 깨달은 위대한 지도자였다고 풀이한다. 21세기는 이념의 대결보다는 온통 종교적 분열과 갈등으로 극심한 혼란을 겪고 있다. 한국을 비롯한 지구촌에서 칭기즈 칸의 종교적 관용이라는 메시지는 여전히 중요하고 심각하게 고려되어야 할 화두라고 생각한다.

칭기즈 칸 청동 기마상을 보면 몽골 사람들은 칭기즈 칸의 환생을 믿는 모양인가. 기마상 속의 박물관에는 수많은 여행자와 몽골 사람들로 붐비고 있다. 진정한 믿음을 가진 이들은 부르칸 칼둔산 위로 떠오르는 태양의 눈 부신 햇빛 속에서 칭기즈 칸이 환생하여 돌아올 거라고 믿고 있는 모양이다. 튼튼한 올가미 밧줄과 황금 채찍의 힘으로 칭기즈 칸은 모든 종교를 올바른 길로 되돌려 놓고 그들을 '황금 북극성' 쪽으로 나아가게 할 것이다.

그의 군대는 사악한 자들을 처벌하고 명예로운 자들을 단합시킨 뒤에는 오랫동안 기다려온 '미래의 신'이 안개 속에서 나타나 과거를 무너뜨리고, 역사를 종식하고, 악의 지식을 지우고 선과 빛의 순수한 땅을 통치할 것이다. 그래서 몽골 사람들은 말한다. "볼투구이, 볼투구이" 이 말은 "제발 그렇게 되기를!"이라는 뜻이다.

'칭기즈 칸 공원'은 아직 미완성이다. 공원 중심에 칭기즈 칸의 기마상과 박물관은 만들었다. 그리고 나머지 몽골의 말 탄 전사들을 배치하는 일과 조경은 아직도 진행 중이란다. 공원 부지는 조성이 되어있는데 들어가는 비용이 한두 푼이 아닌 모양이다. 몽골 경제 여건이 어려워 언제 완공될지는 미지수란다. 말 탄 몽골 전사들이 공원에 가득 채워지면 마치 진시황 묘의 병마처럼 규모가 웅장할 것이고, 공원에는 활기가 넘치고 몽골의 기상은 더 높아질 것 같다. 조감도에 그려진 공원의 풍경은 언제쯤 실현될까.

칭기즈 칸의 대형 동상은 약 50m 높이로 몽골의 재벌 '젠코'라는 사람이 만들었다고 한다. 몽골제국 건국 800주년을 기념하여 2008년에 건립했다. 칭기즈 칸이 어릴 적 잃어버린 황금 채찍을 찾은 천진 벌덕에 세웠다고 한다. 비용은 410만 불 정도 들었고 러시아, 중국, 독일, 한국, 몽골의 기술자 약 500명이 만든 기마상이다. 기마상 안은 박물관과 전망대로 구성되어 있다. 내부로 들어가기 위해서는 성인 1인당 8,500투그릭, 한화로 4,000원 정도가 든다.

박물관에 들어서면 입구 정면에 있는 칭기즈 칸의 황금 채찍과 대형 신발이 보인다. 이 자리에 기마상을 세운 이유는 칭기즈 칸이 이곳에서 황금 채찍을 찾았다는 전설 때문이다. 그래서인지 칭기즈 칸 청동 기마상은 황금으로 된 채찍을 가지고 있었다.

　박물관에서 가장 눈에 먼저 들어온 것은 기네스북에 오른 '고탈(몽골 신발)'이다. 높이 9m, 길이 6m의 세계에서 가장 큰 장화이다. 이 장화를 만들기 위해 소 120마리분의 가죽을 사용했다. 장화 내부를 채운 시멘트는 4톤이나 들어갔다니 생각보다 규모가 컸다.

기네스북에 오른 세계에서 가장
큰 장화 고탈(몽골 신발) 앞에서

고탈이라는 몽골 신발은 가죽으로 만든 긴 장화이다. 장화를 신기전에 양말 대신 천으로 발을 싸맨다. 고탈은 왼쪽과 오른쪽 신발 모습이 같다. 아무것이나 신어도 발에 맞게 되어 있다. 옛날 전쟁 중 적과 대적할 때 신발을 갖춰 신고 나가는 시간이라도 벌기 위해 구별 없이 만들었다고 한다.

몽골의 신발은 우리나라 고무신과 많이 닮았다. 몽골 신발은 코를 위로 향하게 하고 뒷굽을 없앴는데 이것은 땅에 대한 존경심에서 비롯되었다고 한다. 인간이 사는 터전인 땅을 신발의 굽으로 짓이기지 말라고 덧

전망대에서 바라본 공원의 너른 터

붙인다. 발을 감싼 발싸개는 앞 코에 조금이라도 걸리게 고안했다. 신발 바닥은 두껍고 단단해 발을 보호할 수 있는 대신 걷기가 어렵다. 땅과 접촉하기 어렵게 해 말을 타고 다니도록 유도했다고 한다. 대형 고탈 앞에 서면 내 모습이 마치 거인국에 온 소인국의 난쟁이처럼 보였다. 정말 큰 신발이다.

그 외에도 박물관 지하에는 몽골제국을 만든 칭기즈 칸과 아들 칸들, 용맹한 장수들의 모습, 몽골의 민속 악기인 마두금, 몽골 유목민의 집인 게르의 변천되는 모습, 그리고 공원 조감도 등이 있었다. 이 공원이 다 완성되면 어떤 모습일까.

또 칭기즈 칸 청동 기마상 말의 뒷다리에서 엘리베이터를 타고 엉덩이를 지나 비좁은 계단을 오르다 보면 말 머리에 이른다. 말 머리에는 실외 전망대가 있는데 공간이 넓지는 않지만, 지상 30m는 족히 될 정도의 높이다. 거기에 올라서면 테를지 초원의 전경이 훤히 다 보였다. 어디를 봐도 푸르름은 끝이 없다. 입구부터 앞으로 조성될 공원의 너른 터가 한눈에 들어온다. 조감도대로 만들어지면 이곳을 찾는 여행자에게 더 많은 볼거리를 제공할 것이다.

동상 밖으로 나오면 독수리 거치대도 보였다. 가이드 말이 몽골 사람들은 새를 좋아한단다. 바다의 흙을 가져와 몽골 땅을 만들었다는 전설상의 새 '항가리드'도 좋아하고, 용맹의 상징인 송골매도 좋아한다고 했다. 이곳에서 적은 비용으로 독수리 체험도 할 수 있단다.

독수리 거치대

　몽골은 여전히 칭기즈 칸의 나라였다. 과거 살아있던 칭기즈 칸은 흩어진 나라를 통일하고 제국을 건설하고 확장하여 번영을 이루었다면, 오늘날 죽은 칭기즈 칸은 나라의 자존심을 살려주고 관광산업으로 또다시 몽골에 번영을 가져다주고 있다.

울란바토르의 첫인상

〰〰〰〰〰〰〰〰〰〰〰〰〰〰〰

사람이라곤 보이지 않는 허허벌판의 몽골 초원을 달려온 지 두어 시간이 넘었다. 가끔 저 멀리 게르와 초원을 뛰노는 말이나 양들이 보이는 것의 전부였다. 몽골 수도인 울란바토르가 가까워지자 산기슭에 울긋불긋 빛깔을 띤 건물들이 하나둘 보이기 시작했다. 유난히 푸른 초원에 알록달록한 빛깔은 눈에 잘 띈다. 거기다 고층 건물들도 보였다. 마치 새로운 문명 세계에 들어온 느낌이다.

울란바토르 시내로 들어가는 길에 'ORGIL'이라는 슈퍼마켓에 들렀다. 몽골 초원에 슈퍼마켓이 있다는 것이 신기했다. 마켓은 관공서 건물 모양으로 네모반듯하고 제법 크다. 우리가 보아온 마켓 건물과는 사뭇 다르다. 장 보는 사람들로 붐비지는 않았지만 사람들이 제법 많았다. 몽골의 물가는 한국과 거의 비슷하거나 조금 싼 편이다. 몽골의 화폐 단위는 ₮(투그릭)이라고 한다. 원화와는 간단히 두 배 차이다. 특별히 살 것은 없었지만 구경하려고 모두 들어갔다.

언제든, 어디서든 낯섦은 여행자를 설레게 한다. 정리 정돈이 잘된 진열대에는 다양한 먹거리로 넘쳐난다. 초원에서 본 몽골 풍경과는 사뭇 다르게 모든 것이 풍족했다. 특히 치즈, 요구르트 같은 유제품들이 다채롭고, 유목민의 나라답게 우유 관련 제품의 종류도 많았다. 또한 햄이나 소시지 같은 육가공 식품도 다양했다. 우리와는 또 다른 먹거리를 보는 재미가 쏠쏠했다. 우리는 유제품 몇 가지를 시식해 보고, 이곳에서 생산되는 맥주, 포도주, 보드카, 그리고 마른안주 등 몇 가지를 샀다.

  울란바토르에 이르러서 가장 놀란 것은 삼 일 동안 초원을 다녔어도 큰 강을 보지 못했는데 이곳에 와보니 도심을 지나는 제법 큰 강이 흐르고 있었다. 도시는 물가에 형성된다는 말이 맞는구나. 어느 나라나 크고 작은 도시에는 물이 풍부하다. 그런 곳에 도시가 형성된다. 어김없이 거친 초원의 나라 몽골에도 같은 원칙이 적용되고 있다. 수량이 풍부한 강이 울란바토르 도심을 관통해서 흐른다. 주변으로 아파트 공사들이 한창 진행 중이다. 고급 주택들도 제법 많다. 곳곳에 보이는 많은 고층 빌딩은 이곳이 몽골 인구의 반에 해당하는 대략 150만 명 이상이 살고 있는 수도임을 나타내고 있다.
  울란바토르를 관통하는 강은 '툴강'이란다. 몽골에는 알타이산맥이나 항가이산맥에서 발원하는 강은 오르혼강과 셀렝게강이 있다. 두 강은 모두 흡수골을 지나 바이칼호수로 들어가고, 이중 오르혼강에서 갈라지는 툴강은 울란바토르를 지나고 몽골 테를지 국립공원을 넘어 시베리아로 흘러가 아무르강을 이루고, 결국 캄차카반도에서 동해로 흘러가는 것 같다. 툴강은 참으로 멀고도 긴 여행을 한 후에야 영원한 안식에 들어가는 셈이다.

툴강이 흐르는 길옆에 아담한 정원식 식당이 있었다. 가이드가 안내한 이곳은 몽골에서 꽤 유명한 한국인이 운영하는 식당이란다. 넓은 주차장이며, 통나무도 만들어진 식당 건물, 그리고 실내 장식이 고급스럽다. 메뉴는 대부분 한국 음식이고 한정식 전문 음식점이다. 두세 번에 걸쳐 나오는 음식이 아주 깔끔하고 정갈했다. 김치, 나물, 젓갈, 그리고 돼지고기주물럭과 불고기까지 다양하게 한국 음식을 맛볼 수 있도록 구성되었다.

이곳은 한국 여행자들이 반드시 찾는 곳이지만 몽골 사람들도 많이 찾는단다. 손님들에게 보이는 세심한 배려가 돋보였고 한국 음식에 대한 자부심도 엿보였다. 거기다 한옥에서나 볼 수 있던 창살무늬의 미닫이문이 유난히 정겹다. 어디서든 낯익은 풍경을 보면 마음이 편안해진다. 이곳에서 식사하는 내내 그동안의 피로감이 풀린 느낌이다. 이곳에서 오랜만에 입맛에 맞는 푸짐한 식사를 했다.

자이승 승전기념탑

울란바토르에서 처음으로 찾아간 곳은 '자이승 승전기념탑'이다. 가이드는 "이곳은 몽골의 제2차 세계대전 승전을 기념하기 위해 1971년에 세워졌다. 울란바토르 남쪽에 위치한 자이승 승전기념탑은 사회주의 혁명 50주년을 기념하고 1965년에 제2차 세계대전에서 일본군 및 독일군에 대항해 싸우다 전사한 소련과 몽골 군인들을 추모하기 위해 세운 승전기념탑이다. 자이승 승전기념탑은 울란바토르에서 가장 높은 곳에 있으며, 울란바토르 시내 전경을 내려다볼 수 있는 전망대 역할도 하고 있다. 몽골관광청이 여행사에 이곳을 관광코스로 반드시 지정하라 할 만큼 몽골 민족의 자부심이 깃들여 있는 곳이다"라고 했다. 하지만 가이드 말과는 다르게 생각보다 낮아 보였다. 그 이유는 울란바토르는 넓은 초원이 200m 내외로 주변이 작은 산들로 둘러싸여 있는 분지이고, 주변 산이 낮아 보이는 것은 울란바토르의 해발 높이가 1,351m나 되기 때문이란다.

자이승 승전기념탑에 올라가는 입구는 길이 좁고 번잡했다. 입구에서

는 '자이승힐 복합쇼핑몰'에 가려서 기념탑이 잘 보이지 않았지만 가장
인상적인 장면은 탱크였다. 과거 소련이 자랑하던 탱크의 조형물이란다.
잔뜩 올린 탱크의 포신이 아침 하늘을 찌를 듯이 뻗어있다. 붉은 군대의
깃발이 그려진 탱크는 마치 높은 언덕을 짓밟고 넘어갈 것만 같은 기세
였다. 탱크 아래의 삼각형 기단에는 1943년에 모스크바에서 출발한 탱
크가 1945년에 베를린까지 공격해 들어가는 루트가 그려져 있었다. 몽
골의 우방국이었던 소련은 독일군을 패퇴시킨 탱크의 업적을 몽골 사람
들에게 자랑스럽게 알리고 싶었던 것일까.

'자이승힐 복합쇼핑몰'과 탱크

1970년대 소련 위성국가들의 빛바랜 필름 같은 풍경들이 이곳에도 고스란히 남아 있었다. 과거 동유럽국가에서나 볼 수 있었던 풍경을 이곳에서 볼 줄이야. 우리가 몰랐고, 모르고 지냈던 몽골의 가까운 과거 역사가 재현되고 있다. 우리는 먼 나라에 대해서 많이 알고 있지만 정작 가까운 이웃 나라에 대해서는 모르는 것이 너무 많다는 사실에 놀랐다. 몽골 하면 그냥 칭기즈 칸, 쿠빌라이 칸과 고려, 그리고 너른 초원과 유목민의 나라라고만 막연히 상상하고 이곳에 왔다. 전후 그들만의 힘들었던 과거가 있을 것이라곤 생각해 보지 않았다. 몽골에 대해 새로운 역사적 사실을 배우고 간다.

우리는 탱크가 전시되어 있던 입구에서 계단을 따라 올라간다. 자이승 힐 복합쇼핑몰이라는 건물 모퉁이를 돌아서자 비로소 자이승 승전기념탑이 한눈에 들어온다. 입구에서 자이승 승전기념탑까지는 무려 270여 개의 계단을 올라야 하는 높이에 있다. 오르막길은 꽤 가파르다. 이 탑을 올려다보는 것만으로도 숨이 찬다. 오늘따라 울란바토르 한낮은 꽤 덥다. 가파른 계단을 270개나 오를 생각만 해도 땀이 난다. 계단 중간쯤에는 여러 가지 물건을 파는 매점들도 보였다. 우리는 오르다 쉬다 반복하면서 힘들게 한 계단 한 계단 올라 자이승 승전기념탑에 다다랐다.

자이승 승전기념탑은 툴강 남쪽 울란바토르의 성산(聖山)인 '보그드산(Bogd Mountain)'의 한 줄기인 작은 산 위에 있다. 자이승 승전기념탑 앞에 서면 남쪽으로는 몽골의 돌무덤인 어워가 보였다. 몽골 사람들은 이곳에 오르면 제일 먼저 돌무더기를 시계 방향으로 3번 돈다. 간혹 여행자들도 안전한 여행을 기원하면서 그런 행동을 따라 했다. 어워 꼭 대기에는 버드나무를 꽂아 하닥이라는 푸른색의 비단 천을 걸어놓았다. 몽골 사람들은 어워를 고갯길 정상이나 전망이 좋은 높은 곳에는 어김없이 설치한다.

그 너머에는 고급 주택가가 들어서 있다. 이곳은 울란바토르의 '강남'이라 할 수 있는 곳이란다. 이곳은 다른 곳에 비해 상대적으로 공기가 깨끗한 지역이라고 한다. 툴강 주변을 따라 울란바토르의 멋진 자연경관까지 한눈에 들어온다. 북쪽으로는 울란바토르 시내가 넓게 펼쳐진다. 서울의 남산처럼 울란바토르의 명소인 이곳은 산으로 둘러싸인 도시를 한눈에 내려다볼 수 있는 좋은 위치에 있다. 멀리 도시 외곽 북쪽 산 능선에는 몽골 사람들이 사는 나무집과 몽골식 천막인 게르들이 무수히 점같이 펼쳐져 있다. 서쪽으로는 벅뜨산에 '소욤보' 문양도 보였다.

언덕 정상에는 자이승 승전기념탑이라는 큼직한 조형물이 시야를 가득 채운다. 탑 주변에는 몽골과 소련은 친구라는 주제를 추상적으로 표현한 원형의 조형물이 있고, 중앙에 거대한 화강암 사발이 있는데 이는 영원한 불꽃을 표현하고 있다. 이곳에 소련의 레닌(Lenin)과 몽골 수흐바타르(Sukhbaatar)의 이름이 함께 새겨져 있는 것으로 보아 과거에는 소련과 몽골이 형제의 나라라고 생각했던 모양이다. 더욱 놀라운 것은 몽골이 세계에서 2번째로 사회주의 국가가 되었다는 사실이다. 예로부터 가까운 이웃 나라인데 나는 몽골에 대해 너무도 모르고 살았구나 하는 생각을 했다.

자이승 승전기념탑

기념물은 구소련의 상징인 낫과 망치로 러시아 조각가 레오가 만들었다. 기념비의 둥근 테두리는 독립을 의미하는 세 다리에 의하여 떠받치고 있다. 벽 바깥에는 몽골의 전통 문양을 배경으로 소련과 몽골의 각종 훈장과 메달이 돋을새김되어 있다. 기념비 정상의 한가운데는 전통적인 등(燈)이 놓여 있다. 그 주위는 폭 3m에 길이 60m나 되는 둥근 철근 콘크리트 벽이 에워싸고 있다. 벽 안쪽에는 러시아 혁명의 역사, 인민군 창설, 1921년 러시아의 몽골 원조, 일본과의 전쟁에서 승리, 그리고 파시즘에 대항한 러시아의 승리 등을 그림으로 나타내었다. 그중에는 일제와 나치 독일의 깃발을 밟아 찢는 인상적인 장면도 눈에 띈다. 전쟁터에서 가져온 흙은 중앙에 있는 화강암 상자에 담아 놓았다.

이곳에 오르면 울란바토르 도시가 한눈에 보인다. 조금 아쉬운 점은 바로 앞에 대형 건물에 가려서 도시를 겨우 반쪽밖에 볼 수 없었다는 것이다. 게다가 탑 주변은 어수선하고 조형물들은 허름해 보인다. 이곳은 승전기념탑의 역사보다는 도시를 내려다보는 파노라마 같은 전경이 으뜸이다. 마치 우리 동네 유달산을 연상케 한다. 정상에 서면 시내뿐만 아니라 점점이 밝힌 섬들이 떠다니는 다도해가 한눈에 보이고 바다 위로는 케이블카가 날아다닌다. 시원스러운 도시 풍경이 볼만하다. 어디든 도심에 있는 산에 오르면 그 도시가 한눈에 보여 기분이 좋다. 그래서 사람들은 산에 오르는지도 모르겠다.

이곳은 경치도 좋지만 몽골 사람들에게는 가장 의미 있는 장소이다. 그래서 몽골 사람들이 가장 많이 찾는 곳이고, 그런 역사적 의미 때문에 여행자들도 많이 들리는 곳이라고 했다.

이태준 선생 기념공원

다음으로 자이승 승전기념탑에서 가까운 거리에 있다는 '이태준 열사'를 만나러 간다. 모두 잘 아는 눈치다. 나만 처음 들어본 이름인가. '이태준'이라는 이름이 생각나지 않는다. 몽골 사람들이 우리나라에 많이 들어와 있는 이유로는 '지리적 인접성, 민족적 유사성, 한국의 경제성장, 한류의 영향' 따위의 여러 가지를 들 수 있다.

여기에 일제강점기 초기 몽골에서 의사로 활동하며 전염병 퇴치에 혁혁한 공을 세워 '몽골의 슈바이처'로 불린 독립운동가 이태준의 헌신적 노력도 한몫을 했다는 것이다. 이런저런 이유로 몽골 사람들은 한국을 '솔롱고스(Solongos, 무지개 나라)'라고 부르며 동경하고 한국인에게 호감을 나타내는 것으로 알려져 있다.

'이태준 선생 기념공원'은 몽골에 여행 온 한국 여행자들이라면 반드시 찾는 곳이라고 했다. 몽골 정부에서 금싸라기 같은 땅 2천 평을 내놓았고, 자이승 승전기념탑 인근에 공원과 기념관을 조성했다. 거기다 기념공원이 있는 곳은 울란바토르에서도 유명 백화점이나 쇼핑몰, 음식점이 몰려있는 나름 명소 같은 곳이고, 부촌이라고 불리는 곳이라고 했다. 그만큼 고마운 인물이라는 뜻이다.

몽골 가이드의 말을 듣고 이태준 선생의 이름을 모르는 내가 조금 낯뜨거웠다. 자이승 승전기념탑에서 내려와 대략 5분가량 도로를 따라 걸어가다 보면 길옆에 아담한 이태준 선생 기념공원이라는 표지판이 보였다. 붉은 벽돌로 만들어진 담장에는 '태극기'와 '이태준 선생 기념공원'이

'이태준 선생' 기념공원 입구

라는 문패가 한글로 반듯하게 새겨져 걸려있다. 입구부터 깔끔했다. 주변
은 가지런히 정돈된 느낌을 받았다. 누군가가 이곳을 관리하고 있다는 증
거였다. 한국인, 그것도 일제강점기에 활동했던 '몽골의 슈바이처'라 불리
는 이태준은 아마 지금까지도 몽골인들 사이에서 특별한 인물인가 보다.

몽골에서 만난 이태준 선생의 묘비와 공원 기념비

　공원 안으로 들어서자 이태준 선생에 대한 설명이 있다. "이태준은
1883년 11월 23일 경남 함안에서 태어났다. 몽골에서는 그를 '리다인'이
라고 불렀는데 '다인'은 그의 호 '대암(大岩)'을 몽골어로 표기한 것이다. 그
는 고향에서 한학을 배운 뒤 서울로 올라와 1907년 경성세브란스의학교

(연세대 의대 전신)에 입학했고 1910년 안창호의 권유로 비밀결사 신민회의 외곽단체인 청년학우회에 가입했다. 1911년 졸업 후 세브란스병원에서 근무하다가 일제가 '데라우치 마사타케 총독 암살 미수 사건'을 날조해 신민회원 600여 명을 검거한 이른바 '105인 사건'을 일으키자 이듬해 중국 난징으로 망명했다. 난징 기독회의원에서 의사로 일하며 독립운동을 돕던 이태준은 몽골에 독립군 비밀군관학교를 설립하려던 사촌 처남 김규식의 권유로 몽골로 건너가 고륜(울란바토르의 옛 이름)에 '동의의국(同義醫局)'이란 이름의 병원을 차렸다. 그때까지 몽골인들은 라마교의 영향으로 병에 걸리면 기도와 주문에 의존하는 것이 보통이어서 근대 의술을 펼친 이태준을 경이의 눈으로 바라봤다. 그의 실력은 금세 소문이 나 왕궁에 출입하며 왕족의 두터운 신임을 받았고 몽골의 마지막 왕 보그드칸 8세의 어의가 됐다. 보그드칸은 1919년 7월 이태준에게 최고 등급의 국가훈장(에르데닌 오치르)을 수여했다. 당시 몽골에 주둔하던 중국군 사령관 3명 가운데 하나인 가오쓰린의 주치의로도 활약했다"라고 기록하고 있다.

1921년 11월 몽골을 방문한 여운형은 월간지 『중앙』 1936년 5월호에 「몽골사막여행기」를 기고하며 "몽골인들의 7, 8할이 감염됐던 화류병(성병) 절멸에 지대한 공헌을 함으로써 '까우리(高麗) 의사' 이태준은 고륜 일대에서는 모르는 사람이 없을 정도였다"라고 회상했다. 이태준을 향한 몽골인들의 존경심이 얼마나 대단했던지 그를 '신인(神人)'이나 '극락세계에서 강림한 여래불(如來佛)'을 대하듯 했다고 한다.

동의의국은 몽골을 오가는 애국지사들의 연락사무소 겸 숙소로 쓰였고, 이태준은 김규식을 비롯한 임시정부의 파리강화회의 대표단의 파견

비용을 대는 등 독립운동에 적극적으로 참여했다. 그는 레닌의 소비에트 정부가 한인사회당에 지원한 독립자금 40만 루블의 금괴 운송에도 깊이 관여했다. 이 가운데 12만 루블이 고륜에 도착하자 1차분 8만 루블은 김립이 이태준의 도움을 얻어 상하이까지 무사히 운반했고, 2차분 4만 루블은 이태준이 직접 옮기려다가 러시아 혁명 반대 세력인 백위파 군대에 붙잡혀 살해되는 바람에 분실되고 말았다. 순국했을 때 그의 나이는 38세에 불과했다.

이태준 선생 기념공원은 규모가 크지 않았지만 정갈하고 알차게 가꾸어져 있었다. 공원 가운데는 오래되지 않은 공원 기념비와 애국지사 이태준의 묘비가 새워져 있고, 한쪽에는 한국식 정자와 그 옆으로 '이태준 기념관'도 있다. 오늘따라 아스팔트와 현대식 건물 때문인지 바람도 불지 않고 지열로 인해 너무 덥다. 그래도 그늘에 들어오면 습기가 적어 괜찮은 편이다. 넓은 공원을 그늘로 해서 한 바퀴 빙 돌아보고 '이태준 기념관'에 들어가 그분의 업적에 관해 설명을 들었다. 몽골과 한국이 과거 불편했던 인연만 생각했었는데 이태준 선생을 통해서 훈훈한 인연도 있다는 것을 알게 되었다.

정부는 이태준 열사에게 1980년 건국공로포장, 1990년 건국훈장 애족장을 각각 수여했다. 문재인 대통령은 지난 8월 광복절 72주년 기념사에서 "광복은 항일 의병에서 광복군까지 애국선열들의 희생과 헌신이 흘린 피의 대가였다"라면서 독립운동가 5명 가운데 첫 번째로 '의열단원이며 몽골의 전염병을 근절시킨 의사 이태준 선생'을 거명했다. 울란바토르를 찾는 한국인들은 대부분 이태준 선생 기념공원을 답사한 뒤에야 나처럼 처음으로 '이태준'의 존재를 확인한다. 한국에도 그의 발자취를 기리는 곳이 점차 늘어나고 있단다.

이태준 (李○○ ○3~1921)
몽골 국왕의 어의(御醫)로서
한국의 독립운동을 펼친 대의(大義)
1911년 세브란스병원의학교 졸업

이태준 열사

그의 탄생 134주년을 맞아 이태준을 독립운동가로서만이 아니라 한-몽 우호의 상징으로서 재조명하는 움직임이 활발해지기를 기대한다. 몽골에서 우연히 만난 이태준 열사, 몽골에서 의사와 독립운동가의 삶을 함께 살았던 이태준을 통해서 사회적으로, 경제적으로 안정된 삶을 포기한 채 조국 독립을 위하여 힘들게 살았던 수많은 독립운동가와 그 자손들의 삶을 그려보게 된다. 머나먼 타국 몽골의 땅에서 독립운동가의 흔적을 발견하니 감회가 새롭다.

몽골의 삼보(三寶)

~~~~~~

몽골의 영광은 삼보(三寶)를 통해 더 잘 이해할 수 있으며 그것은 몽골 사람에게는 커다란 즐거움이면서 자랑이다. 삼보(三寶)란 곧 '몽골의 아름다운 경치, 장대한 역사, 장엄한 음악'을 말한다. 테를지 국립공원에서 아름다운 초원의 경치를 보았다면, 오늘은 울란바토르 몽골 전통 공연장에서 장엄한 음악을 들을 것이다. 그리고 내일과 마지막 날에는 과거와 현재의 수도인 하라호름과 울란바토르의 국립박물관에서 장대한 역사도 들여다볼 것이다. 그곳에서 내가 몰랐던 이웃 나라 몽골의 역사를 배우고 알아갈 것이다.

몽골 전통 공연을 관람하기 위해 공연장으로 향한다. 공연장은 2층 정도 건물로 별로 크지는 않았다. 입구는 자그마한 소극장 정도의 크기에 매표소와 기념품 가게 그리고 출연진들의 사진이 벽에 걸려있다. 출입구는 두 군데다. 공연장 안으로 들어가면 'ㅁ' 모양으로 된 공간이 나오는데 한 면은 공연장이고, 나머지 삼면은 관람석이다.

몽골 전통 공연장 입구

마치 한국의 마당극 하는 극장처럼 공간구조도 비슷하고, 관객과 배우가 가장 가까이서 소통할 수 있는 구조였다. 서양인에게는 낯설겠지만 우리에게는 익숙한 공간구조이다. 그 때문인지 편안하고 아늑했다. 한 백여 명 들어갈 수 있는 공간인데 한국인뿐만 아니라 중국, 일본, 그리고 서양인들도 많이 눈에 띈다.

시작부터 공연은 특이했다. 예로부터 가까운 이웃 나라였지만 모든 것들이 낯설다. 처음 듣고 보는 모습이다. 시작을 알리는 중년 배우의 혀의 안 부분과 목으로 소리를 내는 '허미(후미)' 즉, 휘파람 소리와 베이스 같은 낮은 소리가 사람의 목을 통해 두 가지 음성으로 들려온다. 내 능력으로는 그 차이를 구별해 내기는 어려웠다.

전통 가면춤은 전설상 새들의 왕인 '항가리드', 맹수의 왕인 사자, 동물 사이의 미인인 수사슴, 예언자인 까마귀 등 현란한 모습으로 관객의 마음을 사로잡는다. 반주에는 전통 악기로 '호금과 피리'가 한몫하고, '마두금(머링호르), 톱쇼르와 돔브르'라는 현악기, '헨게륵'이라는 북도 등장하며 몽골 전통 탈춤 '참(Tsam)' 공연으로 이어진다. 우리와 닮은 듯 다른 악기에서는 청아한 소리가 난다.

몽골 전통 민속 공연엔 서커스를 연상시키는 아크로바틱 기예도 등장하는데 공중에서 한 손으로 혹은 입으로 온몸의 중심을 잡는 기술에는 감탄사가 절로 나온다. 사지를 앞뒤 좌우로 접었다 펴며 공연하는 아크로바틱 시범에서 유연성의 극치를 본다. 뼈가 제멋대로 휘는 심각한 질병도 있다지만 전통 공연에서 보는 유연성은 고난도의 서커스에서나 볼 수 있기에 피나는 노력의 결과로 표현된 극작품으로 받아들여진다.

초원의 나라 몽골 땅에서 보는 전통 민속 공연은 우리나라와 비슷할 것 같으면서도 전혀 다른 문화를 보는 것이어서 감회가 새롭다. 특히 혀의 안 부분과 목으로 소리를 내는 허미가 특히 인상적이다. 허미는 매우 힘들어서 몽골인 1,000명 중 1명만 가능하단다. 또한 몽골 전통 민속 공연엔 각종 전통 악기가 등장한다. 마두금, 톱쇼르, 돔브르, 에킬, 헨게륵(북), 호금, 피리 등 생소한 악기가 많다.

댄스 스텝에 맞춰 팔을 흐느적거리는 몽골 전통 민속춤, 화려한 무대와 의상에 몽골의 멋이 자연스럽게 우러난다. 몽골 전통 민속춤엔 팔과 다리를 자주 이용하며 어깨춤은 남녀 무용수가 잘 어우러져 짧은 치맛자락 날리며 몽골 전통 민속춤을 덩실덩실 춘다. 마지막 몽골 전통 가면 춤엔 백발의 노인 신도 등장한다. 백발노인의 신이 지팡이 짚고 물러나면 그다음에는 각종 동물이 등장한다. 뒤쪽에 뿔난 짐승은 '항가리드'(새들의 왕)의 모습을 본뜬 탈을 쓰고 있다. 몽골 전통 음악과 공연을 보고 들으면서 몽골의 장엄한 음악을 통해 또 다른 몽골의 아름다움을 보는 듯했다.

'고전(古典)'이라는 말은 '끝나지 않는 울림을 주는 책'이라는 뜻이다. 오늘 공연장에서 고전 같은 오래되고 아름다운 그들만의 전통음악을 듣고, 몽골 전통 민속춤도 보았다. 비록 우리에게는 다른 문화이지만 그 땅에 사는 사람들에게는 큰 울림을 주는 음악과 춤이다. 그리고 공동체에서 역사적으로 형성되고 축적되어 과거로부터 이어 내려오는 되새기고 싶은 정신이다.

한 나라의 춤과 음악, 음식, 의상, 풍습 따위의 오래된 전통문화는 그 땅에 살아가는 사람들에게는 삶에 꼭 필요한 자양분이고 활력소이기 때문이다. 오래오래 그런 전통을 이어갔으면 바람이다. 여덟 날의 짧은 여정이지만 몽골 여행을 통해서 고전 같은 그들만의 많은 전통을 보고, 듣고, 맛볼 수 있어서 좋았다.

울란바토르에서의 저녁 풍경

~~~~~~

　울란바토르에서는 게르 대신 호텔에 묵었다. 몽골의 여름도 도시로 들어오자 한낮에는 무척 더웠다. 기온이 30도는 넘을 것 같은 후덥지근한 날씨다. 초원의 게르와는 사뭇 다르다. 밖은 섭씨 30도를 넘나들지만 그래도 호텔 안은 시원했고 아늑했다. 창밖은 낡은 건물과 폐구조물 등 낙후된 시설들도 가득 채워졌지만, 호텔 안에서는 케이블을 통해 한국방송을 시청할 수 있고, 와이파이로 인터넷을 할 수 있고, 수도꼭지에서는 온수가 나왔으며, 에어컨이 수시로 가동되고 있다. 안과 밖은 전혀 다른 세상이다.

　나라 밖으로 여행을 갈 때마다 어디서든 흔히 볼 수 있었던 풍경이다. 사람 사는 세상은 어디든 빈부 격차가 존재한다. 그래서 "가난은 임금님도 어쩔 수 없다"라는 말이 나왔는지도 모르겠다. 그래도 여행자들이 있는 호텔과 백화점 바로 옆에 이런 빈곤층들이 살고 있는 게르가 있다는 게, 시내 중심부에서 도로 하나만 건너도 판자촌이 있다는 게 믿기지 않았다.

멀리서 보면 알록달록 형형색색의 지붕들이 산자락에 위치한 전원주택 아닌가 생각하지만 대부분 전통가옥과 게르란다. 어디든 빈부 격차가 있다. 이것이 우리가 살고 있는 작금의 현실이다. 다만 현대사회의 문제는 그들을 모두 잘살게 해 주는 것이 아니라 그보다는 빈부 격차를 줄여 최소한의 빈곤으로부터 보호하는 것이다. 이것이 현대 국가의 책무이고 나라가 존재하는 이유가 아닌가 싶다.

도심에 있던 한 호텔에 머물면서 두 가지가 인상에 깊이 남아있다. 하나는 호텔 로비에 걸려있던 '투구를 쓴 몽골 전사'들의 모자이크 처리로 그린 그림이고, 또 하나는 우리 방에 한 면을 장식하는 특이한 벽지 그림이다. 나는 두 그림에서 몽골의 앞날을 보는 듯했다. 호텔 로비에 걸

호텔 로비에 걸린 '투구를 쓴 몽골 전사' 그림

린 그림은 모자이크처럼 처리해서 선명하지는 않았지만 어위에 걸린 푸른 천 하닥의 빛깔을 많이 닮았다. 그림을 보면 볼수록 빠져드는 마력을 지니고 있다. 절제된 우아함이, 늠름한 자태가 몽골 초원과 많이도 닮았다. 그 앞에서 서면 왠지 경건해져야 할 것 같은 인상을 받았다.

푸른색을 바탕으로 울긋불긋한 색채가 모자이크처럼, 물감을 조각조각 붙여 만든 것처럼 보이는 유화였다. 그 빛깔이 신비롭고 다채롭다. 그림 속에 투구를 쓴 옛 몽골 병사들의 말 탄 모습이 대략 800여 년 시공간을 뛰어넘어 현실적인 생동감으로 여행자를 압도했다. 그림 속의 몽골 병사들은 다가올 미래에서는 어떤 모습으로 우리 앞에 나타날까.

또 호텔방 벽지도 특이했다. 어떤 호텔에서도 한 번 보지 못했던 그림이다. 벽지 속에 들어있는 여러 가지 과학 기구들과 실험하는 사람들, 공사장 크레인과 아파트와 다리, 끝없는 지평선과 독수리, 그리고 지상의 낙원 같은 태양과 맞다 있는 푸른색 천의 펄렁거림 등 몽골 사람들이 꿈꾸는 미래를 추상적으로 그려놓은 듯한 벽지다. 벽지에는 몽골 사람들의 강인한 의지가 들어있는 듯했고, 그들의 꿈이 들어있는 듯했다. 그들의 꿈이 초원과 공존하면서 그림처럼 이루어졌으면 하는 바람이다.

저녁은 몽골식 샤부샤부이다. 고층 건물 '리지프 몬 센터'에 있는 어느 고급 식당이다. 내부 장식이 굉장히 고급스러운 분위기다. 넓은 홀은 다양한 국적의 사람들로 꽉 차 있고, 좌석마다 전기 레인지 '인덕션'이 설치되어 있다. 우리도 예약해 둔 좌석에 앉았다. 이곳은 초원의 나라, 몽골이라곤 상상할 수 없는 곳이다.

몽골에 오기 전에 '상상 속의 몽골'에 대해 생각해 본 적이 있다. 직접 가보지 못한 몽골의 풍경은 황량함과 쓸쓸함, 그리고 한때 그 땅의 지배자이자 주인이었던 칭기즈 칸의 이미지로만 다가왔다. 아무것도 없는 허허벌판에 이동식 천막이 펼쳐져 있고, 그 주위에서 양과 말이 뛰어놀 것이라는 상상은 몽골의 관문인 칭기즈 칸 국제공항에서부터 한 방에 깨져버렸다.

거기다 한국의 여느 대도시와 다를 바 없는 저녁 풍경이다. 환하게 빛나는 네온사인과 높이 솟은 건물들, 거기에 유목민의 전통 의상이 아닌 고급 양복과 양장을 차려입은 신사와 숙녀들이 울란바토르 도심을 당당히 오갔다. 울란바토르에 이르러 처음으로 점심을 먹었던 한국 식당도 그랬지만, 이곳은 더 화려하고 깔끔하고 멋스럽게 장식된 곳이다. 음식들이 하나하나 들어와 차려질 때마다 놀라움은 더 커진다. 식기는 반짝반짝 윤이 났고, 다양한 쌈 야채들은 싱싱했으며, 여러 종류의 고기(소고기, 양고기, 말고기), 몽골식 만두, 국수 등 식탁이 푸짐했다. 거기다 포도주와 디저트 역시 유럽 레스토랑에서 내놓아도 손색없을 정도로 맛이 각별했다.

"투구에 물을 끓여 말린 고기와 초원에 지천으로 널린 식용 채소를 데쳐 먹었다"라는 풍문이 떠도는 13세기 몽골식 식사는 그저 관광객이 품을 법한 환상에 불과한 듯 보였다. 울란바토르는 그만큼 빠른 속도로 변해가고 있다. 풀이 자라는 곳으로 이동하며 유목 생활을 하던 몽골 사

람 중 많은 숫자가 현대적인 도시 생활을 위해 정착한 지역이 바로 '울란
바토르'이다.

여행자의 상상 속에 존재하는 낭만적이고 목가적인 몽골은 이곳 '울란
바토르'에는 어디에서도 찾아볼 수가 없다. 이곳에도 문명의 바람이 세
게 불고 있다. 여기라고 예외일 수는 없다. 그래도 옛 전통을 지키며 살
아가는 몽골 유목민들이 많았으면 한다.

몽골에서 길을 떠나는 일이란?

〜〜〜〜〜〜〜〜〜〜〜〜〜〜〜〜〜〜〜〜〜〜〜〜

몽골 초원에서 공간은 태초부터 존재해 온 그대로 텅 비어있었다. 텅 비어있는 몽골 초원에는 고귀한 단순과 편안한 침묵만이 흐른다. 오늘도 그런 초원을 따라 먼 길을 달려왔다. 몽골에서 길을 떠나는 일은 시간을 가늠할 수 없는 일이다. 문명사회에서 운행되는 시간표는 몽골 초원에선 전혀 들어맞지 않는다. 몽골 초원은 쉼표가 많은 공간이다. 몽골올레 길에도 시간이 흐르지 않는 듯했다. 이곳에서 길을 걷는 것은 쉼표와 같은 기다림이고, 마침표와 같은 머무름이다. 이곳의 시간은 시침으로 움직이지 않고 해와 달의 운행으로만 돌아가기 때문이 아닐까 생각했다.

오늘도 내 손에 쥐어져 있는 아이패드와 스마트폰은 지체 없이 세상의 정보를 전달해 준다. 로봇 J 새뮤얼슨은 휴지(休止)를 의미하는 쉼표가 멸종되었음을 애도하는 글을 썼다. "쉼표의 슬픈 운명에는 더 의미심장한 뜻이 담겨있다. 그것은 단 1분도 기다리지 못하는 오늘날의 삶의 양식, 이 정신없는 질주에 우리는 어떻게 대처하고 있는지 보여준다. 우리에게는 그럴 여유가 없다. 잠깐의 멈춤도 허락하지 않는다"라고 했다. 하지만 몽골 초원에서는 아직도 쉼표가 살아 숨 쉬고 있다. 초원에는 기다림도 살아있고 머무름도 살아있다. 그래서 이 땅에는 미래의 희망이 담겨있다.

　몽골 초원에서 길을 걷는 것은 기다림을 통해 잠깐 멈춤의 시간을 갖는 것이다. 초원은 느림이고 수없이 긴 시간의 기다림 속에서 형성되어 왔다. 몽골 초원에서 그 긴 기다림을 본다. 몽골 초원은 기다려야 더 풍요로워진다. 이곳에서의 기다림은 살아내야 하는 것들이 살아가는 기본 방식이다. 몽골에서 초원의 길을 떠나기 위해서는 일단 마음의 조급함과 욕심을 버려야 한다. 언제 어디서 차량이 길바닥에 놓인 돌멩이들과의 싸움에서 처참하게 무너져 퍼질러 앉을지 모르기 때문이다.

　이곳에서 기다림은 늘 있는 일인데 무익함이라고 여겨지는 탓에 그 가치를 제대로 평가받지 못하고 있는 것 같다. 어쨌든 삶을 살아내야 하고 그게 전부인 이상 낙관도, 비관도 들어설 자리가 없다. 삶이 아무런 의미도 만들어내지 못하는 이유는 바로 삶 자체가 의미라는 데 있다. 그들에게 기다림은 살아내는 기다림이며 희망이나 두려움이 섞여 있는 무분별한 기다림이다. 하지만 다른 한편으로는 삶에 대한 관심이기도 하다. 이번 여덟 날의 몽골 산책을 통해 기다림은 무익한 것이 아니라, 어쩌면 자연에 대한 사랑이고 삶에 대한 관심이라는 사실을 자연스럽게 알아간다.

　오늘날과 같이 즉각적 만족의 시대, 빠른 성과와 결과를 요구하는 시대에는 기다림이 아무 쓸모가 없는 것에 불과해 보일 수도 있다. 기다림이라는 습관은 물론 어느 때보다 더 시대의 흐름에 역행하는 것일 테고,

우리의 영혼은 어느 때보다 더 무딘 상태가 될 것이다. 이런 시대에 몽골 초원의 풍경은 기다림의 선율에 귀를 기울이게 하는 묘한 힘이 있었다.

우리 인생의 태반은 기다림의 결과물이 아니던가. 살다 보면 가장 멋지고 좋은 것들은 항상 기다림을 통해서만 얻을 수 있었다. 사실 인간이란 매일 무언가를 '기다리는 존재'가 아니던가. 요즘 사람들은 참고 기다릴 줄 모른다. 『여덟 날의 몽골 산책』에서 그런 기다림의 기쁨을 배웠으면 한다. 몽골 여행이 자신만의 고유한 속도와 가치를 찾아가는 경험이 되기를 희망한다.

다섯째 날

몽골제국의 옛 수도 ─ 하라호름

몽골제국의 옛 수도 '하라호름'으로 가는 길

울란바토르에서 '하라호름'으로 가는 길은 마치 초원으로 쏟아지는 빛과 만나는 여행과 같았다. 초록빛 양탄자를 깔아놓은 듯한 초원의 풍광, 점점이 박힌 에메랄드 보석 같은 언덕, 거기다 여백으로 가득 채워진 하늘은 고요했고 평온한 대지는 눈부셨다. 마치 다른 세상에 온 듯했다. 길을 제외하면 초원은 원시적 모습 그대로이다. 시작도, 끝도 없는 신기루 같은 세상이 내 앞에 펼쳐진다. 공허한 초원의 푸른빛에 눈이 시릴 때쯤 되면 간혹 멀리 보이는 몽골식 이동 천막 게르와 주위에 방목하고 있는 말, 소, 그리고 양 떼들의 움직임이 여행자의 피로감을 해소해 준다.

하라호름으로 가는 길은 잘 그려진 한 폭의 풍경화를 떠올리게 하는 몽골의 야트막한 산과 들이 이어지는 여행길이다. 이런 몽골 풍경에 칭기즈 칸 보드카가 빠질 수가 없을 것 같다. 몽골 사람들의 술 실력은 러시아인 못지않다고 한다. 북쪽 대륙의 겨울이 길고 추운 탓도 있겠지만

초원으로 쏟아지는 빛과 만나는 여행

이런 초원의 풍경을 보면서 말을 타고 달리고, 그 안에서 자유를 만끽하는 그들이라면 당연히 곡차가 당길 것이다. 이곳에서는 곡차를 마셔야 할 이유가 차고도 넘치고 넘쳤다.

투명한 하늘과 넉넉한 대지, 그리고 그 안에 살아가는 생명체들의 느긋함 때문일까. 첫날부터 한국에서 공수해 온 소주보다는 칭기즈 칸 보드카를 더 많이 먹게 되었다. 언제부터는 자연스럽게 칭기즈 칸 보드카를 사기 위해 발걸음이 슈퍼마켓으로 향하게 되었다. 그곳에서 사면 1병(500ml)에 우리 돈으로 일만 원 정도이다.

울란바토르를 벗어나자 사람도, 집도, 가게도 순식간에 마법처럼 사라진다. 문명의 흔적이라곤 어디에도 없다. 오직 자연 그대로 모습뿐이다. 몽골 초원은 비록 눈이 부실 만큼 찬란하거나 화려하지 않았지만 보고 있으면 왠지 모르게 무언가에 빨려 들어가는 기분이다. 이곳은 시간이 사라져 버린 공간처럼 거리 감각도 마비된다. 이곳은 시간이 흐르지 않고 그대로 머물러 있는 듯했다. 승합차를 타고 달리고 달려도 모든 풍경은 변하지 않고 그대로였다. 여행자들은 가끔 멀리 보이는 하얀 게르와 목장, 그리고 전봇대 같은 입체감으로 공간을 인식할 뿐이다.

그렇게 한 2시간쯤 달렸을까. 단조롭던 초원 풍경에 변화가 온다. 초원의 푸른 빛깔이 노란 색깔로 서서히 바뀌고 있다. 초록 바탕에 노란빛 파스텔화로 그린 유채꽃이 초원 한가운데서 화병에 꽂힌 거대한 꽃다발

초록 바탕에 노란빛 파스텔화로 그린 유채꽃 풍경

처럼 피어나고 있다. 세상이 온통 밝아지는 느낌이다. 여름에 보는 유채꽃은 처음이다. 우리나라에는 이른 봄에 피는 꽃이 이곳은 여름에 피어나고 있다. 그 넓이도 어마어마하다. 사람의 손으로 심어놓은 것이라고 하기에는 믿기 어려웠다. 마치 자연 속의 야생화처럼 초원을 온통 노란빛으로 물들이고 있다. 노란빛에 마음이 홀려서 잠시 쉬어간다.

이곳은 우리가 생각하는 공간, 시간, 거리, 면적, 높이, 넓이 같은 개념을 초월했다. 여기에는 거리도, 시간도, 넓이도, 면적도 더 나아가 시간이나 공간 같은 개념도 사라져 버린 듯했다. 태어날 때 태곳적 그 모습 그대로 지금도 간직하고 있는 듯했다. 우리가 지키고 보존해야 할 지구의 마지막 보루 같은 공간이다.

울란바토르에서 하라호름으로 가는 길은 이동 거리가 약 350km이고, 이동 시간은 약 4시간 정도 된다고 했다. 한 3시간 정도 달려가자 마을이 보이기 시작했다. 이곳은 마을이라기보다 도로를 따라 길게 들어선 간이 휴게소와 비슷했다. 초원을 오고 가는 운전기사나 여행자들이 잠시 쉬어가는 공간이다. 간혹 길옆으로 주유소나 작은 가게들이 있었지만 이렇게 많은 가게가 모여 있는 마을은 처음이다. 가게들의 외장은 대체로 밝고 따뜻한 색상이다.

몽골 가게들은 입구가 비슷비슷하고 그런대로 깨끗하고 산뜻했다. 대부분 슈퍼와 식당이라고 한다. 건물마다 TV 수신기가 설치되어 있다. 슈퍼들은 우리처럼 물건을 밖에 진열하거나 내놓고 팔지 않는다. 거기다 안을 들여다볼 수 있는 유리창도 없다. 문 앞에 작은 간판만 붙어있다. 그래서 낯선 여행자의 눈으로는 식당과 슈퍼의 구별이 쉽지 않다. 가이드는 몽골은 대개 식당과 슈퍼가 교대로 있다고 했다. 하지만 간판을 읽을 수가 없다. 우리는 건물 안으로 들어가야 비로소 그곳이 식당인지, 슈퍼인지 구별할 수 있었다.

점심시간이라 그런지 식당 앞에는 많은 차들이 주차되어 있었다. 몽골에는 일본 차가 유독 많이 보인다. 일본 차는 모두 운전석이 오른쪽에 있다. 일본 차를 수입할 때 새 차는 모두 왼쪽으로 운전대를 고쳐 수입하지만 중고차는 그대로 수입한단다. 운전석이 왼쪽에 있는 것이 원칙이나 딱히 오른쪽에 있어도 아직 규제하지는 않기 때문에 굳이 돈을 들여 고치지 않는단다. 우리가 타고 다니는 스타렉스도 중고를 수입했는지 운전대가 오른쪽에 있었다.

길가의 휴게소 풍경

내가 위험하다고 느낄 때는 앞차를 추월할 경우이다. 오른쪽에 운전대가 있으면 도로 시스템은 왼쪽 운전대를 기준으로 움직이다 보니 시야가 앞차에 많이 가려 항상 조심해야 했다. 왼쪽 운전대에 익숙한 우리는 어딘지 모르게 불안했고 많이 낯설었다. 하지만 아직 몽골은 교통량이 많지 않아 큰 불편 없이 잘도 굴러다닌다.

가이드를 따라 현지인이 운영하는 식당으로 들어선다. 식당 안은 생각보다 넓었다. 한쪽에 자리하자 가이드가 바로 음식을 주문했다. 어떤 음식인지 몹시 궁금했다. 하지만 메뉴판이 있어도 몽골 글씨라 읽을 수가 없다. 한국어나 중국어 심지어 로마자 표기도 없다. 잠시 후에 큰 접시 하나에 밥, 양고기, 양배추, 당근 그리고 별도로 몽골식 빵이 나온다. 그런대로 먹을 만했다. 가이드와 운전기사는 우리와 음식이 다르다. 양고기 수프가 나오고, 야채샐러드, 고기국수, 그리고 빵이 식판으로 나왔다. 현지 음식에 궁금해하는 우리에게 음식 맛을 보란다. 수프는 우리 입맛에 맞지 않았지만 고기국수는 그런대로 먹을 만했다. 낯선 곳에서 먹었던 현지 음식은 다양한 즐거움을 준다. 여행 중에 생긴 사소한 일보다도 현지 음식을 통해 낯선 곳을 알아가는 재미가 더 쏠쏠하다.

몽골 초원에서는 화장실이 따로 없다. 하지만 초원에서 볼일을 보는 것은 생각보다 나쁘지 않았다. 처음에는 사방이 화장실이니 어디든 괜찮다고 했지만, 막상 망망한 대지에서 바지춤을 내리는 게 어색하고 영 껄끄러웠다. 작은 나무가 보이면 그쪽으로 마주 섰고, 꺼진 자리가 보이면 그곳으로 향했다.

다만 냇가나 도랑 같은 곳에서 볼일을 보려고 하면 그럴 때마다 가이드가 나타나 길을 막아섰고 근엄한 표정을 지으며 제지했다. 강물은 모두가 쓰는 생명수라며, "아무것도 없다는 것은 채워 넣을 것이 많다"라는 말처럼 바로 초원에도 그런 규칙이 있단다. 초원은 자유롭고 아무런 제약이 없을 것 같지만, 그 안에는 보이지 않는 엄격한 규율이 있다는 것이다.

이것은 오래전 칭기즈 칸의 규율이고, 지금도 지켜지는 초원의 불문율 같은 규율이란다. 우리에게는 아무런 구속이 없을 것 같은 드넓은 초원이지만 그 안에도 그들만의 엄격한 규율이 있었다. 그 규율은 삭막한 초원에서 살아남기 위한 유목민들의 마지막 생명선 같은 것이 아닐까 싶다.

다만 여기는 사람들의 왕래가 잦으니 집집마다 화장실이 있겠지 했다. 가이드에게 화장실이 어디냐고 물었더니 길 건너에 있는 화장실에 가보란다. 길 건너편에 판자로 만든 간이건물이 3~4개가 서 있다. 오래전 우리의 재래식 화장실과 비슷하지만, 공간은 넓고 구덩이는 너무 깊다. 대낮인데도 안으로 들어서니 으스스했다. 이것이 초원의 임시 화장실이다.

하라호름의 '에르덴 조' 사원

～～～～～～～～～～～～～～～～～～～～～～～

　오전 내내 몽골 초원을 달려왔다. 몽골 초원은 바라보면 끝없이 너른 대지가 펼쳐지고, 능선으로 이어지는 산봉우리는 병풍처럼 주위를 감싸고 있는 형국이다. 목적지에 이르려면 한 시간가량 더 가야 한다. 도로에는 자전거를 타고 달리는 씩씩한 여행자들도 종종 보였다. 우리나라 스타렉스를 닮은 '푸르공'도 많이 굴러다닌다.

　푸르공은 러시아 군용 차량으로 포장되지 않는 길에 최적화되어 있는 사륜구동식 자동차이다. 몽골에는 러시아 사람도 많이 여행 오는데 주로 푸르공으로 다닌단다. 보기에는 투박해도 외모가 귀엽게 생겼다. 특히 장거리 여행을 하는 데는 안성맞춤이란다. 이 차는 고장도 적고 숙식을 할 수 있는 공간이 넉넉해서 러시아 여행자들이 선호한다고 했다. 초원에서는 아주 작은 변화도 우리들의 관심을 끈다. 너무 단조롭기 때문인가.

　하라호름이 가까워지는 모양이다. 제법 큰 마을이 눈에 들어온다. 마을 근처에 이르자 길 왼쪽으로 사람들이 옹기종기 모여 있다. 뭐가 있나? 밋밋한 초원의 풍경 때문인지 작은 것에도 눈길이 간다. 일정에는 없지만 호기심에 잠시 들렀다. 이번 몽골 여행은 여행사를 통한 묶음 여행이지만 자유 여행 같은 우리만의 맞춤 여행이다. 우리만을 위한 잔치 같은 여행이어서 어느 곳이나 우리가 원하면 갈 수 있다. 7인승 스타렉스에는 기사와 가이드, 그리고 우리 일행 5명이 전부였기 때문이다. 그래서 유난히 기억에 많은 것이 남아있다.

언덕에 서서 하라호름의 황량한 대평원을 둘러본다.

서양인들이 '에르덴 조' 사원이 마주 보이는 나지막한 언덕까지 걸어 올라와서 남근 모양을 사실적으로 묘사한 '남근석'을 신기한 듯 구경하고 있었다. 철제 담장이 쳐져 있고 푸른 천이 펄럭인다. 몽골 사람들은 이곳을 신성시하는 모양이다. 그 안에 'Pennis Stone' 즉 우리말로 남근석 같은 것이 있었다. 원래부터 자연적으로 이런 모양의 돌이 있었던 것이 아니고, 누군가 이곳에 인위적으로 만들어서 설치했단다. 이곳에 왜 이런 남근석을 설치했을까.

일설에 따르면 에르덴 조 사원에서 마주 보이는 언덕에 있는 남근석은 건너편에서 보이는 계곡이 여자의 음부를 닮아 수행자들의 정신이 흐트

러질까 염려해 설치했다고 한다. 그 언덕에 서서 에르덴 조 사원 너머 황량한 대평원을 둘러본다. 한창때는 세계 각국으로부터 조공품이 들어와 물산이 풍부했을 사라진 도시 하라호름. 인걸은 다 어디로 가고, 기념품을 파는 노점상들과 메뚜기들만 찌르르 소리를 내며 날고 있을까.

마침내 하라호름 '에르덴 조' 사원에 다다랐다. 이곳은 몽골에서도 대표적인 여행지다. 주차장에는 차량과 사람으로 붐비고, 여행자들을 위한 식당이나 기념품 가게도 많다. 몽골에서 좀처럼 보기 드문 광경이다. 이곳은 삼림과 물과 초원이 어우러진 몽골에서 가장 풍요로운 땅이다.

몽골을 침략한 청(淸)에 철저히 파괴된 하라호름 대평원에는 왕궁 석재를 이용해 지은 '에르덴 조' 사원만 덩그러니 남아 있다.

하라호름 주변으로는 유서 깊은 오르혼강이 흐르는데 밤하늘의 별도 일품이란다. 한밤에 오르혼 강가에 나가면 마치 별이 손에 잡힐 것 같은 진풍경이 펼쳐진다고 들었다.

인류 역사상 가장 넓은 영토를 소유했던 나라는 어디일까? '해가 지지 않는 나라'였다는 영국일까. 천 년의 역사를 가진 채 '팍스 로마나' 신화를 이룬 로마일까. 아니다. 중국에서 출발해 중앙아시아를 거쳐 동유럽까지 제패한 몽골제국이다. 몽골제국은 70년에 가까운 끊임없는 정복 전쟁의 결과 유럽과 인도의 일부를 제외한 유라시아 대륙의 대부분을 석권했다. 그리고 유라시아 대륙에 '팍스 몽골리카'의 시대를 연 것이다.

팍스 몽골리카(혹은 팍스 타타리아)는 라틴어로 '몽골의 평화'를 의미한다. 이는 서구권 학자들이 '팍스 로마나'처럼 만든 용어로 몽골제국이 정복을 하면서 사회적, 문화적, 경제적으로 13~14세기에 유라시아에 안정을 가져다 온 기간을 정의한다. 칭기즈 칸과 그의 후손들이 효율적으로 동양과 서양을 연결하고, 동아시아부터 동유럽까지 영토를 지배하였다. 이 시기에는 초원 로드를 통해 아시아와 유럽에 무역을 연결하고 이를 몽골제국의 권력 아래에 관할하였다. 팍스 몽골리카라는 말속에는 몽골제국의 정치적 분열(원나라, 킵차크한국, 일한국, 차가타이한국, 오고타이한국)과 흑사병이 아시아에서 무역로를 통해 유럽과 전 세계로 퍼지게 된 원인도 포함되고 있다.

또 김호동의 『몽골제국과 세계사의 탄생』에서 "몽골이 세계를 지배했던 13~14세기는 '대여행의 시대'였다. 15~16세기의 '대항해의 시대'는 바로 그것에 선행했던 '대여행의 시대'가 있었기에 가능했다. 그때 '마르

코 폴로의 동방 여행, 랍반 사우마의 유럽 여행, 그리고 이븐 바투타의 대여행'이 가능했다. 이런 여행은 14세기 전반까지 지속되었던 '팍스 몽골리카'라는 시대적 분위기 속에서 가능했다. 이런 여행기들은 소통 부족으로 인한 공간의 한계와 시간의 장벽을 뛰어넘게 했고, 세계가 비로소 하나의 실체로 온전하게 인식되기 시작했음을 의미하는 것이기 때문에 '세계사의 탄생'이라고 불러도 틀린 말은 아닐 것이다"라고 했다. 팍스 몽골리카는 몽골이라는 세계 제국의 건설로 인해 저절로 생겨난 것이 아니라, 몽골인들의 주체적이고 적극적인 활동 때문에 가능했다. 그 결과 만들어진 다양한 여행기는 800년이 지난 지금도 고스란히 남아 그 시대의 진실을 말해주고 있다.

팍스 몽골리카의 중심에 하라호름이 있다. 하라호름은 칭기즈 칸이 건설하기 시작해 오고타이 칸이 건설을 마무리한 세계 최대 몽골제국의 수도였다. 하라호름 시가지로 들어선다. 눈앞에 모습을 드러낸 하라호름은 시골의 읍내만 한 규모였다. 한때 세계에서 가장 넓은 영토를 소유했던 몽골의 수도였다는 사실이 믿기지 않았다. 가이드가 하라호름이라고 말하지 않았더라면 그냥 스쳐 지나갔을지 모를 정도로 겉보기에는 작고 볼품이 없었다.

이곳에는 고려 말 원나라의 지배를 당하면서 몽골로 끌려간 우리 선조들의 흔적도 남아있다는데 이는 '하라호름 박물관'에서 찾아볼 수 있단다. 우리의 고통스럽고 아픈 역사의 흔적이 이 먼 곳에 남아있다는 사실에 가슴이 먹먹해진다. 『한·몽 문화교류사』에 기록된 자료에 의하면 "고려를 정복한 원은 해마다 한두 차례 16~18세 소녀 400~500명을 뽑아 원나라에 공녀로 보냈다. 이때 고려 민간에서는 원으로 끌려가지 않기 위해 여자들이 남장을 하고 다녔는데 이들을 가리켜 '가시내(가짜 사내아이의 준말)'라는 신조어가 탄생했다.

그 당시 원으로 끌려간 고려인 수는 공주, 시녀, 노비, 공녀, 상인들을 포함해 약 20만 정도로 추산되며, 고향으로 돌아오지 못했던 이들은 훗날 몽골 지역에서 고려촌을 형성하여 몽골 사람들에게 고려의 음식 문화 등 다양한 풍습을 전했는데 이를 '고려양(高麗樣)'이라 한다. 이러한 시대적 배경에서 온갖 설움과 역경을 이겨내고 원나라 마지막 황제의 제2황후 자리에 오르게 된 기황후는 고려 출신 내시들과 슬기롭게 원 왕실을 장악하기도 했다'라고 알려졌다.

고려의 문화가 고려양이란 이름으로 초원의 곳곳으로 퍼져나간 것처럼 몽골의 문화는 '몽고풍(蒙古風)'이란 이름으로 고려에 전달되었다고 한다. 이러한 두 나라의 역사적 사실에서 보듯 예로부터 한국과 몽골은 고통과 아픔도 많았지만 상호 영향을 주고받은 가까운 나라였다는 증거가 된다.

우리는 비록 하라호름 박물관에는 가보지 못했지만 누군가 "하라호름 박물관에 전시된 자료를 보면 실망한다"라고 했다. 세계 최대 국가였던 옛 수도의 박물관 규모치고는 너무나 작고 빈약했기 때문이다. 물론 중국과 러시아의 지배를 받아 핍박을 받고 주요한 유물을 강제로 반출당한 사실은 알고 있지만 좀 심하다는 생각이 든다. 지금은 몽골을 침략한 청에 철저히 파괴된 하라호름 대평원에는 왕궁 석재를 이용해 지은 에르덴 조 사원만 덩그러니 남아있었다. 그것이나마 남아 다행이다. 그것조차 없었으면 얼마나 허망했을까.

하라호름 대평원에 남아있는 '에르덴 조' 라마 사원

　만약 이것조차 남아있지 않았다면 누가 이곳을 과거 몽골의 수도였다
고 하겠는가. 철저히 파괴되어 과거 몽골제국의 흔적은 거의 찾아볼 수
가 없었다. 물론 유목민들은 왕궁조차도 대형 게르를 사용했다고 한다.
그러니 석재로 지은 건축물이 남아있는 그리스나 로마하고는 비교할 수
가 없다. 당연히 지금까지 유물이 남아있기가 쉽지 않았을 것이다. 거기
다 청과 중국 그리고 냉전 시대에는 소련까지 들어와 칭기즈 칸의 흔적
을 지웠다고 한다. 몽골 사람들에게는 아픈 기억일 것이다. 가이드는 "최

근에야 과거를 복원하는 작업이 진행되고 있다"라고 했다.

현재는 유일하게 남아있는 에르덴 조 사원을 통해 과거 찬란했던 하라호름의 모습을 상상할 수밖에 없다. 성터 중앙에는 17세기에 건립된 에르덴 조라는 라마 사원이 서 있으며, 사원 내부 여기저기 그리고 사원 밖에 있는 귀부(거북 받침돌)만이 과거 몽골제국의 영광을 말해주고 있다. 에르덴 조 사원은 몽골에서 가장 특이한 사원으로 몽골 라마교의 면목을 볼 수 있는 각종 불상과 티베트식 건축물과 불화 등이 남아있다.

하라호름 부근은 몽골제국 이전부터 역대 유목국가들이 도읍을 정했던 곳이다. 따라서 이곳에는 세계적 규모의 문화유산이 즐비하다. 에르덴 조 사원은 1586년 건축했으며 몽골에 세워진 최초의 라마 불교 사원으로 티베트불교를 전승하고 있다. 가로 400m, 세로 400m 성채로 사방에 성문이 있으며 108개의 스투파가 둘러쳐져 있다. 성문을 들어가면 여러 채의 사원들이 보이며 곳곳에 활불과 부처님이 모셔져 있다. 우리는 천천히 다른 여행자들과 함께 아주 오래된 과거 속으로 들어가 에르덴 조 사원을 산책했다.

한때 몽골군이라는 말만 들어도 세계가 움찔했던 시절이 있었다. 그 누구보다 용감했고 빨랐던 그들이다. 그 한가운데 바로 하라호름이 있고, 그 중심에 칭기즈 칸이 있었다. 지금은 흔적도 없이 사라져 버린 왕궁은 어떤 모습이었을까. 푸른 초원에 끝없이 펼쳐진 황금빛 대형 게르의 풍광은 얼마나 장엄했을까.

'이흐 몽골' 캠프 주변

~~~~~~

조촐한 환영 인사

하라호름 평원에 있는 에르덴 조사원을 둘러보고 가까운 곳에 있는 '이흐 몽골' 캠프에 여장을 풀었다. 여기서도 조촐한 환영 인사로 손님을 맞이한다. 몽골 전통 복장을 한 소녀가 몽골에서 신성시하는 푸른 천, 하닥을 양팔에 두르고 맨 앞에 나서서 우유로 만든 전통 과자를 하나씩 준다. 우리들의 짐은 수레에 싣고 게르까지 운반해 주었다. 여기서도 우리를 귀한 손님으로 맞이한다. 이런 것이 몽골의 전통이다. 사람이 귀한 초원에서의 풍습이 그대로 남아있었다.

캠프 입구는 중국의 패루처럼 통나무로 된 문이 있고, 주변의 나무 울타리가 인상적이다. 주변이 깔끔하게 정리 정돈된 느낌이다. 울타리 주변에 개울이 있어 차로는 캠프 안까지 들어갈 수가 없다. 차는 모두 문밖에 주차하게 되어 있다. 입구에 있던 다리를 넘어서자 캠프의 풍경이 한눈에 들어온다. 오르혼강 주변 너른 공간에는 많은 게르가 설치되어 있고, 한가운데는 2인용 방갈로 같은 현대식 건물도 여러 채 보이고, 그 너머에 식당도 보였다. 오르혼강 강변에 자리한 캠프장의 첫인상은 한마디로 정갈했다. 샤워실과 화장실도 잘 갖춰져 있어 숙박하기에는 불편함이 없었다.

'이흐 몽골' 캠프 전경

몽골 전통 가옥인 게르에서는 쇠똥을 말려 불을 지핀다고 들었는데 캠프장 담당자들이 외국인 손님들을 위해서 장작을 준비해 놨다. 바깥 바람이 의외로 쌀쌀했지만, 게르 안으로 들어오면 아늑했다. 침대에 침낭을 펴고 자면 큰 불편은 없을 것 같다. 게르 내부를 보면 한가운데 난로가 자리 잡고 문은 항상 남쪽을 향한다. 북쪽은 상석으로 집안 어른 자리이며, 종교의식에 쓰는 물건들이 놓인 한 쌍의 수납함이 있고 침대 하나는 북동쪽에 있다. 동쪽은 부엌 살림살이를 놓아두는 공간으로 여성 몫이다. 서쪽은 안장, 굴레 같은 마구를 보관하는 공간으로 남성 몫이다. 아이락(마유주) 통은 벽에 걸어놓는다. 아이들과 함께 한집에서 사는 어른들의 부부관계는 어떻게 했을까. 가이드는 "부부가 초원에 나가 말 옆에 올가미를 세워 놓으면 부부관계 중이니 방해 말라는 뜻으로 여겨 피합니다. 그리고 인구가 적어 고심하는 몽골 정부에서는 다산 가정에는 어머니상을 제정해 훈장을 줍니다"라고 했다.

오르혼 강가를 걸으면서

~~~~~~

마침내 하라호름 부근 작은 마을에서 강물이 흐르는 몽골 초원과 만났다. 여기는 내가 지금까지 본, 그리고 내가 알고 있던 몽골과는 다른 몽골, 몽골 속의 또 다른 몽골과의 만남이다. 강물 흐르는 소리가 사뭇 경쾌하다. 어디를 가나 낯선 풍경이 마냥 신기했고, 멀리 보이는 몽골 초원은 고요하고 평온했다. 특히 여백이 많은 넉넉한 저녁 풍경은 마음마저 편안하게 해 준다. 누구나 아름다운 풍경을 보면 마냥 즐거워지는 것은 인간의 본능이 아닌가 싶다.

우리는 저녁 전까지 오르혼 강가를 어슬렁거렸다. 더러는 강 건넛산에 올라가 보기도 했고, 더러는 숙소 주위를 배회하기도 했고, 더러는 오르혼 강둑을 따라 산책을 했다. 강바람이 시원하게 불어온다. 몽골 초원의 느낌과는 전혀 다른 친숙한 느낌이다. 사방에는 희끄무레한 구름이 삼삼오오 떠다닌다. 하늘이 심상치 않다. 오늘도 밤하늘에 별 보기가 쉽지 않겠구나.

게르에서 바라보면 언덕 아래에 있는 마을도 보인다. 인근에는 여행자들을 위한 숙박 시설들이 많다. 지금까지와는 조금 다른 모습이다. 이곳의 마을들은 그런대로 활기가 넘쳤다. 오르혼강 근처 야영장이나 게르는 몽골 사람들이 여름을 보내는 곳으로 유명하단다.

오르혼 강가를 산책하다.

오르혼 강가를 산책하면서 여행자들이 가장 많이 범하는 결례 중 하나가 있다면 강물에 오줌을 누는 것이다. 몽골 대법전인 '예케 자사크'에는 대몽골제국의 유목 관습에 대한 조항 4조에 다음과 같은 내용이 기재되어 있다. "물과 재에 오줌을 누는 자는 사형에 처한다." 그만큼 몽골 초원에서는 물과 불씨인 재가 가장 필요한 공간이라는 뜻이다. 그들의 삶과 직결되기 때문이다. 몽골 사람들은 모든 곳이 '자연의 화장실'이라고 하지만 두 곳은 반드시 지켜야 할 불문율 같은 공간이다. 미리 알고 가는 것도 여행지에 대한 예의가 아닐까.

하라호름을 관통하는 오르혼 강가를 걸으면서 몽골 초원에 대한 순정을 갖게 된 이유를 생각한다. 광활한 초원, 그래서 느껴지는 한없는 해방감, 인적 없는 쓸쓸함과 외로움, 외로워서 더 반가운 사람들, 몽골 유목민들의 모든 것이 마음 깊이 남아 있지만 특히 인상적인 것이 그들의 언어이고 생각의 표현이다.

비가 온다.
오누나
오는 비는
올지라도 한 닷새 왔으면 좋지.

- 김소월, 「왕십리」 중 일부 -

김형수의 장편소설 『조드』에서 보면 "한국 사람은 한국어로 꿈꾸고, 몽골 사람들은 몽골어로 상상한다. 김소월의 「왕십리」를 읽으면 몽골 사람들은 고개를 갸웃거린다. 한국은 비가 '온다'라고 말한다. 몽골에서는

'비가 온다'라는 말은 없다. '비가 들어간다'라고 말한다. 비가 오는 것도 아니고 내리는 것도 아니고 들어간다니 그 낯선 표현 속에서 유목민의 세계관을 찾아볼 수 있다. 우리말 '비가 온다'라는 문장에서 주인공은 누구일까. 비와 나. 즉 나한테 오는 비이다. 반면에 몽골어의 '비가 들어간다'라는 문장은 주인공이 다르다. 하늘과 대지다. 하늘에서 내린 비가 땅으로 들어가는 장면을 포착한 것이다. 하늘과 대지와 그 사이의 비. 천지인(天地人)이 아니고 천지우(天地雨)이다"라고 했다.

우리는 거의 생각지 않고 사는 존재들, 푸른 하늘과 어머니 대지가 유목민들의 삶, 사상, 언어 속에 늘 함께한다. 인간이 모든 장면의 주인공이란 생각을 버렸기 때문에, 스스로 우주의 주인이라는 짐을 털어낸 덕택에 유목민들은 그만큼 가볍고, 그만큼 자유롭다. 푸른 하늘이 내려온다. 비로도 내려오고, 햇살로도 내려오고, 바람으로도 내려온다. 그것으로 풀이 자라고, 풀을 먹고 가축이 살찌며, 그렇게 유목민은 삶을 연명한다. 하늘과 풀과 가축과 인간과 대지가 하나로 움직인다. 이것이 바로 몽골의 초원이다.

몽골 초원은 보면 볼수록 아름답다는 생각을 넘어 숭고하다는 생각이 든다. 광활하게 트인 초원, 끝없이 이어지는 푸른 지평선, 그 지평선이 끝나는 곳에 첩첩이 늘어선 거대한 산맥, 높고 낮은 바위와 절벽, 기쁨을 주는 고요함, 놀라움을 느끼게 하는 평온함 등 바라보고 듣는 것이 모두 우리의 상상을 넘어선다.

오르혼강은 강폭이 크지도 않고 수량도 많지 않았다. 하지만 강을 따라 산책하는 짧은 시간 동안 주변의 풍광을 바라보면서 억누를 수 없는 탄성을 내지르곤 했다. 그것은 주변과 어우러져 역사와 종교와 시를 잉태하고 있다. 숭고함은 우주의 힘, 나이, 크기 앞에서 인간의 약함과 만나는 것이다.

에드먼드 버크는 『숭고함과 아름다움에 관한 우리 이상들의 기원에 대한 철학적 탐구』에서 "숭고함은 약하다는 감정과 관계가 있을 수밖에 없다는 것이다. 아름다운 풍경은 많다. 봄의 초원, 완만한 골짜기, 떡갈나무, 꽃 무리. 그러나 이런 것들은 숭고하지 않다. 숭고함과 아름다움이라는 두 관념은 종종 혼동된다. 이 두 말은 서로 매우 다르고 또 정반대인 사물들에 무차별적으로 적용되고 있다. 풍경은 인간의 힘보다 크고 인간에게 위협이 될 만한 힘을 보여줄 때만 숭고하다는 감정을 불러일으킬

'이흐 몽골' 캠프 주변의 다정다감한 풍경

수 있다. 숭고한 장소들은 인간의 의지에 대한 도전을 불러일으킬 수 있다"라고 했다.

몽골의 산천은 아름다움을 넘어서는 숭고함을 불러일으키는 풍경이다. 우리에게 위협으로 다가오지 않는 포근한 풍경이지만 감히 쉽게 범접할 수 없는 풍경이다. '참을 수 없는 가벼움'이란 말처럼 '쉽게 다가설 수 없는 다정다감한 풍경'이라고 말하고 싶다.

가이드는 "이흐 몽골 캠프가 있는 하라호름은 삼림과 물과 초원이 어우러진 몽골에서 가장 풍요로운 땅입니다. 하라호름 주변으로는 유서 깊은 오르혼강이 흐르는데 밤하늘의 별이 일품입니다. 한밤에 오르혼 강가에 나가면 마치 별이 손에 잡힐 것 같은 진풍경이 펼쳐집니다"라고 했다. 오늘은 날씨가 좋을까. 오늘 밤은 몽골 하늘에서 수많은 별들의 잔치를 볼 수 있을까.

몽골이란 땅은 여러 가지로 그럴듯하지만, 그중 빠지지 않는 것이 '밤하늘의 별'이다. 울란바토르 호텔에서 자는 날 빼고는 가이드는 매일 별이 가득한 초원의 밤하늘을 감상하라고 했지만, 날씨 때문에 첫날 빼고는 거의 밤하늘의 별을 보지 못했다. 거기다 캠프마다 안내 불빛들이 시야를 흐려 온전한 몽골의 밤하늘을 보지 못한 것이 못내 아쉬웠다.

누군가 몽골의 밤하늘을 표현하기를 "신문 글자보다 많은 별이 은하수를 만드는데 좀 과장하면 시야를 꽉 채운 하얀 강물에 검은 하늘이 군데군데 조금 드러나는 정도였다. 그 별빛 아래 서 있노라면 내가 사는 곳과는 정말 다른 세상이 있구나 하는 생각이 들지 않을 수 없다. 우리 시골에도 별이 많다. 하지만 몽골의 별은 다르다. 반으로 뚝 잘라 위는 하늘, 아래는 땅인 화면 속에 별이 가득하다. 심지어 눈 바로 앞에도 별이 반짝인다. 별이 많은 것도 놀라울 일이지만 눈 바로 앞에 보이는 별은 전혀 다른 감동을 준다"라고 했다.

오늘 밤 이흐 몽골 캠프의 밤하늘에 별이 흐른다면, 한밤에 오르혼 강가에 별이 손에 잡힐 것 같은 진풍경이 벌어진다면 얼마나 좋을까. 새카맣던 밤하늘에 하나둘씩 반짝거리기 시작한 별들이 삽시간에 하늘을 뒤덮으면 얼마나 장관을 이룰까. 그 모습은 얼마나 장엄하고, 얼마나 신비로운 광경일까.

하지만 우리들의 기대는 여지없이 무너졌다. 날씨 때문이기도 했지만, 거기다 현대 과학 문명의 손길이 게르까지 미치고 있었다. 이제 게르에도 과학 문명이 깊숙이 들어와 있다. 전기, 태양열, 휴대폰 등 여러 가지 이유로 초원의 밤은 더 밝아지고 있다. 그만큼 몽골의 하늘도 밝아지니 '밤하늘의 별'들은 깊숙이 자취를 감출 것이다. 이젠 문명의 자리에서 점점 더 멀리 나가야 더 아름다운 별들을 볼 수가 있다는 것이다.

칭헤르 온천에서 —— 동네 마실

'큰 나라 몽골'이라는 거대한 제국 지도

～～～～～～～～～～

소설가 마르셀 프루스트는 "진정한 발견 여행은 새로운 풍경을 찾아내는 데 있는 것이 아니라, 새로운 눈을 갖게 되는 데 있다"라고 했던가. 여행지에서는 사람도, 사물도 낯설다. 눈에 들어오는 산천 풍경은 익숙

칭기즈 칸이 세운 '예케 몽골 올루스' 즉 '큰 나라 몽골'이라는 거대한 제국 지도

하지 않다. 그래서 늘 새롭고 신선했다. 눈에 들어오는 모든 것이 익숙하지 않기에 새로운 시각으로 바라보게 된다.

여행은 남들이 본 시각으로 본다면 별 의미가 없다. 여행을 간다는 것은 남의 눈을 통해 보는 게 아니라 직접 자신의 눈으로 보는 것이다. 인간, 문화, 자연 등 뉴스나 책을 통해서 보는 것과 자신의 눈으로 보는 것은 확연히 차이가 나는 것을 알게 된다. 여행은 이미 알고 있는 사실에 자신의 시각을 더하는 것이다. 자신의 눈으로 자신의 가치관을 더해서 볼 수 있을 때 자신만의 새로운 풍경을 보게 된다. 그런 안목을 가질 때 몽골 산책은 더욱 빛을 발하게 될 것이다.

이흐 몽골 캠프에서 새로운 아침을 맞는다. 게르 남쪽 문을 열고 나오자 야트막한 산 위에 거대한 기념탑 같은 모형이 눈에 확 들어온다. 언덕 위에 세워진 기념탑은 칭기즈 칸이 세운 '예케 몽골 올루스' 즉 '큰 나라 몽골'이라는 거대한 제국의 지도라고 했다. 아침 햇살을 받아 유난히 금빛 풍경이 반짝거린다. 캠프 주변에 옹기종기 모여 있는 마을 풍경이 우리네 시골 풍경처럼 정겹다.

아침은 캠프 식당에서 뷔페식으로 했다. 식당은 현대식 건물이다. 야외 카페를 연상시키는 커다란 통유리 미닫이문과 테라스가 인상적이다. 오르혼강이 흐르는 초원 위에 서 있는 식당은 한적한 유럽풍의 내부 장식으로 몽골 여행 중에 보았던 다른 캠프 식당과는 매우 달랐다. 여기도 한국인 가족들이 운영하는 식당이란다. 모두 주인의 취향이겠지만 음식의 맛, 손님을 접대하는 태도, 식탁의 장식과 분위기 등 여러 면에서 동네 레스토랑과 많이 닮았다. 왠지 모르게 한적한 시골 카페 풍경과 겹친다.

식당에서의 아침은 포근했다. 거기다가 접시에 담긴 푸짐한 음식들도 낯설지 않아 좋았다. 어제 석양에 타는 저녁노을을 바라보면서 테라스에 앉아 맥주를 마시는 여행자들의 낭만적인 풍경도 떠오른다. 테라스 앞에서 바라본 이흐 몽골 캠프는 여백이 많아서 좋다. 몽골 초원은 가는 곳마다 넉넉해서 좋고, 보이는 것마다 느긋해서 좋고, 여행하는 사람마다 마음껏 자유로움을 누릴 수 있어서 좋다.

쳉헤르 온천으로 가는 길에 '큰 나라 몽골'이라는 거대한 제국 지도가 있는 언덕에 잠깐 들렀다. 마을을 지나 입구 주차장에 차를 세우고 계단을 따라 오르면 야트막한 언덕 위에 원형으로 돌 축대를 삼, 사단으로 쌓고 그 위에 삼면으로 된 몽골의 지도가 원형으로 세워져 있다. 타일로 몽골 역사를 기록한 거대한 몽골 지도를 살펴본다. 칭기즈 칸이 시작해 오고타이 칸이 완성한 몽골제국의 옛 수도 하라호름은 쿠빌라이 칸이 수도를 북경으로 옮기면서 쇠잔해지기 시작했다. 이후 원나라가 망하자 수도는 울란바토르로 옮겼다. 몽골 역사를 타일로 장식한 세 개의 판에는 몽골이 가장 번성했던 시기부터 현재의 몽골 모습까지 기록되어 있다.

칭기즈 칸이 유라시아 전체를 지배했던 지도를 가리키면서 설명하는 몽골 가이드의 자부심이 대단했다. 설명하는 목소리에 힘이 들어간다. 높이가 10미터는 족히 됨직하다. 세 조각으로 원형을 이룬 몽골 지도는 몽골 역사를 한눈에 바라볼 수 있다. 우리는 천천히 한 바퀴 빙 돌아 제

자리로 왔다. 그리고 몽골이 한때는 얼마나 거대한 나라였는지 지도를 보면서 깜짝 놀란다. 그 짧은 시간 동안에 유라시아 대륙을 대부분 정복했다는 사실에 또 한 번 놀란다. 역사의 흥망성쇠가 한눈에 들어오는 듯했다.

에드워드 기번은 『로마제국 쇠망사』에서 "칭기즈 칸과 후손들이 세계를 뒤흔들자마자 술탄들이 넘어졌고, 칼리파들이 쓰러졌고, 시저들은 왕좌에서 내려와 숨을 곳을 찾았다"라고 적고 있다. 지금으로부터 850년 전인 1162년 지금의 몽골과 시베리아 접경지역에서 한 아이가 태어났다. 테무친이라 불리는 이 아이는 27세 되던 해인 1189년에 위대한 지도자 칸이 된다. 그로부터 17년 후 1206년 100만 명의 인구를 거느린 새로운 나라를 건국했다. 바로 칭기즈 칸이 세운 '예케 몽골 올루스' 즉 '큰 나라 몽골'이라는 거대한 제국의 씨앗이 뿌려진 것이다.

1210년 육만 오천의 몽골 기마병은 여진이 세운 금을 치고 중화 제국의 중심이었던 베이징을 손에 넣었다. 파죽지세로 몽골의 기마병들은 육포와 치즈 그리고 '아이락'이라는 마유주로만 버티면서 대제국의 영토와 세력을 넓혀갔다. 몽골의 정복 전쟁은 서하, 금, 서요를 잇따라 점령하였고, 중앙아시아는 물론 서아시아, 남러시아에 이르는 대제국이 차례로 기마병의 발굽에 쓰러졌다. 무서운 속도와 힘은 대제국을 건설하는 기반이기도 하지만 점령국에는 죽음과 두려움의 원천이기도 했다.

그 원동력은 어디에 있을까. 초원에서의 삶이 그리 녹록지 않지만, 푸름이 가득한 땅은 양과 말을 키우는 데는 최적의 땅이었다. 가축들은 고기와 우유, 치즈와 가죽을 제공함은 물론이고, 가축의 마른 똥은 혹한의 겨울에 땔감으로 사용되었다. 또한 말은 기동성 그 자체였다. 사냥과 훈련 그리고 가장 유용한 운송수단이었고, 말 젖을 발효시켜 만든 아이락이라는 마유주는 몽골 사람들에게 알코올의 공급원이었다.

　삼면의 지도에 표시된 변화를 보면서 그 크기를 대략 볼 수는 있었지만, 그 넓이는 상상할 수는 없었다. 그가 말을 타고 달렸던 거리가 얼마인지 가늠할 수도 없었다. 그만큼 넓은 땅을 달리고 달렸을 것이다. 그 힘의 원동력이 바로 몽골 말의 기동성과 말 젖을 발효시킨 아이락이라는 마유주였다고 역사학자들은 말하고 있다. 아마 칭기즈 칸의 성공 요인은 기존의 상식을 무너뜨린 발상에서 나온 것이 아니었을까. 과거나 지금이나 대부분 성공의 요인은 기존 상식을 뛰어넘는 발상의 전환에서 나오는 모양이다. 오늘날 빌 게이츠의 '윈도우', 스티브 잡스의 '애플', 그리고 래리 페이지의 '구글' 등 수많은 다국적기업은 발상의 전환을 통해서 짧은 시간 내에 세계적인 기업이 될 수 있었다. 누구나 할 수 있는 일은 아니다.

　거대한 몽골제국 지도 한가운데는 4~5미터 높이의 돌탑이 쌓여있고, 그 가운데는 버드나무가 서 있고 주위에 푸른 천이 펄럭인다. 타일지도 전체가 하나의 대형 어워인 셈이다. 몽골 사람들이 이곳을 얼마나 신성시하고 있는지 알 것 같았다. 우리도 어워을 중심으로 포석(鋪石)이 깔린 길을 따라 천천히 시계 도는 방향으로 세 번 돌고, 몽골 초원 여행이 무사 안녕하기를 빈다.

노점상의 좌판

몽골 지도가 있던 언덕 한편에는 노점상의 좌판이 줄지어 있다. 마치 폐허가 되어버린 중동의 어느 작은 마을처럼 이곳에서도 그런 낡고 오래된 모습을 본다. 녹슨 칼, 담뱃대, 목걸이, 동전, 반지, 화살촉, 그릇, 향료, 조각상 등 좌판에 놓인 물건들은 모두 그 당시에는 진기한 몽골의 물건이 아니었을까. 비록 지금 작은 좌판 위에서 나뒹굴고 있지만 말이다.

그 순간 도시는 마치 살아있는 생명체와 같다고 생각을 했다. 살아있는 생명체는 태어나서, 성장하고, 전성기를 지낸 후, 쇠퇴하고, 마지막으로 죽는다. 세상의 많은 도시도 태어나서, 성장하고, 쇠퇴한다. 살아있는 모든 것은 끊임없이 변화한다. 눈에 보이는 것도 모두 변한다. 그래서 삶이 덧없고 허무해 보일지도 모른다. 하지만 세상은 그런 변화를 통해 더 발전하는 것이 아닐까.

나지막한 언덕 위에서 바라본 마을 풍경

알록달록 형형색색의 풍경이 정겨운 마을

　나지막한 언덕 위에서 몽골의 옛 수도였던 하라호름이 있었던 언덕 아래의 마을을 내려다본다. 우리네 시골처럼 집들이 오밀조밀하게 모여 있어서 초원에서는 좀처럼 보기 힘든 큰 마을을 이룬다. 마을은 모두 따뜻하고, 산뜻한 색채로 이루어져 있다. 우중충하고, 어두운 색채는 좀처럼 찾아보기가 힘들었다. 지붕이나 벽의 색채가 빨간색이나 주홍색 아니면 하늘색이나 흰색으로 채색되어 있다. 밝고 따뜻한 색채의 마을을 바라보면, 바라보는 사람의 감정을 밝게 그리고 머리는 맑게 해주는 듯했다. 몽골 사람들이 따뜻한 계통의 색채를 좋아하는 이유가 추운 겨울이 길어서 그런가. 아니면 초원에 사는 사람들은 마음에 따뜻해서 그런가.

언덕에서 바라본 푸른 초원 위에 알록달록 형형색색 전통 가옥이 있는 마을 풍경이 정겹고, 나무 울타리 사이로 난 구불구불한 비포장길은 우리들의 정감을 자아낸다. 마을을 감싸는 오르혼강이 흐르고 너머에는 너른 초원이 우리를 기다리고 있다. 이 마을은 과거 한 때는 세상의 중심이었던 곳이다. 그 당시의 흔적은 밤의 모닥불이 만들어내는 그림자 혹은 안갯속에 보이는 산의 윤곽처럼 희미하지만 땅은 언제나 기억한다. 진실은 땅 아래 잠복해 있으면서 어서 바람이 불어와 그것을 가리고 있는 모래를 날려버리기를 기다린다.

심지어 굳어진 진흙 속에 수백만 년 동안 보존되어 온 희미한 발자국은 오래전에 누군가 황급히 달아났던 순간을 기록한다. 대자연은 사람들이 잊어버린 뒤에도 오랫동안 기억하는 것이다. 당시의 사람과 사물은 사라졌지만, 기록과 기억은 영원히 남을 것이다. 몽골제국의 옛 수도 하라호름. 지금은 한적하지만 과거 이곳에 수많은 이방인이 끊임없이 왕래했을 것이다. 모든 길은 로마로 통한다는 말이 있듯이 그 당시에는 모든 물자가 하라호름으로 모인다는 말이 생길 정도였다고 기록하고 있다. 한때는 이곳에 오는 것을 지금 세계인들이 뉴욕에 가고 싶은 것처럼 꿈꾸며 살았을지도 모를 일이다.

몽골 국기 문양인 황금색 '소욤보'

～～～～～～～～～～～～～～～～～～～～～～～

　야트막한 언덕 위에 큼직한 몽골 지도에 그려져 있는 금빛 '소욤보'가 유난히 반짝거린다. 멀리 캠프에서 보아도 황금빛 문양이 선명했다. 몽골 전통 국기 문양인 소욤보와 몽골 전통 파스파 문자를 본 것이다. 몽골 여행 중에 두 군데에서 보았던 기억이 난다. 한 번은 테를지 국립공원 가는 길에 어워가 있는 언덕에 대형 소욤보가 그려져 있었다. 또 한 번은 이태준 선생 기념공원 박물관에서 보았다. 처음에는 무슨 문양인지 몰랐다가 이태준 선생 기념공원에 와서야 몽골 국기에 그려진 문양을 가이드에게 물어보면서 자연스럽게 몽골 국기에 대해 자세히 알게 되었다.

　가이드가 설명하기를 "한국 국기를 '태극기'라고 부르듯이, 몽골의 국기를 '소욤보기'라고 부른다. 직사각형이 3등분 되어 있는데 중앙은 청색, 양측은 적색이다. 그리고 좌측 적색 부분에는 국가의 상징인 황색의 '소욤보' 문양이 있다. 중앙의 청색은 국가에 대한 영원한 충성과 헌신을 나타내며, 좌우 붉은색은 부단한 전진과 번영을 상징한다. 즉 승리와 기쁨을 나타낸다. 소욤보는 표의문자로 몽골의 자유와 독립을 상징하는 전통 문장으로 1924년 제1회 대인민회에서 결정되었다. 소욤보의 윗부분에 상징적으로 묘사된 불꽃은 가정과 국가의 번영을 의미한다. 불꽃 아래의 부분은 태양과 달로써 몽골 민족의 발전을 상징한다. 달 아래에 위치한 끝부분이 아래로 향하는 것은 화살을 나타내는데 예리함과 대담함을 의미한다. 중간에 있는 가로로 그려진 두 개의 직사각형은 평등과 성실한 봉사를 의미한다. 직사각형 사이에 있는 두 마리의 물고기는 눈을 감지 않고 자는 물고기와 같은 경계심을 의미한다. 그리고 양쪽에 수직으로 그려진 직사각형은 성벽처럼 국가를 굳건하게 수호한다는 의미를 담고 있다. 몽골 국기는 1921년에 처음 제정되었으며 1924년과 1940년 변천과 수정을 거쳐 1992년 현 국기가 사용되기 시작하였다"라고 했다.

쳉헤르 온천을 향해 가는 길

～～～～～～～～～～～～～～～～～～～～～～～～～～～

하라호름에서 쳉헤르 온천을 향해 초원의 길을 나선다. 몽골 초원 여행을 하면서 의미를 알 수 없는 자연의 움직임이 웅장하게, 가끔은 쓸쓸하고 슬프게 느껴지는 이유는 뭘까. 시간을 재촉하는 사회의 속도를 따라 걸어야만 할 듯한 우리 현실에서 자연의 고유한 움직임은 인간으로 하여금 자신만의 삶과 가치에 대해 다시 한번 상기시켜 주기 때문이 아닐까. 자연의 조용한 움직임과 기다림을 이해하고 오늘날 현대사회에서 자신만의 고유한 속도와 가치를 찾아가는 경험이 되기를 희망하기 때문이 아닐까.

가이드는 "목적지까지 거리는 약 100km, 시간은 약 2시간이 걸린다"라고 했다. 한 시간 정도 달렸을까. 가이드는 도로 옆에 있는 한 게르 앞에서 차를 세웠다. 게르 주변을 제외한 초원은 우리나라 늦가을에 내리는 서리처럼 엷은 은회색 빛으로 물들여져 있다. 초원의 빛깔은 한국의 가을 햇살처럼 눈 부시지 않게 화사했고, 텅 빈 곳은 삭막하지 않고 포근하고 아늑했다. 풍경은 바라보는 사람의 감정에 따라 다르게 느껴진다. 가끔 어떤 풍경은 우리의 관심을 독차지함으로써 우리들의 감각을 마비시킨다. 이 세상에 우리만 있는 듯한 몽환적인 분위기에 젖어 든다.

드넓은 초원에는 같은 종의 수많은 야생화들이 피어나고 있다. 푸른 하늘, 떠다니는 새털구름, 신기루처럼 반짝거리는 초원, 게르와 말 목장, 그리고 은회색 빛깔의 야생화는 보는 장소와 각도에 따라 다양한 컬래 버를 만들어낸다. 초원을 바라보는 여행자의 마음은 황홀경 속으로 빠져든다. 황홀한 광경은 아름다움을 만들어내는 듯했다. 풍경은 다채로 워지고 자연의 화음은 풍요로워지는 듯하다. 온통 은회색 빛깔로 덮인 너른 초원의 모습은 아름다움을 넘어 신성한 기운으로 가득 채워지는 듯했다.

한 송이 야생화가 꽃을 피워내기 위해서는 오랜 기다림의 시간이 필요하다. 기다린다는 것은 항상 그 어떤 무엇을 기다린다는 것이며, 그 무엇이 출현할 미래가 나의 기다리는 시간을 채워준다. 기다리는 것은 죽기 위한 동작이 아니라 살기 위한 의지의 표현이 아닌가 싶다. 어쩌면 우리가 꿈을 꾸고 미래를 위해 설계를 하는 것도 그런 행위와 같은 것이 아닐까 싶다. 몽골 초원은 기다릴수록 풍요로워지는 땅이고, 머물수록 더 아름다워지는 공간이라는 생각을 자꾸 하게 된다.

가이드가 게르 앞에 차를 세운 것은 마유주를 사기 위해서였다. 가이드가 평소 알고 지내는 집이란다. 길을 가다 언뜻 보면 마유주를 담은 페트병이 길가에 몇 개 듬성듬성 세워져 있는 것을 볼 수 있었다. 아마 마유주를 판다는 몽골식 광고인 듯하다. 게르 주변에는 승용차, 봉고 트럭, 오토바이, 자전거 등이 있고 TV 수신기가 설치되어 있었다. 게르와 자동차, 전통과 문명이 만나는 어색한 조합이다. 더 놀라운 것은 초원에서 말 대신 자전거를 타고 노는 아이의 모습이다. 밀려오는 문명을 거부하지 않고 적절하게 순응하면서 생활하고 있는 모습이 참으로 인상적이다. 자신들의 전통을 그대로 유지하면서 유목 생활을 하지만 편리한 문명은 받아들이고 있다.

정주민의 입장에서 보면 유목민의 삶이 한가한 전원생활이라 하기에는 턱없이 부족한 것도, 불편한 것도, 그리고 어려움도 많을 것이다. 그 중에 가장 어려운 점은 먹을 물이 아닌가 싶다. 철 따라 이동하는 생활

몽환적인 초원 풍경, 어느 게르 앞에서

을 하는 유목민에게 물을 구하는 일은 가장 큰 어려움일 것이다. 요즘은 이곳에도 식수 해결을 위해 이동하는 장소에 지하수를 파서 오아시스처럼 만든다는 말을 들었다.

　주인의 안내로 게르 안으로 들어가 그들의 일상을 본다. 아주머니가 난로 위에서 수태차를 만들고 있다. 게르 안의 풍경은 우리네 살림집과 비슷했다. 다만 칸막이만 없을 뿐이다. 게르 안에서도 규칙이 있단다. 문은 반드시 남쪽에 내고, 북쪽과 서쪽에는 침대가 놓여있고, 동쪽에는 살림살이가 있다. 그리고 가운데 난로가 설치되어 있다. 북쪽 침대에는 어린 딸이 놀고 있다. 게르 안은 살림도 하고 철마다 이동해야 하므로 우리 눈에는 조금 어수선했다.

　아주머니가 내온 수태차를 얻어 마시고 마유주 맛도 본다. 수태차는

난로 위에 끓이고 있는 수태차

약간 짭조름하고 따뜻한 우유 맛이다. 마유주는 처음에는 시큼한 맛이 너무 강해 놀랐지만, 입안에 머무는 시간이 길어질수록 시큼한 맛이 옅어지면서 먹을 만했다. 우리나라 막걸리보다 훨씬 더 시큼하다. 마유주는 몽골에서만 맛볼 수 있는 별미다. 겉보기에는 우리의 막걸리와 비슷하지만, 원료가 쌀이나 밀이 아닌 말의 젖이라는 게 다른 점이다. 일반적으로 말, 양, 염소, 야크 등 가축의 젖을 발효시켜 만든 알코올을 '아이락'이라 부른다. 그중에서 말의 젖을 발효시켜 만든 것은 '마유주(馬乳酒)'라고도 불린다. 손님을 극진히 대접하는 몽골 사람들은 정성과 시간을 들여 마유주를 만든다. 그러니 설령 입에 맞지 않는다 하더라도 한 잔쯤은 흔쾌히 마셔주는 게 예의란다. 우리는 돌아가면서 조금씩 맛을 봤다. 그리고 약속까지는 안 했지만 다시 올 때 한 두어 병 사려고 마음먹었다.

넓은 초원에는 아무것도 없다. 오직 하나의 목장, 게르 한 채, 서로 의지하고 사는 가족, 그리고 목초뿐이다. 이들의 삶에는 시간이 흐르지 않고 머물러 있는 듯하다. 게르 안에서 본 유목민 가족들은 소박하고 느린 삶이 주는 여유를 잃지 않은 '시간 부자'들이 아닐까 생각했다. 그들은 손으로 무언가를 만들고, 그렇게 만든 것들을 친구들과 나누고, 돈이 아닌 다른 방식으로 자신을 표현한다. 그들에게서 배운다. 삶에서 정말 중요한 것은 '통장의 돈'이 아니라 '스스로 쓸 수 있는 시간'이라는 것을….

게르를 떠나면서 어떤 여행자가 했던 말이 생각난다. "게르를 방문하는 여행자들이 명심할 것은 여행은 단순한 소비 행위가 아니라, 타인의 삶에 영향을 끼치는 사회적 행위라는 것이다. 그러니 여행자는 여행지의 당당한 고객이나 소비자가 아니라, 발끝을 들고 조심조심 다녀가야 하는 손님일 뿐이라는 것이다." 여행을 좋아하는 우리에게 그 말은 큰 울림이 되어 되돌아온다. 결국 여행은 소비가 아니라 관계라는 것이다. 그런 관계는 우리를 성장시키고 세상을 변화시키는 힘이 된다. '어디로'가 아니라 '어떻게' 여행할까 궁리하는 것은 오롯이 착한 여행자의 몫이다.

'항가이 리조트' 캠프

〰〰〰〰〰〰〰〰〰〰〰〰〰〰〰〰〰〰〰

　자동차로 한참을 달려도 아무것도 보이지 않는 초원이 이어진다. 몽골 제국의 옛 수도 하라호름에서 포장도로를 따라 대략 1시간 반가량 달렸을까. 그때 비로소 작은 마을이 하나 보이기 시작했다. 하지만 여기가 끝이 아니었다. 여기서부터는 비포장도로를 따라 다시 20km 정도 더 달려야 한단다. 더군다나 비포장도로는 포장도로에 비해 거리는 짧지만 길이 정비되어 있지 않아 시간이 훨씬 많이 걸리고 고통스럽다고 했다.

　비포장도로에 들어서는 순간부터 차는 상하좌우로 요동을 친다. 어디서나 포장이 안 된 길은 수시로 바뀐다. 웅덩이를 피해 평평한 곳을 따라 달려야 했다. 당연히 길은 지그재그로 변한다. 언덕을 넘을 때는 아찔한 순간도 있었다. 그런 울퉁불퉁한 길은 모험을 떠나는 기분으로 간다. 우리의 안위(安慰)보다는 차의 안위(安慰)가 더 걱정된다. 만약 차가 멈추면 고칠 때까지 기다리든지 아니면 걸어서 가야 한다. 너른 몽골 초원에서는 말이나 차의 안위(安慰)가 정말 중요했다. 자신의 생명과 직결되기 때문이다. 우리는 좌우로 흔들리고, 상하로 엉덩방아를 찧으면서 가까스로 '항가이 리조트' 캠프에 이르렀다.

'온천 지구'라는 말에 도착하는 순간까지도 구례 산동마을 지리산온천의 모습을 상상했다. 깊은 산골로 들어가기에 쳉헤르 온천 지구에는 큼직한 유원지라도 있을 것이라고 상상했다. 하지만 이곳은 번잡하지 않고 한적했다. 리조트 주변은 단출했고 사방이 공허했다. 생각이 빗나간 쳉헤르는 큼직한 온천 대신 우리에게 태곳적 숲, 따뜻한 물이 흐르는 계곡, 가축들이 자유롭게 뛰어노는 푸른 초원을 보여준다.

항가이 리조트 캠프에서 숙소는 몽골식 게르와 현대식 리조트가 함께했다. 게르나 리조트 모두 잠자리는 편한데, 게르 특유의 냄새가 힘들었다는 어떤 여행 친구의 요구가 받아들여져 리조트 1층에 방 2개를 어렵게 구할 수 있었다. 항가이 리조트 캠프는 앞산의 숲이 잘 보이는 약간 높은 언덕에 있다. 캠프는 2동의 리조트 건물과 여러 동의 게르로 구성되어 있다. 리조트 한 동은 3층짜리 숙소이고, 다른 한 동은 매점, 식당, 온천 탈의실과 샤워실이 있다. 그리고 그 앞에 자그마한 노천탕 2개가 전부였다.

이곳에 짐을 풀고 곧바로 리조트 2층에 있는 식당으로 갔다. 그곳에 점심이 예약되어 있었기 때문이다. 식당은 현대식 건물이지만, 내부 구조는 게르와 많이도 닮아있다. 지붕은 한가운데 환기구가 있고 게르 모양으로 경사가 진다. 다른 점이라면 가장자리가 모두 유리 창문으로 되어 있다. 그 창문을 통해 쳉헤르 온천 마을이 훤히 보였다. 식당도, 음식도 지금까지와는 다르게 고급스럽다.

'항가이 리조트' 캠프

식탁은 우리를 위해 미리 준비되어 있었다. 조금 기다리자 양갈비를 구워서 내온다. 양고기는 스테이크처럼 부드럽고, 소스는 일품이다. 함께 나온 감자, 토마토, 오이, 빵도 분위기에 잘 어울린다. 오랜 시간 차량 이동의 시달림으로 몹시 허기도 졌다. 우리는 넓은 식당 한가운데 마련된 8인용 식탁에 앉아 우리만의 만찬을 즐겼다. 대접받는다는 느낌이 이런 것이구나.

이런 분위기에 곡차가 빠질 수 없었다. 우리는 통 크게 '칭기즈 칸 보드카 프리미엄' 한 병을 주문했다. 여기도 한국과 마찬가지다. 소주 한 병에 마트 가격이 1,300원인데 식당에서는 4,000원으로 3배를 받는 것처럼, 여기서도 칭기즈 칸 보드카 한 병에 마트에서 12,000원 정도였는데 여기서는 25,000원을 달란다. 모두 그런 가격에 익숙해서 그런가, 그러려니 했다. 대낮부터 편한 분위기에 취하고, 쳉헤르의 낯선 경치에 취하고, 낯선 공간이 주는 자유로움에 취하고, 기다림의 넉넉함과 머무름의 느긋함에 취해간다.

쳉헤르에서는 모든 일정이 자유 시간이다. 사실 이곳은 더 갈 곳도 없고, 더 갈 수도 없다. 그만큼 깊은 곳이다. 쳉헤르에서는 노천 온천을 보유하고 있는 리조트식 게르에서 머물며 자유롭게 노천 온천을 즐기고, 쳉헤르 온천 지구를 둘러싸고 있는 도트산 트레킹도 즐기면서 천천히 하루를 보내는 휴양지 같은 곳이다. 차를 타고 또는 걸어서 계속 움직여야만 여행이라고 생각하는 우리에게 모든 것이 정지된 이곳은 심심했다. 그런 여행에 익숙한 우리는 마치 멈춰있는 듯한 주변의 풍경이 낯설었다. 이곳은 '기다림'과 '머무름'이라는 말에 익숙하지 못한 우리에게 어색했다.

이곳에서 안식과도 같은 여행을 나름대로 즐겨보려고 먼저 온천수가 나온다는 샤워장으로 향했다. 샤워장에서 나오는 물은 모두 탄산이 많이 포함된 온천수라서 그런지 미끈미끈하다. 탄산 온천수는 노화 방지나 피부병에 효과가 있다고 해서 노천탕에 가는 대신 샤워장에서 물을 맞았다. 온천수 효과 때문인지 피부가 매끄럽고 피로감이 갑자기 몰려온다. 누가 먼저랄 것도 없이 모두 깊이 낮잠 속에 빠져든다. 나만 비몽사몽 속에서 헤맨다. 낯선 분위기 탓인가.

부시 워킹(Bush walking)

~~~~~~~~~~~~~~~~~~~~~~~~~~~~~~~~~

니체는『인간적인 너무나 인간적인』에서 진정한 우정을 나누는 모습을 이렇게 썼다. "함께 침묵하는 것은 멋진 일이다. 하지만 그보다 더 멋진 일은 함께 웃는 것이다. 두 사람 이상이 함께 똑같은 일을 경험하고 감동하며, 울고 웃으면서 같은 시간을 보낸다는 것은 너무도 멋진 일이다." 니체가 말하듯이 나에게도 함께 침묵하고, 함께 웃을 수 있는 그런 여행 친구가 있는가. 나도 누군가의 진정한 여행 친구가 되어 함께 걸어갈 수 있겠는가. 니체의 충고를 읽으며 진정한 여행 친구의 의미를 살펴본다. 나는 다행히 학교라는 직장을 통해서 얻은 여행 친구들이 있어서 행복하다. 그들이 있어 은퇴 후에도 함께 했으며, 어디를 가든 여행은 즐거웠다. 함께 웃고, 함께 걷고, 함께 이야기를 나누고, 함께 먹고, 함께 침묵했던 시간들이 문득문득 떠오른다.

나는 잠시 쉬었다가 주변 풍경이 궁금해서 밖으로 나왔다. 주변은 온통 크고 작은 언덕과 숲으로 둘러싸여 있고, 그 사이에 작은 계곡이 있다. 계곡에는 수많은 온천수 관이 어지럽게 춤을 춘다. 이곳은 우리나라 산처럼 트레킹 코스가 정비되어 있지는 않지만 가볍게 '부시 워킹(Bush walking)'을 즐길 수 있단다. '부시(bush) 지대'는 관목, 잡목림, 가시덤불 등이 빈틈없이 빽빽이 들어선 지역을 뜻하고, 부시 워킹은 이런 지역의 산길을 걷는 것을 의미한다. 부시 지대를 통과할 때 주의할 것은 앞사람과 일정한 간격을 두고 걸어야 한다. 나뭇가지가 튕겨 뒷사람이 다칠 수 있기 때문이다.

이곳에서 부시 워킹을 제대로 즐기려면 약 2시간 정도 걸린다고 했다. 앞산은 숲이 우거져 등산로 입구부터 무릎까지 올라오는 풀이나 가시덤불이 있기 때문에 반드시 소매가 긴 상의와 긴 바지를 입고 마실 물을 준비해야 한다. 정상에서 능선에 이르는 길은 비교적 완만하며 시작점 부근에서는 온천수의 수원지를 발견할 수도 있는 코스란다. 또 뒷산은 나무도 거의 없고 아담하고 밋밋한 언덕이다. 얼른 보기에는 큰 나무나 잡풀이 우거지지 않아 쉽게 오를 수 있을 것 같다. 하지만 가이드는 보기와는 다르게 경사가 급한 곳도 있어서 반드시 등산화나 트레킹화를 신고 움직여야 한다고 했다.

마을 고샅길을 따라 리조트를 천천히 벗어난다. 골짜기에는 온천수를 운반하는 많은 플라스틱 관이 얽히고설켜 복잡하게 연결되어 있다. 모든 관은 지상 위로 길게 뻗어있고 군데군데 관들이 새는지 증기가 피어오른다. 계곡으로 새어 나오는 온천수의 양이 상당했다. 시설이 낙후되어 그런 모양이다. 아직은 모든 면에서 미비했다. 어른 팔뚝만 한 플라스틱 관을 따라 한참을 걸어 온천수가 나온다는 수원지 인근에 다다랐다. 울창한 전나무 숲이 펼쳐진다.

이곳에도 어김없이 무사 안녕을 비는 어워가 있다. 이곳은 다른 곳과는 달리 돌이 아닌 나무를 세워놓은 형태였다. 뭔가 신령한 분위기가 느껴진다. 자연의 무한한 힘을 숭배하는 곳이어서 그럴까. 몽골은 어디든지 입구에는 어김없이 자리하고 있는 것이 어워이다. 그래서 길을 떠나는 자들도, 새해를 맞아 감사를 올리는 사람들도, 그리고 집안의 소소한 문제를 안고 있는 사람들도 모두 어워 앞에 와서 돌을 쌓는다. 하나하나 돌을 쌓으면서 그들의 기도가 한 층 한 층 하늘에 닿기를 소망한다.

몽골에서 먼 길을 떠나는 자는 누구나 어워라는 돌탑을 거쳐 간다. 길 떠나기 전에 돌탑을 세 번 돌고, 세 번 흰 우유를 뿌리며, 세 번의 안녕

무사 안녕을 비는 어워

을 기원한다. 도시에도 있고, 초원의 들판에도 있으며, 알타이산의 계곡
이나 항가이산의 높은 분지에도 있다. 몽골 여행을 하면서 테를지 국립
공원 들판에서도, 복드항산 정상에서도, 칭기스산 둘레길에서도, 너른
초원에서도, 그리고 마을 입구에서도 어워를 보았다. 몽골 사람들이 살
아가는 곳이라면 어디에나 있다.

　몽골에서 '어워'는 몽골 샤머니즘을 보여주는 우리의 서낭당과도 같은
돌무지이다. 태곳적부터 원초적인 신앙이 깃들어 있는 신령스런 공간이
다. 초원에서 이정표 구실을 하기도 하는 어워는 몽골에서 재앙을 막아
준다고 믿으며 어워를 만나면 멈춰서 예의를 갖추는 것이 몽골의 오랜
전통이라고 했다. 어워는 먼 곳에서도 보이는 돌로 쌓인 길의 안내자이
자, 동시에 땅과 물의 주인이 살아가는 신의 집이기도 하다. 우리도 부시
워킹을 시작하기에 앞서 잠시 어워 앞에 서서 돌 하나 올리고, 무탈하기
를 기원하면서 너른 초원에 사는 몽골 사람들의 심정을 헤아려본다.

　여기에서부터 나는 여행 친구와 함께 부시 워킹을 했다. 이곳은 선명
한 산길이 거의 보이지 않았다. 몽골 사람들은 걸어 다니는 일보다 말
타고 다니는 것이 일상이다. 그래서 우리처럼 등산이라는 말도 활성화되
지 않는 듯했다. 부시 워킹은 잡목 때문에 길을 찾기가 쉽지 않다. 목적
지를 향해 길 아닌 길을 따라 무작정 올라간다. 높이 올라갈수록 숲은
깊어진다. 태곳적 숲의 향기가 물씬 풍긴다.

　이곳은 살아있는 나무와 죽은 나무의 경계가 불투명하다. 한 줌의 빛
이 들어오기 힘들 만큼 숲은 빽빽했다. 자연의 싱그러운 기운이 온몸에

느껴진다. 부시 워킹은 등산 목적 이외에도 수풀에 서식하는 자생식물이나 야생화 관찰을 목적으로 행하고, 인적이 드문 오지의 비경을 맛보기 위해서는 필수적이다. 이것이 또 다른 즐거움이다.

마침내 꼭대기에 이르렀다. 주변을 둘러본다. 몽골의 초록은 언제 보아도 늘 싱싱했고 푸르렀다. 들판에 펼쳐놓은 푸른 축제의 무대를 보는 듯했다. 눈 앞에 펼쳐진 초록 세상은 여느 때와 다르지 않은데 마치 내가 초록 수면 위에 떠 있는 듯한 느낌이다. 끝없이 이어지는 초록의 풍경은 너무도 잔잔했다. 폭풍 전의 고요함처럼. 누군가 '폭풍 전의 고요함은 아름다움과 망각의 시간이다. 돌이킬 수 없을 정도로 변할 세상이 오기 전의 찰나의 평화이다.'라고 했던가. 지금 내 앞에 그런 초록의 세상이 기적처럼 나에게 다가왔다. 신비롭고 경이로운 모습으로.

마침내 꼭대기에 이르렀다.

우리는 오래된 길, 끝없이 이어지는 초록의 자유, 길들지 않은 산야(山野)의 리듬에 감격했다. 갑자기 우리 세상을 뚫고 들어온 낯선 아름다움에 우리는 숨을 죽였다. 우리는 눈앞에 보이는 마법 같은 초록 세상에 환호했다. 순백한 자연의 품에 안기자 우리 몸은 건강해지는 듯했고, 우리 영혼은 맑아지는 듯했다.

그리고 알게 된다. 우리가 올라선 정상은 이미 우리가 올라서는 순간 정상이 아니었다. 멀리 또 다른 정상이 우리를 유혹한다. 어쩌면 진정한 정상이라는 것은 우리가 서 있는 '이곳, 지금 이 순간'이 아닐까. 어쩌면 편안한 마음으로 제 분수를 지키며 '지금, 여기에 만족할 줄 아는 것'이 가장 높은 정상이 아니라는 걸.

그런 우리 마음을 아는지 노란 애기똥풀꽃이나 분홍빛 초롱이 꽃, 그리고 여러 종류의 들꽃들이 우리를 반긴다. 들꽃들이 유난히 아름답다. 누군가 "들꽃이 아름다운 건 자유가 있기 때문이다"라고 했던가. 마찬가지로 몽골 여행자는 이곳에 오면 한 송이 들꽃이 된다. 이곳이 넉넉하고 느긋하고 자유롭기 때문이다.

짧은 부시 워킹이었지만 몽골의 깊은 숲을 볼 수 있어서 좋았다. 그리고 몽골의 숲은 서서히 사라져 가고 있다는 인상을 받았다. 주변에 잡목은 많지 않았고 큰 전나무들은 수명을 다하고 있었다. 이 나무들이 사라지면 언젠가는 이곳에도 풀만 자라는 초원으로 변해갈 것이다. 그리고 초원에 더 이상 풀이 자랄 수 없으면 모두 거친 사막으로 변해갈 것이다. 이런 현상은 지구상에서 현재진행형이며, 우리가 가장 두려워해야 할 지구의 현실이다.

앞산과 뒷산 부시 워킹
(Bush walking)

나는 앞산을 부시 워킹한 후에 다시 잠이 깬 다른 일행과 이번에는 뒷산에도 올라가 본다. 여기저기 산책하는 여행자들이 간혹 보였다. 이곳은 앞산과 다르게 나무가 거의 없거나 많지 않았다. 우리말로 '민둥산'이다. 몽골 초원에서 민둥산은 원근이나 고저를 가늠하기가 쉽지 않다. 그래서 가벼운 차림으로 올라갔다가는 큰 낭패를 당할 수도 있단다. 우리가 머물던 뒷산도 동네 뒷산처럼 보였는데 막상 가까이 가보면 가파르고 경사가 심해 오르기가 힘들고, 오르고 보면 또 다른 오름들이 물결치듯이 연속적으로 이어진다.

　능선을 따라 걷다 보면 몽골 초원은 어디가 시작이고 어디가 끝인지 그 속내를 알기가 쉽지 않다. 많은 여행자는 눈에 보이는 곳까지만 올라가서 주변을 둘러보고 대부분 내려간다. 그래도 나와 동행했던 여행 친구 두 사람은 끝까지 가보겠다는 각오로 한없이 정상을 향해 나아간다. 하지만 우리가 사는 세상은 어디에도 정상은 없다. 다만 정상처럼 보일 뿐이다. 우리가 생각하고 있는 모든 '정상'이라는 것은 신기루처럼 착시현상 같은 것은 아닐까 생각한다.

　나는 그들과 함께 걷다가 중간쯤에 낙오가 되었다. 멀리 가버린 두 사람은 보이지 않고 숨이 차오른다. 언덕에서 걷고, 쉬고를 수차례 반복하다가 결국 일행들을 찾을 수가 없자 홀로 하산했다. 몽골 초원을 헤매다 보면 길 위에서 만난 건 바람이었다. 몽골에는 세상의 모든 바람이 존재하는 듯했다. 그 바람들이 정확히 어디에서 날아와 어디로 날아가는지 알 수 없으나, 그 바람들은 모두 몽골 초원의 허허벌판을 지나 알 수 없는 곳으로 날아갈 것이다.

그리고 바람이 사라지는 길모퉁이마다 막막한 들판에는 드문드문 섬처럼 게르들이 떠다니는 듯했다. 희고 둥근 지붕을 가진 게르는 바람이 불 때마다 바람의 이랑에 실려 정처 없이 떠가는 섬인 양 멀고도 아득해 보였다. 초원의 언덕에 서서 언덕 아래 가축을 기르고 있는 크고 작은 게르를 바라본다. 바람 따라 이동하는 유목민들과 초원의 모습을 상상했다. 유목민들은 봄과 가을이면 초지를 찾아 벌판을 이동하며 또 다른 게르를 짓고 살아간다.

몽골 초원에서 황금색은 봄과 가을을 알리는 색이다. 여름에 풍성했던 들판의 녹색이 저물면 가을이 누렇게 몰려오거나, 초원을 꽁꽁 얼리던 고집스럽고 무자비한 겨울이 물러가면 들판은 그제야 노란 건초 빛으로 한숨을 쉬며 드문드문 피어나는 연녹색의 봄풀들을 받아들인다. 초원이라 하면 흔히 녹색을 떠올릴 수 있으나 이처럼 초원은 다채로운 색깔을 가지고 있다. 몽골 초원은 계절마다 색이 달라지고, 시간대별로 색이 변하며 가없는 들판에서 초목들은 생멸(生滅)을 거듭한다. 이곳의 계절은 몽골의 광활한 벌판에서 자신만의 고유색을 흘리며 느리게 이동하고 있다.

쳉헤르 온천의 저녁 풍경

~~~~~~

쳉헤르 온천에도 어둠이 서서히 내려앉는다. 산기슭에 올망졸망 들어선 하얀 게르들의 풍경이 정겹다. 노천탕 주변에는 몽골 사람들이 하나둘씩 모여든다. 몽골은 물이 귀해 목욕이라는 문화나 샤워라는 문화가 없다고 들었다. 초원에서의 그런 생활은 사치스럽다고 해야 할 것이다. 그래서 이런 온천에 오거나 개울에서 야영을 하는 것을 좋아할 것 같다. 우리에게는 일상이지만 이곳 사람들에게는 오랫동안 계획해야 갈 수 있는 여행 같은 것이 아닐까 싶다. 쳉헤르 온천은 노천탕뿐이므로 반드시 실내용 혹은 실외용 수영복을 지참해야 한단다. 캠프에 따라 래시가드, 반바지, 티셔츠 따위 복장은 입장을 불허할 수 있다고 한다.

쳉헤르에 어둠이 밀려온다. 어둠은 어디서든 한결같다. 사방에 어둠이 내리면 누구나 마음은 차분해지지만, 생각은 덩달아 많아진다. 오늘도 우리는 먼 거리를 이동했다. 우리가 생각하는 '먼'은 몽골 초원에서는 '먼'이 아니다. 이곳에서는 '가까움'과 '먼'은 차이가 별로 없는 듯했다. 그냥

일상일 뿐이다. 초원에서는 모든 시간이 멈춘 듯했고 사방이 온통 고요했다. 끝없이 이어지는 대륙의 초원을 보았다. 그곳은 태초의 자연 같았고 때 묻지 않는 순수함 그대로였다. 문명의 흔적이라곤 거의 찾아볼 수 없는 아주 오랜 옛날 그대로의 신비를 간직하고 있는 세상처럼 보였다. 그런 세상은 우리가 살고 있는 세상과는 많이 달라 보였다.

몽골어로 쳉헤르는 '푸른'이라는 뜻이다. 쳉헤르 온천은 '푸른 온천'으로 주로 87도의 온천물이 나오는 곳이고, 게르촌으로 물을 올려 온천욕하는 방식이다. 푸른 하늘과 초원을 바라보며 노천 온천에서 피로를 풀고 별이 쏟아지는 밤하늘을 보면서 몽골의 여름밤을 즐길 수 있는 곳이다. 쳉헤르 온천에 어둠이 한참 깊어지자 노천탕에도 사람들이 하나둘씩 사라진다. 동시에 어색함은 조금 줄어든다. 여전히 노천탕 앞에는 많은 언어가 흐른다. 말들이 교차한다. 무슨 말인지 알아들을 수 없지만 모두 다정함이 넘친다. 다양한 모습으로 다정함을 표현한다. 쳉헤르 온천에는 사람들의 정이 흐른다. 따스한 온천물에 가족 간의 앙금은 사라지고 사랑이 싹튼다.

노천탕 앞에 앉아 주변을 둘러본다. 앞산의 숲이 원시적이고 전투적이라면, 뒷산의 표정은 아늑하고 포근하고 다정다감한 모습이다. 하늘에는 어둠이 짙게 깔려 있다. 어둠 속에 앉아 하루의 기억을 더듬어본다. 첫날에는 초원에서 말의 주검을 보았고, 오늘도 쳉헤르 온천까지 오는 길에 초원에 버려진 동물들의 사체(死體)를 보았다. 옛날부터 유목민들은 동물들의 사체나 소유물을 들판에 놓아두어 다른 짐승이 처리하거나 자연스럽게 썩게 했다고 한다.

쳉헤르 온천수

몽골 사람들은 자신은 불멸하고 누구도 자신을 이기거나 해칠 수 없고, 무슨 일이 있어도 자신은 죽지 않다는 가정하에서 살아갔다고 한다. 모든 것에 실패하고 아무런 희망도 남지 않은 생의 마지막 순간에 이르렀을 때 하늘을 바라보고 '멍케 텡그리(영원한 푸른 하늘)'의 이름을 부르며 자신의 운명을 따라간다고 했다. 그래서 그런가. 그들은 삶과 죽음에 초월하는 듯했다. 곳곳에서 죽음에 초연한 풍경을 본다. 들판에 널려 있는 동물의 해골에서 그런 느낌을 강하게 받았다.

삶과 죽음들이 자연에 순응하는 몽골 초원을 본다. 시작과 끝이 이어지고 있는 몽골 초원의 지평선을 본다. 형체는 변하지만 본질은 이어지는 몽골의 자연을 본다. 결국 모든 것은 영원하다. 쳉헤르 온천에 바람이 분다. 태곳적 바람이 숲에서 불어온다. 삶과 주검이 공존하는 땅, 삶과 죽음이 자연스러운 곳, 그것을 자연스럽게 받아들이는 유목민, 이런 곳이 바로 몽골 초원이다. 그래서 몽골 초원에서는 유난히 생각이 깊어지는가 보다.

이곳 풍경은 하루만 머물기에는 조금 아까웠다. 하루 이틀 느긋하게 넉넉한 시간을 보내면서 여행 친구들과 동네 마실도 다니고, 주변의 높고 낮은 언덕 여러 곳을 부시 워킹했다면 몽골 초원을 알아가는 재미가 더 쏠쏠했을 텐데. 그리고 고요한 저녁이 찾아오면 노천에 있는 탄산 온천수에 몸을 담그고 밤하늘의 별을 볼 수 있었다면 얼마나 좋았을까. 지그시 눈을 감고 몽골 밤하늘의 별을 보는 상상의 나래를 펼친다. 하지만 오늘도 날이 흐려 별 보기가 별 볼 일 없는 듯했다.

엘승타사르해에서 ── 저녁노을

엘승타사르해(미니 고비사막)으로 가는 길

~~~~~~

예닐곱 달의 겨울을 견뎌야 하는 유목민에게 여름 한철 6, 7, 8월은 대단히 소중하다. 몽골 여행은 대부분 이때 이루어진다. 몽골의 여름은 하늘이 내려준 짧고 강한 축복이다. 몽골 초원에 풀이 돋아나면 가축들은 살이 찌고 유목민의 생활은 풍요로워진다.

몽골 속담 중에 "양이 큰 것보다 더 아름다운 것은 없다"라는 말이 있다. 유목민에게 아름다움은 큰 것이다. 그들에게 양은 물질적 토대 그 자체였다. 그들에게는 그러한 양이 무럭무럭 크는 것을 바라볼 때의 감정이 바로 아름다움인 모양이다. 그 흐뭇한 마음, 안도의 감정이 바로 유목민에게는 아름다움의 본질이라 할 수 있다. 그들에게 큰 것은 삶과 직결되기 때문이리다.

유목민들의 삶에 있어서는 오축(五畜)이라고 불리는 '말, 소, 양, 염소, 낙타'는 생활의 모든 것이다. 오축은 생활의 물질적 총체라고 할 수 있다. 그 고기는 먹고, 그 털가죽은 입거나 신으며, 그 기름이나 배설물은 연료로 사용하며, 그 뼈는 도구로 사용한다. 고기와 젖이 넘쳐나는 이때

엔 가축을 관리하는 일도 쉽다. 배가 부르고, 등이 따뜻한데 한가롭기까지 하다. 지금이 바로 그때이다.

쳉헤르의 아침은 살포시 내려앉은 초원의 빛으로 채워진다. 리조트 주변은 온통 푸른 풍경뿐이다. 몽골 초원은 어디나 푸른 침묵만이 머무는 듯했다. 사방은 시간마저 멈추어버린 듯 고요함 속에 묻혀있다. 몽골의 초록은 햇살의 강약에 따라, 명암과 채도에 따라 그 빛깔이 다채롭다. 밝은 곳은 연두, 라임, 초록으로 어두운 곳은 녹색과 암청색으로 극명한 대비를 이룬다. 초록빛 위에 들어선 게르는 새하얀 보석처럼 유난히 반짝거렸고, 주변에 노니는 가축들에서는 해방감과 넉넉함이 동시에 느껴진다.

아침에 되자 하나둘 여행자들은 붉은색 유니폼을 입은 리조트 직원들의 배웅을 받고 길을 나선다. 모두 입구까지 나와서 인사를 했다. 가이드는 "몽골에서는 보통 작별 인사가 족히 삼십 분은 걸린다. '인사를 짧게 합시다'라는 공익광고가 나올 정도다. 한 번 헤어질라치면 게르에서 인사를 하고, 따라 나온 사람들과 동네 어귀에서 다시 인사를 하고, 솜과 솜의 경계에서 또 인사를 한다. 그 경계까지가 자신들의 영지이기 때문이다"라고 했다. 몽골은 그런 긴 이별이 있는 대지이고 기다림이 많은 공간이다. 한 번의 만남, 그 반가움을 내내 남겨두고 싶은 마음은 이해가 된다.

항가이 리조트에서 포장도로까지 나가는 길은 비포장도로이다. 그 길은 마치 사람들이 다니면서 자연스럽게 만들어진 산길처럼 여러 갈래이다. 원래 있던 길이 유실되거나 불편해지면 또 다른 길이 만들어진다. 그러기를 반복하면서 지금의 길이 만들어졌을 것이다. 마치 등산객들이 원래 있던 길이 불편하거나 멀면 옆에 길을 다시 내듯이 초원 위에도 그렇게 만들어진 여러 갈래의 길이 보였다.

초원에서의 길은 어쩌면 자연스럽게 형성된 삶의 흔적 같은 것이 아닐까 싶다. 운전하는 사람에 따라 자신이 필요한 길로 나아간다. 길은 대지 위에 갈지자를 수없이 그렸다. 길은 울퉁불퉁해서 차체가 낮은 승용차는 다니기조차 불편했다. 대부분 차체가 높은 레저용 승합차만 조심스럽게 달릴 수 있다.

누군가의 손길이 닿아있는 곳은 오직 개울이 흐르던 곳에 놓인 나무로 만든 다리뿐이다. 멀리서도 잘 보일 수 있게 교각에는 빨간색과 노란색 표시가 선명했다. 두어 곳에 설치된 다리는 낯선 여행자에게 이정표 구실을 했다. 상하, 전후, 좌우의 끝없는 흔들림이 끝날 때쯤 해서 또 다른 마을이 나타난다.

포장도로에 올라와 마을을 벗어나자 이제는 흔들림 대신에 세상은 온통 정적 속의 초록빛으로 채워진다. 광범위하게 퍼져있는 초록빛 풍경은 시각마저 마비시킨다. 사방의 명암은 흐릿해지고 거리라는 개념은 무의미해진다. 나무 한 그루조차 없이 펼쳐진 대지의 지평선은 모든 감각을 무력화시켰다. 그리고 마침내 인간 내면의 깊은 감정을 담은 자연의 풍경에서 점차 거룩하고 성스러운 풍경으로 변해간다. 이것이 하늘과 땅이 맞닿아 있는 몽골 초원이다. 그런 초원을 바라보고 있으면 표현도 심지어 생각마저 무의미할 뿐이다. 그냥 멍해지는 느낌, '길멍', '초록멍'이라 해두자. 이때 간간이 넘어진 자동차 잔해가, 동물들의 사체가, 지나가는 전봇대의 행렬이, 그리고 초원을 거닐고 있는 가축들이 멍해진 시선을 바로 잡아준다.

몽골 서부 '바양 고비(엘승타사르해, 미니 고비사막)'로 이동하고 있다. 그곳까지 거리는 약 140km, 대략 3시간쯤 걸린단다. 그곳은 주변이 온통 초원인데 한가운데에 수십 킬로미터에 달하는 거대한 사구와 사막

그냥 멍해지는 느낌, '길멍', '초록멍'이라 해두자.

이 이어지는 장관을 연출한다. 초원에서 보는 매우 이색적인 자연경관으로 초원 속의 사막이라 할 수 있단다. 초원 사막이라고 불리는 엘승타사르해(미니 고비사막)는 그야말로 초원 한복판에 자리 잡고 있는 사막 산 같은 곳이다. 사막 모래는 원래 바람 따라 옮겨진다고 말하지만, 이곳은 몇백 년을 걸쳐 자리를 옮기지 않고 있는 것이 신기하다고 했다.

나담 축제

지역 나담 축제가 열리는 곳

　미니 고비사막 가는 길에 하라호름에서 지역 나담 축제가 열린다는 소식을 듣고 잠깐 들렀다. 몽골 여행자들이 가장 보고 싶어 하는 몽골만의 가장 몽골적인 축제이다. 뜻밖에 생각하지도 않았고 예정에도 없던 축제를 볼 수 있다니 마음이 다 설렌다. 몽골의 나담 행사는 청나라로부터 독립 이후 몽골 사람들의 대표적인 민족 축제로 간주할 만큼 전 세계적으로 유명한 축제가 되었다. 나담 축제의 역사는 그 시기가 먼 옛날 흉노족까지 거슬러 올라간다고 했다.

몽골의 전통적인 축제는 크게 두 가지로 나뉜다. 하나는 나담 축제이고, 또 하나는 정원 초하룻날 시작하여 3일간 행하여지는 '차강사르(설)'이다. 나담 축제는 매년 7월 11일부터 3일간 개최되고 각 지방에서는 3일째 되는 13일부터 지방별로 2일간 나담 축제가 거행된다. 몽골의 나담 축제는 해마다 7월이 되면 11일부터 3일간 혁명 기념일이자 동시에 건국 기념일인 이날을 기념하기 위하여 모든 국민이 휴가에 들어간다. 나담 행사의 개막은 몽골의 독립 영웅이 안치된 종합청사 앞 '수흐바타르' 광장에서 건국 기념일을 알리는 위원장의 독립선언서 낭독으로 시작된다.

몽골 나담 축제는 일정과 맞지 않아서 계획에 넣지도 않았다. 하지만 우연히 이곳에서 지역 나담 축제가 열린다고 해서 볼 수 있는 기회를 얻게 되었다. 그곳은 한여름 밤의 선물 같은 것이다. 우리가 도착했을 때는 지역 나담 축제가 개막을 알리고 있었다. 무슨 말인지 알아들을 수는 없었지만 사회자의 모습을 보면 개회사, 마을 대표 소개, 인사말 등으로 시작되는 듯했다. 우리나라의 지역축제처럼 마을 사람들이 모두 모였다. 축제장에는 빙 둘러 울긋불긋한 천막이 쳐져 있다. 한가운데 황금빛 천막은 행사를 주관하는 본부석인 모양이다. 그 안에는 몽골의 전통 복식인 델(Deel, 상의)과 말까이(Malgai, 모자)를 쓴 동네 유지들이 앉아 있다. 이곳에 모인 사람들의 복장이나 천막의 색깔은 대체로 밝고 화려했다.

지역 나담 축제 개막식

　몽골에는 푸른 하늘이 내리는 축복 같은 여름 한가운데에 유목민의 축제가 있다. '놀다'라는 뜻의 몽골어 '나다흐'에서 이름이 유래된 나담 축제이다. 청나라로부터 독립된 날을 기념하려고 매년 7월 11일부터 사흘간 벌어지는 전국적인 축제인데 그 역사는 이천 년에 이른다. 나담의 정식 이름은 '에링 고르왕 나담.' 즉 '남자의 세 가지 놀이'라는 뜻이다. '말타기 시합', '활쏘기 시합', '몽골 씨름'이 벌어지는데 요즘 들어 '여성부 활쏘기 시합'이 포함되었지만 예로부터 남자들만 선수로 참가할 수 있다. 승부를 겨루는 건 동네 최고의 선수들이지만 참가하는 선수도, 응원하는 사람들도 모두 축제의 주인이 된다. 축제를 준비하느라, 축제에 참가하고 승리를 만끽하느라, 7월 한 달 몽골 남자들은 대부분의 시간을 놀러 다니는 데 쓰며, 어디든 모이는 자리마다 술이 빠지지 않는다고 한다.

　나담 축제 참석하는 몽골 남자나 여자들의 복장은 평상시에 입는 복식과는 다르다. 한여름인데도 행사에 참석하는 사람들은 긴 외투를 입고, 몽골식 모자를 쓰고, 목이 긴 구두를 신고 등장한다. 긴 겨울의 매서운 추위를 막기 위해 입는 옷처럼 보였다. 여름에는 좀 덥지 않을까. 하지만 모두 전통 복식으로 축제에 참석하고 있다.

신현덕이 지은 『몽골』에서 보면 "몽골의 전통 복식은 전통 의복 '델(Deel, 상의)'과 패션의 완성 '말까이(Malgai, 모자)', 자연과의 조화 '고탈(Gutal, 구두)'로 이루어진다. 몽골 사람들은 전통 복장 델을 즐겨 입는다. 대륙 중심부에 위치한 몽골은 연교차가 60도를 넘고 초원이 건조하여 물이 무척 귀하다. 이러한 환경에서 델은 보온성이 좋고 빨래를 자주 하지 않아도 심하게 더러워지거나 상하지 않아 초원에서 살아가는 유목민들에게 적합한 옷이다. 몽골 유목민들에게 델은 입기 쉬우며 낮에는 옷이 되고 밤에는 이불이 되기도 하고 또 볼일을 볼 때는 화장실이 될 수도 있는 등 의복으로써의 기능뿐만 아니라 생활에서 다양하게 이용되기도 한다. 이러한 델은 시대의 흐름과 함께 서서히 변화하고 있다. 현재는 도시 사람들이나 젊은 사람들은 델을 자주 입지 않지만 나담 축제와 명절 때는 델을 입는 모습을 많이 볼 수 있다. 우리나라 개량 한복처럼 델의 현대화 작업은 몽골 의상디자이너들에 의해 활발하게 진행 중이다.

또 옛날 몽골 사람들은 양털을 꼭꼭 다져 신발 모양으로 자른 뒤 실로 꿰매 신을 만들었다. 이 신발은 보온성이 뛰어나고 양털로 만들어 통기성도 우수하고 발이 편하다. 그러나 튼실하지 못한 것이 흠이다. 하지만 몽골인들은 '세 걸음 이상은 승마'라는 농담이 있을 정도로 늘 말을 타고 다니므로 생각보다 오래 신는다.

몽골 사람들은 '말까이(모자)'를 쓰지 않으면 복식을 제대로 갖추지 않았다고 생각한다. 차양이 없는 몽골의 모자는 화려한 장식을 추가하기도 하며, 모자의 정수리 부분에 보석을 달아 계급을 표현하기도 하였는데 계급이 낮은 평민들은 주로 두건을 썼다. 몽골인은 모자를 무척 아낀다. 모자는 집안에서 제일 높은 곳에 두어야 하며, 만약 타 넘거나 깔고 앉으면 무섭게 화를 낸다. 모자를 털고 간수하는 데도 정성을 들인다. 집안에 들어오면 모자에 묻은 먼지를 털고 나갈 때는 모자의 모양이 구겨지지 않았는지 살펴본다"라고 했다.

몽골의 전통 의상은 부분마다 각기 다른 상징적 의미가 있다. 머리에 쓰는 모자는 정치, 허리띠는 일이 잘 이루어지기를 바라는 마음을 상징하고, 구두인 고탈은 땅을 디딘다는 뜻을 갖는다. 그리고 델은 부족과 국가의 발전을 뜻한다.

여행을 다니다 보면 절대 잊지 못하는 풍경을 만나기란 쉬운 일이 아니다. 하지만 그렇다고 온전히 불가능한 것도 아니다. 하라호름에서 우연히 마주친 지역 나담 축제는 몽골의 민낯을 마음껏 볼 수 있는 바로 그런 공간이다. 몽골 초원에 펼쳐진 나담 축제는 영원히 잊고 싶지 않은 몽골만의 고유한 전통문화이다. 잠시나마 몽골 유목민들의 소소한 일상으로 깊숙이 들어간 느낌이다.

몽골 초원에서는 이렇게 많은 유목민을 본 적도 없고, 이렇게 화려하게 차려입은 유목민을 본 적은 더더욱 없다. 감정이 벅차올라 아무 말도 할 수 없는 그런 몽골만의 풍경이 지금 내 앞에서 펼쳐진다. 너무 아름다운 모습이기에 그 어떤 수식어도 어울리지 않음을 깨닫게 되는 순간이다. 이곳에 찾아온 많은 여행자는 그런 풍경을 다 담을 수 없음을 알고 있지만 그래도 가능한 한 많이 담고 싶어서 카메라 셔터를 한없이 누른다.

지방 나담 축제지만 현지인뿐만 아니라 여행자들도 많다. 너른 초원에서 행사가 한창 진행 중이다. 주변에는 말을 타고 경기에 참가하려는 청년, 소년, 심지어는 유아들도 붐빈다. 어른들은 몽골 전통 복장 델을 입고 들뜬 소녀처럼 행사장을 누빈다. 행사장 주변에는 다양한 가게들이 넘친다. 마치 우리나라 지방 축제장 같은 분위기다. 몽골 전통 음식부터 여러 나라의 음식인 샌드위치, 김밥, 콜라 등 다양한 먹거리와 다양한 물놀이 기구도 보인다.

특히 나담 축제에 참석한 아이들이 여행자의 눈길을 사로잡는다. 가장 인상적인 것은 말을 탄 '어린 칭기즈 칸'들이다. 열 살이나 됐을까? 내 앞에 나타난 '어린 칭기즈 칸'들은 귀엽지만 당당했다. 조그만 꼬마들이 말을 다루는 솜씨가 놀라웠다. 초원 위에서 펼쳐지는 '아슬아슬한 서커스'라고 해도 좋을 듯했다. 자기보다 훨씬 큰 말을 타고 달리는 모습이 신기했다. 과연 유목민의 후예답다. 그들에게는 말이 장난감이고, 놀이기구이고, 교통수단이다. 우리나라에서 남녀노소 누구나 자전거 타는 것처럼 그들에게 말 타는 것은 일상이다.

지방 나담 축제 여러 가지 풍경

일곱째 날 엘승타사르해에서 저녁노을 ——— 247

몽골 사람인 가이드는 "이곳에선 저 정도는 놀라운 게 아닙니다. 대부분 아이들이 말을 아주 잘 타요"라며 껄껄 웃는다. 가이드 본인도 어릴 때부터 흡수골 근처 고향에서 부모님 따라 유목민 생활을 했단다. 당연히 몽골에서 말을 타는 것은 우리나라 어린아이들이 자전거 타는 것처럼 능수능란할 것이다. 가이드의 부모님들은 아직도 그곳에 산다고 했다. 사는 게 힘들지만 자식의 미래를 위해 넓은 세상인 울란바토르 국립대학에 자신을 보냈단다. 부모의 마음은 어디서나 똑같은 모양이다. 열정에 차이는 있지만.

나담 축제가 열리고 있는 하라호름의 하늘은 광활한 초원의 색깔을 닮았고, 초원은 드넓은 하늘과 유사한 빛깔이다. 한참을 바라보고 있으면 어디가 하늘이고 어디가 초원인지 그 경계가 흐릿해진다. 먼지 한 점 보이지 않는 청아한 날. 몽골 풍경은 원초적 아름다움으로 빛나고 있다.

내 앞에 나타난 '어린 칭기즈 칸'들

자신을 지켜보는 여행자들의 박수와 환호에 신이 났는지 말 위의 소년은 갈수록 고난도의 기술을 보여준다. 맞다. 저 아이는 몽골 유목민의 후손이다. 혈관 속으로 칭기즈 칸과 쿠빌라이 칸의 피가 흐르고 있을 것이다. 파란 눈의 여행자들도 많았다. 우리보다 더 신기하다는 듯이 호기심 가득 찬 눈으로 축제를 바라본다. '어린 칭기즈 칸'을 만난 기념으로 함께 사진도 찍었다.

몽골이 아시아에서 시작해 유럽에 이르는 대제국을 건설했을 때, 몽골 기병들은 공포와 두려움의 대상이었다. 큰 덩치를 가진 유럽의 병사들이 긴 창을 휘둘러 몽골의 기병들을 제압하려 애썼지만, 말의 등과 배, 양 옆구리에 자유자재로 매달려 화살을 쏘아대는 신묘한 기마술을 당할 도리가 없었다고 한다. 지금 말에 오른 저 꼬마의 실력을 보니 당시 몽골 기병들의 말 다루는 기술이 어느 정도였는지 미루어 짐작할 수 있었다. 거대한 제국을 호령했던 칭기즈 칸은 유언까지 호방담대(豪放膽大)했다. 죽음을 눈앞에 둔 황제는 "나는 천 년 후에도 분명 기억될 것이다. 왕들 위에 군림한 진짜 왕으로"라는 마지막 말을 남겼다고 한다. 천 년이 지난 지금 그는 몽골에서 신 같은 존재가 되었다. 여러 나라에서는 그의 생각을 연구하고 각종 논문을 쓰고 많은 책을 냈으며 그의 사상을 배우려고 한다.

'바양 고비' 캠프

~~~~~~

하라호름을 지나 다시 한참을 달리다 방향을 바꾼다. 푸른 보석 같은 하늘 아래 몽골식 이동 천막 게르가 간간이 보인다. 멀리 사막언덕 같은 흔적들이 서서히 나타나더니 선명해진다. 거대한 사막은 아니고 일명 '미니 사막'이다. 아마 사막화가 진행되고 있는 모양인가. 늦은 2시가 넘어서야 엘승타사르해 모래사막 지역에 있는 '바양 고비' 캠프에 다다랐다. 모래언덕 아래 만들어진 게르촌이다. 몽골 여행자들을 위해서 만들어진 숙소 같았다. 주변에는 마을도, 사람도, 길도 없다. 미니 사막 가운데 게르촌만 덜렁 놓여있다.

캠프 입구에는 우리를 맞이하려는 직원들이 나와 있다. 책임자인 듯한 젊은 여자가 푸른 천 하닥을 들고 정중히 우유과자를 하나씩 손에 놓아주면서 캠프에 온 것을 환영한다는 의사표시를 한다. 이런 행사는 벌써 오늘이 세 번째이다. 그 후에 우마차가 와서 우리들의 짐을 게르까지 옮겨주는 친절을 베푼다. 캠프는 꽤 넓었다. 주변은 허허벌판이고 멀리까지 모래언덕으로 둘러싸여 있다. 아무것도 보이지 않아 적막하기까지 했다. 이런 곳이 사막이라는 공간이구나. 미니 고비사막이 이 정도인데 거대한 몽골 고비사막은 어떤 느낌일까.

이곳은 소음과 번잡함에서 벗어나고 싶어 왔지만, 오히려 소음과 번잡함이 그리워지게 되는 공간이다. 온통 바람 소리만 들리고 모래언덕에 멀리 푸름만 보이는 곳이다. 처음 접하는 사막이라는 공간이 너무 넓고 황량해서 섬뜩한 기분마저 든다. 미니 사막이라는 이곳은 게르에서 바라보면 끝없이 넓고 너른 사막 같지는 않았고, 마치 모래언덕 같은 봉우리가 몇 군데 있는 듯했다. 그래도 이 사막은 약 70km에 걸쳐 뻗어있단다. 게르촌 주변은 온통 모래투성이다. 모래밭에 하얀 버섯 모양의 게르가 돋아나는 듯했다.

'바양 고비' 캠프 전경

바양 고비 캠프는 이전의 캠프와 비슷했으나 특이한 점이 있다면 캠프 가운데에는 대형 게르가 있는데 식당이다. 그 옆으로는 기념품을 판매하는 작은 게르도 있다. 대형 게르 안에서 식사는 뷔페식이다. 식당 안은 대부분 한국 사람들뿐이고, 우리말들로 넘쳐난다. 게르라는 사실만 빼면 보고, 듣고, 먹는 모든 것이 너무도 친숙한 느낌이다. 몽골에 왔는데 몽골어를 들을 수 없다니.

캠프에는 계속해서 차량이 들어온다. 대부분 한국 여행자다. 오후에는 낙타 체험이 예정되어 있는데 밀려드는 한국 여행자 때문에 조금 기다려야 한단다. 낙타 체험은 한 시간 정도 걸리는데 낙타가 한정되어 있고 여행객은 밀려드니 당연한 결과이다. 시간적으로 여유가 있어 게르촌 곳곳을 산책하고 낯선 풍경도 구경했다. 주변 사막도 걸어보고, 높고 낮은 모래언덕의 풍경도 둘러보고, 게르촌 안에 있는 기념품 판매점에서 진기한 물건도 구경하고, 캠프에서 관리하는 낙타도 보았다. 보이는 것

'소욤보기'가 펄럭이는 캠프 입구에 게르 만드는 현장

마다 이국적이라 신기하기만 했다. 그래서 조금 힘들었지만 발걸음을 멈출 수가 없었다.

특히, 게르 만드는 현장은 인상적이었다. 캠프 입구에는 게르 만들기가 한창이다. 처음 보는 이국적인 풍물이다. 유목민의 집인 게르는 이동하기 편리하게 설치된 조립식 집과 흡사하다. 몽골 사람들이 가장 힘들어하는 일 중 하나가 게르 만들기란다. 특별한 재료나 건축물이 없는 초원에 사람들이 살 집을 만드는 것만큼 막막한 일도 없기 때문이다. 우리가 한 동의 건물을 지을 때 모든 인력과 장비를 동원하고 자금을 쏟아붓듯이, 몽골 사람들도 게르를 지으려면 2~3년 전부터 치밀한 계획을 세운다. 게르를 지을 때 소요되는 재료는 직접 손으로 다듬고 맞춰야 한다. 그러다 보니 많은 시간과 일손이 필요해 인근 마을 사람들이 모두 동원된다. 게르는 나이 든 부모들이 자진해서 만드는데 여기에는 자식을 많이 낳고 건강하게 평생을 잘 살라는 부모의 사랑이 듬뿍 담겨 있다.

게르를 새로 짓는 것은 새며느리가 들어와 식구가 늘어난다는 표시이기도 하다. 아들이 장성한 집에서는 적당한 신부를 찾기 전에 게르를 지을 준비를 서두른다. 신부가 나타나면 곧바로 예식을 올리고 살림을 내줘야 하기 때문이다. 이때가 되면 신랑보다도 부모가 더 좋아한다. 후손이 번성해야 가문이 살아난다는 말을 귀에 딱지가 앉도록 들어온 이들은 자식을 장가보내는 일을 큰 의무 중 하나라고 생각한다. 부모는 서까래, 기둥, 벽, 천장의 터너 등을 구입해 비축하며 게르 지을 준비를 차근차근해나간다. 방한용 이스끼도 꺼내 다시 손본다. 이스끼는 새것을 만들어 주는 것이 원칙이지만 급할 경우에는 아버지가 사용하던 것 중 일부를 벗겨 둘러주기도 한다.

게르는 크게 나무로 된 틀과 펠트 천으로 된 겉 부분으로 나뉜다. 나무 재질의 틀은 한느(벽), 온(서까래), 터너(천창), 바가나(기둥) 따위이다. 벽은 약 1.5m 길이의 나무 10~15개로, 아코디언처럼 접었다 폈다 할 수 있게 만들어져 있다. 이동할 때 접어서 부피를 줄이고 게르를 지을 때 펼쳐서 서로 이어 둥그렇게 만든다. 일반인들은 보통 벽 4~5개로 게르를 짓는다. 이 게르는 실내가 5평 반 정도로 비교적 좁다. 터를 잡을 때는 터너의 위치를 먼저 잡는다. 터너가 놓이는 곳이 게르의 중심이며 바로 난로가 있어 음식을 만들고 난방을 한다. 난로는 세 개의 받침돌 위에 놓는다. 받침돌은 주인과 안주인 그리고 며느리를 상징한다. 며느리는 상속자의 어머니를 뜻하므로 중요하다. 난로가 집안의 중심에 놓이듯 며느리가 집안의 번영을 책임지는 구심점이 된다는 것이다. 게르에서 외부와 통하는 구멍은 사람이 드나드는 정문과 연기가 빠져나가는 터너뿐이다. 연기가 빠져나가는 터너는 우주의 중심으로 비유된다.

게르의 천은 여름에 외부의 열기를 차단하고, 태양 빛을 가려 시원함을 유지한다. 기온이 낮아지는 밤에는 천의 아래쪽을 걷어 올리면 바람이 들어와 추위를 느낄 정도다. 게르 난방은 난로가 담당한다. 나무가 자라는 지역에서는 난로에 나무를 때지만, 그 외의 지방에서는 가축의 마른 똥을 연료로 사용한다. 지금은 나무나 석탄을 연료로 사용하기도 한다. 난방을 하면 게르 내부는 금방 더워지고 오랫동안 열기를 간직한다. 게르는 낮고 둥글어서 강한 바람에 잘 견뎌낸다. 또 외부가 눈비에 젖어도 하루 만에 금방 마른다. 내부 바닥에는 아무것도 깔지 않는다. 곧 다른 곳으로 이동해야 하므로 내부를 치장할 마음의 여유가 없는 모양이다. 지금은 대부분 내부 바닥은 장판으로 깔려 있다. 일부 부유한 집에서는 겨울 즈음 게르 바닥에 나무판자를 깔고 양탄자를 덮기도 한다.

게르 안 공간의 법칙은 엄격하게 구분된다. 게르 안은 난로를 기준으로 남성 구역, 여성 구역, 신성 구역의 세 부분으로 나뉜다. 몽골인은 남녀유별을 강조하며 엄격하게 자신들의 위치를 찾아 지킬 줄 안다. 남성은 게르에 들어가면 곧바로 왼쪽으로 가고 여성은 오른쪽으로 간다. 남성 구역은 하늘이 보호하고 여성 구역은 태양이 보살피기 때문이다. 남성 구역은 게르의 서쪽으로 정문에서 보면 왼쪽이다. 주인의 말안장과 고삐, 마유주 주머니 등이 걸려있다. 여성 구역은 게르의 동쪽으로 입구에서 보면 오른쪽이다. 안주인은 이곳에 주방 용구와 생활 도구를 비치하며 아이들도 여기에 기거한다. 신성 구역은 정문의 맞은편 북쪽이다. 이곳에는 가문의 최대 연장자가 사용하는 무기와 모린호르, 말 재갈 등을 놓아둔다.

주인 내외의 침대는 여성 구역의 벽에 붙어있고 손님용 침대는 반대편 남성 구역의 벽 쪽이다. 아이들은 부모의 발치에서 잔다. 4~7세 아이들에게는 침대가 거의 돌아가지 않아 바닥에 양탄자나 양가죽을 깔고 잔다. 아이들이 덮을 것도 따로 마련되지 않아 이불은 2~3명이 같이 덮는다. 귀한 손님이 오면 침대를 신성 구역으로 옮겨 잠자리를 마련해 주는데 이는 최고의 예우를 의미한다.

김형수의 장편소설 『조드』에서 보면 "게르 천장에는 작은 햇살 창문 같은 구멍이 있다. 하지만 그곳은 다양한 의미가 있다. 천장에 있는 구멍에는 춘하추동, 동서남북, 낮과 밤 열두 시간과 한 해 칠십이 절기에 속하는 푸른 하늘의 매듭이 들어있다"라고 했다. 우리는 무심코 연통이나 햇빛이 들어오는 창문으로만 여겼는데 깊은 뜻이 있다니 놀라웠다.

또 "게르 천장에는 원이 세 개로 되어있다. 가장 복판에 작은 원, 그것을 확장한 중간 원, 둘레를 감싸는 외곽 원. 제각각 다 뜻이 있다. 중심 원에서 외곽 원까지 연결하는 십자 서까래가 게르의 배꼽이니 푸른 하늘의 기를 여기까지 빨아들인다. 십자는 동서남북을 가리키며 봄, 여름, 가을, 겨울이 들어설 칸을 만들어 놓았다. 거기에서 네 등분된 동그라미가 중간 원에 이를 때 두 개씩의 서까래가 끼어서 한 칸에 세 개씩 작은 칸이 또 생겨 세 개가 네 번이면 열두 칸, 이게 월력이다. 열두 시간과 열두 달과 십이간지를 나타내는 중간 원 열두 칸이 외곽 원으로 퍼지면 다섯 개씩 서까래가 또 들어간다. 열두 칸마다 여섯 개의 작은 칸이 있으면 일흔두 개의 절기가 되고, 그래서 한 절기를 닷새로 잡으면 삼백육십오 일이 된다. 초원의 태음력은 일 년을 삼백육십 일로 쳐서 육 년 주기로 '텅 비어 있는 달'이 찾아오는데 그것이 지금 말하면 윤달이다"라고 기록하고 있다.

작가의 설명을 들어보면 몽골 사람에게 게르는 단순히 주거 공간을 넘어서 깊은 의미가 있음을 알게 된다. 게르는 몽골어로 '집' 또는 '거주지'를 의미하지만 이는 단순히 물리적 공간을 넘어서 가족, 공동체, 그리고 전통을 상징한다고 했다. 이러한 의미는 몽골 유목민의 사회적, 문화적

측면과 밀접하게 연결되어 있다는 것이다.

그래서 몽골사람들에게 '게르 만들기'는 그들의 삶의 방식과 철학을 반영하는 중요한 행사다. 그들에게 '게르 만들기'는 주먹구구식이 아니라 환경에 맞게 아주 정교했다. 거기다 부모의 사랑까지 듬뿍 들어있는 공간이다. 특히 동그란 게르 천창(天窓)에는 우주의 모습이 담겨 있다니 믿기지 않았다. 그냥 환기구라고만 생각을 했고 아침 햇살이 들어오는 창으로만 바라보았는데 그것이 아니었다. 게르의 천창은 그들의 오랜 삶과 생활의 경험이 함축된 공간이고 우주 만물의 심오한 의미가 들어있다. 게르는 구조적 특성이 몽골 유목민들의 삶에 깊이 뿌리 내릴 수 있도록 해주며 이동성, 유연성, 그리고 환경적응력을 중시하는 그들의 생활 방식을 잘 반영하고 있다는 것이다. 더 나아가 생활 방식뿐만 아니라 그들의 사회적 관계 및 문화적 가치를 이해하는 데 중요한 역할을 한다.

미니 고비라는 '엘승타사르해'에서의 낙타 체험

~~~~~~

미니 고비사막이라는 몽골 서부 '바양 고비'에 다다랐다. 주변이 온통 초원인데 그 한가운데에 수십 킬로미터에 달하는 거대한 사구와 사막이 이어지는 장관을 연출한다. 초원에서 보는 매우 신비로운 자연경관으로 초원 속의 사막이라 할 수 있다. 가이드는 "일명 미니 고비사막이라는 '엘승타사르해'는 울란바토르에서 약 260km 떨어진 곳에 있는 사막 지역으로 몽골어로 '땅이 갈라지는 곳'이라는 뜻을 담고 있다. 멀리 남고비 사막까지 가지 않아도 대규모의 사구 지역을 볼 수 있고, 아주 쉽게 사막 체험을 할 수 있어 현지인과 여행자들이 많이 찾는 곳이다. 모래사막은 약 70km에 걸쳐 뻗어 있으며 특이하게도 초원, 실개천, 사막 지형이 한데 섞여 있는 독특한 풍광을 자랑한다. 사막 주변으로는 낙타, 염소, 양을 키우는 유목민들이 많이 거주하고 있으며 계절에 따라 지천으로 핀 에델바이스를 만끽할 수도 있다"라고 했다.

늦은 4시가 가까워지자 승합차를 타고 낙타 체험장으로 향했다. 그곳에는 버스 한 대가 기다리고 있었고, 멀리 낙타를 탄 행렬이 돌아오고 있다. 순간 대상들의 긴 행렬이 연상된다. 이곳은 낙타를 타고 5~10명 정도가 한 팀을 이루어 초원을 건너고, 개울을 건너고, 모래언덕을 넘어 사막을 간접 체험하는 곳이다. 미니 고비사막에서 낙타 체험은 약 한 시간 정도 소요된다고 했다.

마지막 낙타가 도착할 때까지 일명 '미니 향토박물관'이라는 게르에 안내되었다. 그곳은 낙타 체험을 기다리는 사람들에게 대기실 같은 곳이다. 게르 안으로 들어서면 입구 쪽에 의자가 여러 개 놓여 있다. 실제로 게르 안에서 살아가는 몽골 사람들의 모습 그대로 꾸밈없는 생활 문화를 엿볼 수 있다. 몽골 게르를 간접 체험할 수 있는 공간이다. 잠시 후 손님들을 위해 몽골의 전통 음료인 수태차와 우유과자를 내온다.

그리고 몽골 전통악기 '마두금'과 서양 악기인 '기타'의 협주도 들을 수 있다. 게르에서 울리는 두 악기의 어울림은 동양과 서양의 조합처럼 다르면서도 어딘지 비슷하고, 비슷하면서도 너무 다른 화음이다. 두 악기의 '어울림'이란 동서의 차이를 극복하고 다름을 인정할 때 가장 좋은 소리를 낼 것이다. '어울림'이란 말은 모두에게 마음의 평안을 가져다주는 단어가 아닌가 싶다.

낙타가 도착했다는 말에 연주를 듣다가 밖으로 나왔다. 낙타 체험

장에는 낙타들이 잠시 휴식을 취하고 있다. 낙타는 이번 생애 처음이라 보는 것만으로도 신기했다. 한데 막상 타려고 하니 조금 떨렸지만 어떤 기분일지 느껴보고 싶었다. 낙타에 오르면 낙타를 타고 미니 고비사막 속으로 들어갈 것이다. 마치 영화에서나 보았던 열기로 가득한 사막을 건너는 유목민 대상들처럼 사막을 건널 것이다.

여기서 우리가 탈 낙타는 쌍봉이다. 낙타는 말처럼 타기가 어렵지 않았다. 그 대신 일어설 때 떨어지지 않도록 조심해야 한다. 말은 앉지 않는다. 항상 서서 자고, 서서 먹고, 서서 생활을 한다. 말은 '앉는다'라는 말이 없다. 하지만 낙타는 발목이 두 번 겹쳐 꺾어지므로 그 큰 몸이 땅에 딱 달라붙을 정도로 엎드릴 수 있다. 그래서 낙타는 말보다 타기는 훨씬 쉽단다.

다만 말과는 달리 낙타는 봉을 잡고 가야 하므로 조금은 긴장이 된다. 탈 때는 쉽지만 일어서고 앞으로 나아갈 때 조심해야 한다. 물론 안내 가이드가 있어서 따라 하면 누구나 손쉽게 낙타를 타고 미니 고비사막을 건너갈 수 있다. 그 말을 듣고 조심스럽게 낙타에 다가가 그 위에 앉았다. 무신경하게 스윽 고개를 돌린 낙타가 주인의 손짓에 따라 덜컹하고 일어난다. 짧은 순간이지만 그때 느껴지는 흔들림에 식겁했다. 낙타가 똑바로 서자 평소보다 높아진 시야가 위협적이다. 높은 곳에서 바라보는 사막 풍경은 사뭇 낯설었다.

꽉 잡고 있던 낙타의 봉에서 낙타의 체온이 옅게 느껴진다. 서서히 움직이자 나도 모르게 낙타 봉을 꼭 잡게 된다. 위아래로 흔들리는 것도 신기했고 살아있는 동물을 타고 있다는 것도 놀라웠다. 하지만 금세 조

마조마한 마음은 사라지고 넓은 초원에 솟아오른 모래언덕의 아름다움에 매료된다. 사막 위로는 구름의 그림자가 내렸다가 또 흩어지기를 반복한다. 하루밖에 머물지 않고 떠나야 하는 미니 고비에서의 짧은 체험이지만 황홀할 만큼 낯설었던 모래언덕의 풍경은 절대 잊히지 않을 것이다.

미니 고비라 부르는 '엘승타사르해'에서 낙타 체험

가이드는 "척박한 땅을 살아가기에는 낙타만 한 동물이 없다. 대충 먹고도 두세 달을 견딜 수 있고, 물을 마시지 않고도 사십 일을 견뎌낸다. 끈기와 인내의 상징인 낙타를 보고 있으면 유목민들이 견뎌온 고행의 이력이 그 몸에 응축돼 쌓여 있는 것 같다. 고통이 너무 크면 암 덩어리가 생기듯 낙타도 유목민의 고단한 삶을 등에 짊어지고 있는지도 모르겠다. 특히 면 여행길을 떠날 때와 이사를 할 때 낙타는 없어서는 안 되는 동물이다.

낙타는 시속 육십 킬로미터로 달릴 수 있고, 최대 육백 킬로그램의 짐을 질 수 있다. 낙타고기는 식량으로 쓰이고 젖은 진하고 맛이 좋다. 특히 낙타 젖을 발효시킨 '호르목'은 영양가가 높아 '아이락'보다 훨씬 고급으로 취급받는다. 털의 쓰임도 많다. 낙타 한 마리의 털을 자르면 그 무게가 오 킬로그램까지 나온다. 낙타털은 질기기로 유명한데 사람들이 겨울철에 쓰는 목도리, 모자, 재킷, 이불을 만들고, 새끼처럼 꼬아 게르가 바람에 날아가지 않도록 묶어두는 데 쓰이기도 한다"라고 했다.

낙타를 타고
미니 고비사막을 건너다.

또 가이드는 "낙타는 물을 전혀 마시지 않는 것은 아니다. 한 번 물을 마시면 아주 많이 더 정확하게는 오랫동안 마신다. 몽골 사람들은 낙타가 물을 오래 마시는 건 사슴을 기다리고 있기 때문이다"라고 말한다. 낙타는 오래전부터 내려오는 '기다림'에 대한 전설이 하나 있다. "오랜 옛날, 사슴은 뿔이 없고 낙타는 뿔이 있었다. 둘 다 서로 성격이 온순하고 착해서 아주 친했다고 한다. 어느 날 사슴이 큰 잔치에 간다면서 장식으로 낙타의 뿔을 빌려 가면서, 다음 날 강가에서 물 마실 때 만나서 돌려

주기로 약속했다. 잔치에서 만난 동물들은 사슴의 뿔을 보고 칭찬을 아끼지 않았다. 이때 사슴은 마음이 변했다. 반면 낙타는 강가에서 오랜 시간 기다렸지만, 사슴은 오지 않았다. 그날부터 낙타는 매일 강가에서 물을 마시면서 사슴을 기다린다고 한다. 지금도 낙타는 물을 한 번 마시고 먼 산을 한 번 쳐다보고 하면서 오랜 시간 강가에 머문다"는 전설이 전해진다.

위가 두 개인 낙타는 풀을 뜯는 시간보다 되새김질하는 시간이 더 많다. 긴 목으로 처음 뜯어 보관한 풀을 쑥 끌어 올려서는 하염없이 어금니로 간다. 그러다 짜증이라도 나면 씹고 있던 침 가득 묻은 풀을 푸 하고 뱉어버린다. 끈적거리고 냄새나는 낙타의 침 공격을 한 번 받으면 아무리 샤워를 해도 며칠간이나 냄새가 빠지지 않는단다. 그런 일이 아주 가끔 일어난다고 하니 낙타 앞에서는 늘 몸조심해야 한단다.

낙타 하면 머릿속에는 석양이 물든 사막에 장엄한 대상들의 긴 행렬이 그려진다. 사막 위로 뜨는 해와 노을을 감상하며 아스라이 사라져 가는 대상들의 모습을 꿈꾸며 이곳에 왔다. 하지만 이곳은 사막이라기보다는 사막 체험장 같은 곳이다. 끝없이 발달한 초원 위에 사람이 임의로 만든 것 같은 짧은 길이의 모래언덕들이 길게 나열된 느낌이다. 그래도 나름대로 값진 체험이었다.

초원에서 되새김질 하는 낙타들

샌드보딩 체험

~~~~~~

　캠프에서 가까운 모래언덕(사구)에서 샌드보딩 체험도 했다. 모두 눈썰매를 하나씩 들고 가파른 모래언덕을 천천히 오른다. 어린 시절로 돌아간 느낌이다. 눈썰매를 든 모습이 조금은 어색했지만, 동심의 세계로 돌아간 듯이 모두 함성을 지르고 환호를 한다. 순간순간 짜릿함도 느껴진다. 모래언덕은 생각보다 높거나, 크거나, 길지 않았지만 경사는 조금 급했다. 다들 처음 몇 번은 옛 추억도 생각나고 신기해서 열심히 탔다.

　대략 40~50분쯤 탔을까. 누가 먼저 가자는 말도 하지 않았지만 모두 내려갈 준비를 한다. 나도 한두 번은 괜찮았는데 시간이 지나면서 더 타고 싶다는 욕구도, 더 타야 할 재미도 남아있지 않았다. 어릴 때 같으면 즐거움에 해가 지는 줄 모르고 오래도록 탈 것인데 모두 나이 탓인가. 이제 나이가 들어 동심을 잃어버린 것일까. 나이가 들어감은 이런 것인가.

　나이 듦은 관심의 대상을 어떤 눈으로 바라보는가에 따라 달라지는 모양이다. 다만, 조금 아쉬운 것은 눈썰매를 핑계로 모래언덕에서 앉아 책 속에서 읽었던 사막의 잔상들을 상상하면서 사막 풍경을 오래도록 바라보고 싶었다. 사막의 저녁노을도 보고 싶었고, 사막을 더 오래 체험하고 싶었다.

거기다 파울로 코엘료의 장편소설 『연금술사』의 주인공 '산티아고'의 사막 여행은 어떤 느낌일지 느껴보고 싶었다. 이런 글이 나온다. "'자아의 신화'를 이루어내는 것이야말로 이 세상 모든 사람에게 부과된 유일한 의무지. 자네가 무언가를 간절히 원할 때 온 우주는 자네의 소망을 실현하도록 도와준다네"라는 내용이다. 사람들은 '산티아고'처럼 나만의 보물을 찾고 싶어 한다. 그리고 그 보물을 찾기 위해 여행을 떠난다. 보물을 찾고자 하는 이 소망이 팍팍한 현실을 견뎌낼 힘을 준다. 그리 긴 세월을 산 것은 아니지만 살면서 갖가지 실수를 저지른 후 뒤늦게 깨달음을 얻을 때마다 마음속에 떠올랐던 바람이 있었다. 잘못을 저지르지 않고 교훈을 얻을 수 있도록 이해하기 쉬운 언어로 내게 삶의 비밀스러운 법칙들을 가르쳐주는 스승이 있다면 얼마나 좋을까.

우리는 단순하게 사는 법도 잊어버렸다. 바쁜 일상 속에서 간혹 별빛이 비치는 오아시스 앞에 앉은 듯한 고요한 순간이 찾아와도 우리는 그것이 우리 삶의 다음 단계로의 이행을 예비해 주는 귀중한 순간이라는 것을 알지 못한다. 그러나 우리는 누구나 깨달음에 대한 목마름을 가지고 있고, 남 보기에 초라한 인생이라도 한 사람의 삶은 그에게는 세상에서 단 한 권뿐인 역사책만큼이나 귀중한 가치를 지닌다는 것이다.

몽골 여행을 통해 자신만의 자아의 신화를 이루어낼 수 있다면, 자신만의 삶의 비밀스러운 법칙을 깨달을 수는 있다면 얼마나 좋을까. 이곳에서 단순하게 사는 법을 몸으로 배워갔으면 하는 바람이다. 이런저런 번거로운 마음에 여행 친구들과 함께 승합차를 타지 않고 대신 모랫길을 따라 걸었다. 이리저리 날리는 모래 속에서 어느 사막을 건너는 '산티아고'처럼 고독한 여행자 흉내를 내보고 싶었다. 진정한 연금술사는 자아의 신화를 몸소 살아내려는 자라고 했다. 산티아고는 연금술사를 만나 진정한 자아의 신화를 조금씩 찾게 된다. 그러나 그것은 한순간에 이루어진 게 아니다. 수많은 위기를 겪었다. 그래도 산티아고는 자신의 마음에 귀를 기울이며 앞으로 나아간다. 나는 과연 나의 소리에 얼마나 귀를 기울이고 있을까?

여기는 멀리 보이는 모래언덕이 없으면 사막이라는 말보다는 모래밭이라는 말이 더 어울리는 곳이다. 모래언덕의 형태는 수시로 바람에 따라 변화한다고 알고 있다. 사막에서 바람은 어떤 장애물도 무너뜨리고 새로 만드는 일을 반복한다. 황량한 모래사막에는 은폐물도 없고 엄폐물도 없다. 어떤 동식물도 바람의 위협을 비껴갈 수 없는 곳이다. 그래서일까. 모두 식물들이 고개를 낮추고 잔뜩 웅크려 있는 모습들만 보였다. 심지어 수분이 부족한 것을 견디려고 가시덤불처럼 땅속 깊이 뿌리를 내리거나, 황금 나무줄기처럼 바람의 방향을 따라 동작을 바꾸는 식물도 보였다. 모두 생존을 위한 몸부림 같은 것이 아닌가 싶다.

그런 악조건 속에서도 모래 속에 파묻혀있던 작은 식물들은 보랏빛 꽃을 피워내고 있다. 그들의 강인한 생명력은 신비롭다 못해 숭고했다. 어떤 바람에도 흔들지 않을 자세를 유지하면서 생명을 유지하고 있는 식물들을 보면서 강인한 유목민들의 삶이 연상된다. 그들은 혹독한 겨울의 추위와 바람에도 살아남아 생명력을 이어간다. 그리고 오늘날까지 그들의 삶은 계속해서 이어져 오고 있다.

'미니 고비'라는 '엘승타사르해'에서의 사막 체험

또 땅속 깊이 뿌리를 내린 식물들은 그물 같은 역할을 해서 바람이 물 살처럼 쓸고 가는 모래를 붙잡아 언덕을 만든다는 것이다. 그래서 작은 언덕이 한 번 만들어지면 금방 살이 쪄서 큰 언덕이 되고 그것은 이내 모래 산이 된단다. 그런데 바람은 날마다 조금씩 방향을 바꾸고 있으니 모래무지, 모래언덕, 모래 산의 방향을 바꾸어 어떤 날은 오십 보씩, 어떤 날은 백 보씩 걸어 다니게 된다. 초원도, 미니 사막도 냉혹했다. 모든 생명체에게 가혹한 조건에서도 살아남을 것을 명한다. 이곳에서 살아가는 모든 생명체는 게으르면 도태된다. 그래서일까. 유목민은 한 곳에 정주하지 않고 끊임없이 움직인다. 넓은 초원에서는 움직이는 자만이 살아남는다.

엘승타사르해(미니 고비사막)의 저녁노을

우리는 누구나 이곳에서 저곳으로, 오늘에서 내일로 소풍 가듯이 여
행을 한다. 심지어 태어나서 죽음에 이르는 과정도 결국은 나만의 여행

엘승타사르해 저녁노을의 눈부신 광채가 거대 생명을 뒤덮었다.

이 된다. 그래서 어디든, 언제든 소중하다. 몽골 여행에서 마지막 바람이 있다면 미니 사막에서 해가 지기 직전 온 하늘에 주황빛이 번져가는 사막 풍경을 보고 싶다는 것이다. 환한 미소를 머금은 미니 사막은 어떤 모습일까? 그저 아름다울 뿐만 아니라 삶의 근본적인 의미를 가득 안고 찬란히 빛나고 있는 모습을 상상했다. 하늘에서 한 줄기 햇살이 쏟아져 내려와 형언할 수 없는 신비로운 빛깔로 가득 채워지는 미니 사막의 황홀한 노을을 상상했다.

미니 고비사막은 밤 9시가 넘어서도 아직 햇살의 여운이 남아있다. 몽골 초원에서의 마지막 밤이다. 캠프파이어 하는 팀도 있지만 우리 팀은 캠프파이어 대신 가이드가 마유주와 안주를 준비해 야외에서 조촐한 송별 파티를 했다. 몽골에서 8일간 함께 하다 보니 정이 많이 들었나 보다. 가이드의 한국 생활과 결혼 소식도, 운전기사의 한국에서의 사고와 허리 아픔의 고통도, 그리고 우리와의 자잘한 이야기도 모두 모이고 모여 이젠 정감으로 변해간다.

시큼한 마유주는 그런 정감의 징표 같은 것이다. 처음 마실 때는 너무 시큼해서 입안이 얼얼했지만 한참 입안에서 맴돌면 단맛이 입안에 서서히 퍼지면서 몸 안으로 스며들어 편안해진다. 지금이 딱 그런 느낌이다. 처음 만날 때는 마유주처럼 시큼하고 어색했지만, 막상 헤어질 시간이 되니 입안에 단맛이 감도는 마유주처럼 아쉬움이 남는다. 몽골 여행은 시간이 지나면 서서히 기억에서 잊혀가겠지만 지금 헤어짐이 많이도 아쉽다.

우리들의 그런 간절한 마음을 알았을까. 갑자기 멀리 사막으로부터 아름답고 찬란한 빛이 은은히 퍼져 나오기 시작했다. 하루 종일 몽골의 하늘은 흐릿했다. 그래서 바양 고비 캠프에 왔던 모든 여행자들은 사막의 저녁노을을 기대하지 않았다. 하지만 여행자들의 간절함에 하늘이 감동했는지 갑자기 두터운 구름이 갈라지더니 한 줄기 빛이 하얀 게르 사이사이로 들어온다. 찬란한 빛에 놀란 여행자들은 모두 게르 밖으로 뛰어나온다. 갑자기 고요하던 캠프 안은 아수라장처럼 혼돈상태에 빠져든다.

모두 황홀한 사막의 저녁노을에 혼이 나간 듯했다. 우리도 마지막 파티를 하다가 함께 걸으면서 웃었던 일도, 지나온 기억을 돌이켜보는 즐거움도, 마유주를 마시는 일까지도 일순간 멈춰버렸다. 마치 해일이 밀려와 한순간에 모든 것이 사라지듯이 모두 자리를 박차고 게르 밖으로 뛰어나온다. 캠프 안에서의 모든 일상은 한순간에 멈춘다. 저녁노을은 마치 거대한 해일처럼 밀려오더니 잔잔한 게르촌을 덮쳤다. 모든 곳이 일시에 텅 비워버린 느낌이다. 모두 자리에서 일어나 제멋대로 움직인다.

어떤 이는 멋진 저녁노을을 보기 위해 우왕좌왕했고, 어떤 이는 신비롭고 아름다운 풍경을 카메라에 담기 위해 동분서주했다. 또 어떤 이는 노을의 풍경에 취하는 듯 비틀거렸고, 어떤 이는 신비로운 색채에 매료되어 망부석처럼 제자리에서 움직이지 못했다.

──────── 기다림과 머무름의 땅, 몽골

엘승타사르해(미니 고비사막)의 저녁노을

나는 한없이 경이로운 눈빛으로 사막을 응시했다. 갑자기 한 줄기 빛이 사막의 사구에 반사되어 천 개의 빛으로 나누어진다. 그 빛은 초원으로 이어지고 게르 사이사이를 지나면서 하나의 판타지를 만들어낸다. 엘승타사르해, 미니 사막에 해가 서서히 기울어지면서 저녁노을의 눈부신 광채가 거대 생명을 뒤덮었다. 기다란 대열이 몸을 흔들 때마다 천만 개의 태양이 곳곳에 스며들어 출렁거린다.

눈을 뜰 수 없이 찬란한 빛 속에서 많은 여행자는 깊은 전율 속으로 빠져든다. 하나의 빛이 일렁거린다. 그 작은 움직임이 천지를 진동시키고 있다. 여행자 모두가 그토록 보고 싶었던 감흥이 인다. 가슴에 솟구치는 감정을 주체할 수 없어 모두 이리저리 뛰어다닌다. 저녁노을의 감동을 온몸으로 받아들이고 있다. 그리고 솟구친 감흥은 시간이 지나면서 수백, 수천, 수만의 가슴 속으로 흘러 들어가 곧 초원을 태울 불꽃으로 변화될 것이다. 한순간 감흥은 그동안의 모든 서운함, 부족함, 불평불만 따위를 일시에 사라지게 했다.

모든 생명은 끝에서 태어나는 법인가. 다 저물어가는 해에서, 다 타버린 잿더미 속에서, 말라버린 가축의 똥 위에서, 썩어버린 시체 속에서 뭔가 새로운 것이 생겨나는 것인가. 오늘은 잔뜩 흐린 날이었기에 기대하지 않았던 사막의 풍경이다. 태풍이 지나가면 태양은 더 아름답게 뜬다는 말이 있듯이, 비가 내린 다음에는 하늘이 더 푸르다는 말처럼, 폭풍이 지나간 후에 바다는 더 풍요해지듯이, 사방이 온통 우중충한 날에 짙은 구름 사이에서 쏟아지듯이 내려오는 빛이 만들어내는 저녁노을은 한층 더 다채롭고 신비로웠다.

　결국 몽골 초원 위에서 보았던 수많은 주검은 결국 끝이 아니라 더 새롭게, 더 아름답게, 더 강하게 태어나기 위한 초원의 몸부림 같은 것이 아닌가 싶다. 모든 그림자는 궁극적으로 빛에서 태어나는 것처럼, 이 세상에서 가장 아름다운 것은 마지막에 빛을 발하는 모양이다.

울란바토르 —— 수흐바타르 광장 산책

'바양 고비' 캠프를 떠나는 날

～～～～～～～～～～～～～～

　게르 꼭대기에는 터너라는 작은 햇살 창문 같은 구멍이 하나 있다. 그곳을 통해 희미한 빛이 들어온다. 그러면 실내가 서서히 밝아진다. 침대에 누워 무심코 바라보았던 천창은 그냥 만들어진 것이 아니란다. 천창인 터너는 단순히 환기구라고만 생각을 했고, 아침 햇살이 들어오는 단순한 창으로만 바라보았다. 하지만 그것이 전부는 아니었다. 천창인 터너는 그들의 삶과 생활이 압축된 공간이었다. 그 안에는 심오한 의미가 들어있었다. 몽골 게르는 사방이 막혀있다. 남쪽으로 낸 문밖에 없다. 그래서 유일하게 세상을 바라볼 공간이 바로 천창인 터너이다. 그들은 그 작은 창으로 너른 세상을 바라본다. 그들의 삶의 지혜가 놀랍다. 그래서 그들은 삭막한 초원에서 살아남았을지도 모른다.

　몽골을 떠나는 날이다. 새날의 여명이 밝아오고 있다. 바양 고비 캠프, 이곳을 떠나면 초원이 그리워질 것 같아 일찍 밖으로 나와 캠프 주변을 둘러본다. 내 시선에 잡힌 이국적인 풍물은 바양 고비 캠프의 대문

'바양 고비' 캠프 입구

이라는 초록색 3단 지붕의 패루와 몽골 국기인 소욤보기, 공사 중이던 게르, 그리고 멀리 미니 사막 너머의 텅 빈 초록 공간뿐이다. 낯선 몽골 초원의 풍경을 눈에 꼭꼭 눌러 담았다.

이른 아침의 몽골 초원은 고요했다. 바람 소리만 들려온다. 오래전 이곳은 칭기즈 칸과 쿠빌라이 칸이 초원을 넘어 미지의 세계를 향해 말을 달렸던 땅이다. 그 너머에 무엇이 있는지도 모르면서. 어떤 위험과 고난이 기다리는 줄도 알지 못하면서. 그 무모한 용기가 아시아에서 유럽에 이르는 거대한 제국 '예케 몽골 울루스'를 건설했다. 단숨에 끓어오르고, 한 번에 차갑게 식어버린 몽골의 역사. 그랬다. 그 역사의 시작은 황무지에 가까운 초원이다.

칭기즈 칸이 세운 제국 '예케 몽골 울루스'는 지금도 명맥을 유지하고 있다. 오늘날 몽골이라는 나라의 정식 국호도 '몽골 울루스'이며, '울루스'라는 말은 '나라', '국가'를 뜻한다. 13세기에 '울루스'라는 단어는 오늘날과 같은 추상화된 의미도 어느 정도 내포하지만, 그것보다는 '백성', '사람', '부민'의 뜻이 보다 강하게 배어있다는 말로 이해되었다.

잭 웨더포드의 『칭기즈칸, 잠든 유럽을 깨우다』에서는 "새로운 역사의 시작을 알렸던 칭기즈 칸은 결국 유목 부족과 문명 세계 사이의 만년 전쟁. 즉 사냥꾼 겸 목자와 농부 사이의 오랜 투쟁의 상속자였다. 이 투쟁은 무함마드를 따르는 베두인족이 도시 이교도의 우상숭배를 분쇄하던 이야기부터 시작해서 궁극적으로 밭을 갈던 카인이 가축을 기르던 동생 아벨을 죽인 이야기가 보여주듯이 그 역사는 유구하다. 유목 문화와 도시 문화의 충돌은 칭기즈 칸에서 끝나지 않았다. 그러나 그 뒤로는 한 번도 그때의 수준으로 올라간 적은 없었다. 문명은 부족민을 세계의 가장자리로 멀리 내몰았다.

물론 지금도 두 세력 간의 힘 대결은 진행 중이지만 결국 정주 문명이 긴 세계 전쟁에서 승리를 거두었다. 미래는 카인의 문명화된 후손들의 것이었으며 그들은 끊임없이 유목 부족의 넓은 땅을 침식해 들어갈 것이다. 상대를 없애려는 유목민과 농부 사이의 투쟁에서 시작된 일은 결국 몽골 방식의 문화융합으로 끝을 맺었다. 나이가 들어 삶의 다양한 면들을 경험하면서 그의 세계관도 성숙해 갔다. 그는 자기 민족을 위해 새롭고 더 나은 세상을 만들려고 노력했다. 몽골군은 문명과 문명을 나누고 고립시키는 보호 장벽을 부수어 자기 주변 여러 문명의 독특한 성격을 파괴하고 문화를 서로 엮었다. 칭기즈 칸은 오래전에 우리들의 무대에서 사라졌지만 그의 행동은 우리 시대까지 계속 영향을 주고 있다."라고 적혀 있다.

이 책을 읽다 보면 막막함 속에서의 작은 깨달음이 하나 있었다. 무서운 기세와 몸짓으로 자신에게 저항하는 모두를 무릎 꿇린 칭기즈 칸과 그의 손자 쿠빌라이 칸이라고 왜 두려움이 없었을까? 공포는 인간 내면의 보편적 감정이다. 청명한 햇살 아래 평화롭게 펼쳐진 광대한 몽골 초원에서 생각이 많아졌다. 다른 민족의 목숨을 빼앗으면서까지 자기 민족의 영토를 넓혀간다는 것. 그게 우리가 '정복(征服)'이라 칭하는 단어의 본질이 아닌가. 정복이라는 말 속에서 유라시아에 살던 수많은 민초의 아픔과 고통도 함께 스며들어 있다.

그 여파는 한반도에도 미치고 있다. 지금까지도 사용되고 있는 우리나라의 다양한 말 속에도 고려·조선시대의 아픈 역사의 흔적이 남아있다. 그중에 가장 큰 아픔으로 다가온 것은 '가시내', '화냥년과 호래자식'이나 일제강점기의 '위안부'라는 말이다. 이 말의 역사적 유래에는 '정복'이라는 말로 가해졌던 피지배 민족들의 아픔과 고통이 숨어있다. 민초들의 슬픔이 고스란히 녹아있다. 고려나 조선에서는 전쟁에 대해 책임지는 자가 없이 모든 것을 불쌍한 여자들에게만 죄를 뒤집어씌운 가슴 아픈 역사의 한 단면이다. 당시에는 그들을 괄시와 멸시만 할 줄 알았지 그들을 국가에서 적극적으로 보살펴 주질 못한 산물들이다. 우연히 보았던 영화 〈최종병기 활〉의 마지막 자막에 "1637년 병자호란 후, 나라의 송환 노력은 없었다. 다만 소수의 사람이 그들 스스로의 힘으로 돌아왔을 뿐이다"라는 글이 흐른다. 오래전 몽골과 겹쳐지면서 이상스런 슬픔이 몸 안으로 먹물처럼 번져간다. 생소한 풍광 속에서의 진원지 불분명한 막막함은 오래갔다. 쉬이 떠나지 않는 질긴 감기처럼.

아침부터 비양 고비 캠프는 떠나는 사람들로 분주했다. 아쉬운 마음에 캠프 안을 서성인다. 캠프 입구에 있는 대문은 중국의 패루를 많이도 닮았다. 중국처럼 화려하지도 않고 붉은색도 아니지만, 형태는 비슷했다. 몽골의 패루는 초원의 빛깔을 많이 닮았다. 예전 우리네 마을 어귀에도 옅은 밤색의 장승이나 솟대가 세워져 있었다. 이것은 마을을 알리는 이정표이자 마을과 마을을 지켜주는 수호자 역할을 했다. 몽골의 패루도 그런 의미를 품고 있을 것이다.

사방이 밝아지자 초원이 선명해진다. 하늘은 흐릿하다. 비가 올 모양인가. 변덕이 심한 몽골의 여름이다. 부지런한 어떤 여행 친구는 벌써 앞산을 오르고 있다. 작은 풀잎으로 싸인 모래밭을 걸으면서 촉감을 느껴본다. 그리고 다양한 오감 놀이를 즐겼다. 그러면 감각은 예민해서 초원의 풍경이 오랫동안 몸 안에 기억될 것이다. 누군가 "기억이 없으면 그다음 기억을 만들기가 어려워진다. 그래서 인간에게 '기억'은 중요하다"라고 했던가.

여덟 날의 몽골 산책을 통해서 몽골의 모든 것을 다 기억할 수는 없겠지만, 몽골에서 보고 듣고 느꼈던 기억을 오래도록 남기고 싶다. 그런 다양한 기억을 통해서 세상에 대한 안목을 넓히고 싶다. 다양한 기억들을 많이 갖고 있으면 세상을 바라보는 창문도 그만큼 많아진다. 누구나 세상을 바라보는 창문은 다르게 나 있다. 그 창문이 여러 개일수록 세상을 바라보는 안목도 그만큼 넓어진다. 그런 창문은 많으면 많을수록 좋다. 여행은 그런 창문의 개수를 넓혀주는 통로 같은 것이 아닐까 생각했다.

우마차가 옮겨준 짐을 승합차에 싣고 직원들의 작별 인사를 받으면서 미니 고비사막을 떠난다. 초록빛 패루 위에 걸린 바양 고비라는 캠프명이 유난히도 크게 보인다. 작별이 아쉬워서 그런가. 승합차는 모랫길을 따라 세상 밖으로 서서히 나아간다. 어제 샌드보딩 체험을 했던 모래언덕이며, 숙소까지 걸었던 모랫길이며, 낙타 체험을 했던 미니 사막을 지나쳐 울란바토르를 향하는 직선 도로에 들어선다. 언제까지 기억할지는 알 수 없지만 오래오래 기억 속에 넣어두고 싶은 몽골 초원과 미니 고비사막의 풍경들이다. 고향으로 돌아가면 쉽게 볼 수 없는 풍경이어서 더 그리운지도 모르겠다.

울란바토르를 찾아가는 길

~~~~~~~~~~~~~~~~~~~~~~~~~~~~~~~~~~~~~~

바양 고비 캠프에서 울란바토르를 찾아가는 길. 그 길은 하늘과 맞닿아 있는 듯했다. 하늘까지 이어지는 지평선과 저 먼 곳 어디쯤 끊어진 길들, 그리고 멀리 끊어진 길 너머엔 온통 하늘과 하늘에 잔뜩 깔린 구름뿐이다. 이동 거리는 약 250km, 시간은 약 4시간쯤 걸린다고 했다. 이 정도 거리는 우리에게는 멀지만 여기선 항상 있는 일처럼 일상이란다. 그만큼 몽골 초원은 넓고 거칠다.

캠프를 출발하고 얼마 지나지 않아 몽골 초원에 비가 내렸다. 짙은 초록이 깃든 몽골 초원에 비까지 내리자 대지는 촉촉해지고, 풀들은 기다렸다는 듯이 일렁거린다. 마치 왈츠 같은 경쾌한 춤을 추는 듯했다. 비가 오는 몽골 초원의 여름 풍경은 또 다른 모습이다. 초원은 사방으로 지평선까지 뻗어있다. 끝이 보이지 않는 텅 빈 곳이다. 나무라곤 거의 없다. 간간이 보이는 삼각형 모양의 전봇대와 전깃줄, 그리고 포장된 도로가 전부였다. 건물이나 담장 같은 정주 문명의 표식들은 어디서도 찾아볼 수가 없다.

그때 누군가 했던 말이 기억났다. 몽골 여행을 가는 것은 아무것도 없는 텅 빈 곳을 체험하기 위해서이다. 아직 오염되지 않는 지구의 마지막 땅이고, 유목민이 사는 곳이 바로 몽골 초원이라고 했다. 지구상에 남은 마지막 유목민의 주거지이며, 인간의 흔적이라곤 거의 찾아볼 수 없는 곳, 인구는 3백만 정도이지만 국토는 한반도의 15배가 넘는 땅, 그곳에 서면 우리는 자연스럽게 자연의 일부가 된다고 했다. 그래서 진정으로 몽골 초원과 마주하고 싶으면 스마트폰을 꺼야 한다고 강조한다. 하지만 정주 문명에 길들여진 우리는 누군가의 말처럼 되기가 쉽지 않았다.

몽골 초원을 얼마쯤 달렸을까. 초원 위에서 정주민들의 상징과도 같은 표지판을 발견했다. 주유소 불빛과 휴게소 간판이 너무도 반가웠다. 이 층으로 된 현대식 건물은 화장실, 커피숍, 편의점, 식당 등을 갖추고 있다. 모처럼 만난 휴게소에는 여행자들로 가득했다. 여행자들이 초원의 기다림에 지루해할 때쯤에 만나게 된 공간이다. 그래서 그런지 어디를 가나 사람들로 붐빈다. 특히 커피숍 앞에는 기다리는 줄이 가장 길다. 한참을 기다려 커피 석 잔, 그리고 편의점에서 포도주 한 병과 초콜릿 과자를 샀다. 비 오는 날의 끈적거리고, 쌀쌀하고, 축축한 기분을 쌉싸름하고 따뜻한 커피 한 모금과 커피의 짙은 향으로, 다른 여행 친구들은 포도주 한 잔의 떨떠름하고 시큼한 맛과 초콜릿 과자의 달달한 부드러움으로 울적한 기분을 바꾼다.

여행 친구들과 여덟 날의 몽골 산책은 나에게 어떤 의미일까. 몽골 초원은 기다려야 더 풍요롭고, 머물려야 더 아름답고, 움직여야만 살아갈 수 있는 곳이다. 기다림은 살아내야 하는 것들이 살아가는 기본 방식이고, 머무름은 존재가 현실을 살아가는 모습이다. 나에게 은퇴도 그런 모습으로 다가왔다. 은퇴는 나에게 '시간은 돈이고 규범'이라는 고정관념에서 벗어나게 했다. 한시도 가만히 놓아주지 않았던 삶에서 '머무름'과 '기다림'은 일상이 되어간다. 기다리는 동안 느긋한 시간은 내 몸속으로 들어왔다. 일상에서 흘러가는 시간과 하나가 된다. 일상의 느긋함은 행복한 시간으로 변해가고, 나만의 공간은 넉넉함이 머무르는 곳이 된다.

그렇게 매일 막연한 기다림으로 겹겹이 쌓인 공간의 동네 풍경을 살피고, 그 내면의 의미를 찾음으로써 단조로운 일상을 생기 있게 만들려고 노력했다. 기다림은 분주한 일상에서 깊숙이 들어가 살고 있는 다른 사람들의 삶을 들여다보는 계기가 된다. 어쩌면 무심한 표정으로 파묻어두었던 삶의 낯선 양상들을 제대로 마주하고 있다고 해야 할 것이다. 은퇴 후의 내 인생은 수수했지만 우아했다. 우리의 삶이란 언제나 매 순간 시작되기 때문이 아닌가 싶다.

점심때가 가까워 울란바토르 시내에 다다랐다. 한나절 차를 타고 이동한 것이다. 종일 비가 내려 불편했고 도로 사정이 안 좋아 시간이 오래 걸렸다. 식당을 찾아가다가 많은 비로 인해 길이 끊겨 다시 돌아가기도 했다. 한 나라의 수도이지만 아직도 사회 간접 시설이 턱없이 부족했다. 울란바토르 구시가지는 물웅덩이, 파손된 도로들, 뼈대만 엉성한 짓다 만 고층 건물들, 엉성한 각종 시설들, 그리고 세련되지 못한 디자인의 간판 등 큰 도시이지만 아직 서로 어울리지 않고 엇박자를 내고 있다는 느낌이다. 어디나 마찬가지이다. 도시는 양지도 있고, 음지도 있기 마련이다.

우리가 지나는 거리도 아직은 정돈되지 못하고 조금 어수선하다는 느낌이다. 중심가를 빼놓고는 곳곳의 시설이 부족하고 미비했다. 자본 부족으로 보수를 하지 못하는지 낡은 도로가 그대로 방치되어 있다. 도로의 악조건 속에서도 어렵게 식당을 찾아갔지만 주차 시설도 턱없이 부족했다. 빗줄기는 가늘어졌지만 비가 여전히 내리고 있다. 식당 앞에 우리를 먼저 내려놓고 기사님이 아파트 어딘가에 주차를 하고 돌아온다.

가이드는 오랜 이동시간에 지친 여행자들 입맛에 맞는 한식으로 준비했고, 점심 후에는 울란바토르 도시 산책 일정을 갖는다고 했다. 식당은 중심가에 있는 아파트 상가건물에 있었다. 이곳은 첫날 새벽에 먹었던 식당의 2호점이란다. 젊은 사람들이 운영하는 것을 보니 1호점 중년 부부의 아들과 며느리인가.

우리 메뉴는 얼큰한 해물탕이고, 가이드와 기사는 덜 매운 설렁탕을 먹었다. 그러면서 가이드는 '설렁탕, 순대, 소주'가 모두 몽골로부터 유래된 것이라고 자부심 섞인 자랑을 했다. 그 외에도 곱창, 청국장, 칼국수, 육포 등 많은 음식이 몽골과 만주족에서 유입된 것으로 추정하고 있단다. 물론 우리 음식이 몽골로 전해진 것도 많을 것이다. 그만큼 우리나라는 오래전부터 몽골과 인연이 깊다. 음식뿐만 아니라 언어, 습관, 문화 등에서도 유사한 것이 많단다. 고려가 몽골을 처음 만난 것은 1211년 5월이다. 아니 그때의 일은 만난 것이 아니고 소문을 들었다고 하는 편이 맞다.

김형수의 『조드』에 보면 '야호'에 대한 설명이 있다. "산에 오르면 우리는 그곳이 백두산이든, 북한산 중턱이든 탁 트인 세상을 향해 외친다. 누구나 쓰지만 누구도 무슨 뜻인지 알지 못하는 말이다. 그런데 이 말의 기원이 몽골어란다. 몽골어로 '가다'는 '야(와)흐'이다. 그럼 '갈까요'는 어떻게 말할까. 의문형을 붙는 어미를 붙여보면 '야(와)호'가 된다. '야호' 이 말이 몽골어의 '갈까요'에서 왔다니 놀랐다. 몽골 병사들은 전장에서의 통신수단으로 '소리 나는 화살'을 많이 이용했고 나발이나 북 등을 이용하기도 했다. 그런 장비가 없으면 사람끼리의 외침으로 의사소통을 했다. 그때 쓴 말이 '야호'이다. 산꼭대기에서 다른 산에 있는 병사들에게 '이동하자'는 의미로 '야호'를 외친다. '갈까요' 그러면 또 메아리인 듯 대답인 듯 소리가 따라왔을 것이다. 그 외침을 듣고 고려의 병사들이나 백성들이 따라 하게 되었고, 세월이 흐르고 흘러 우리에게 건네진 것이다. 우리말에 들어 있는 몽골어는 이것 말고도 많다고 한다."

물론 그 진위는 정확히 알 수 없지만 많은 학자의 연구 결과라니 믿어본다. 산에서 소리치는 '야호'뿐만 아니라 '씨름, 공기놀이, 활쏘기, 서낭당' 같은 것도 모두 몽골 문화에 기원을 둔단다. 한복의 두루마기 같은 옷은 유목민이 입은 '델'에서 원형을 찾을 수 있단다. 그만큼 몽골은 오래전부터 역사와 문화적으로 가까운 나라였다는 것이다. 어차피 음식, 언어, 습관, 그리고 문화는 흐르는 것이다. 어떤 곳에서 전해지든 음식, 언어, 습관, 문화 등은 그곳의 지역적 환경에 따라 혼합, 복합, 그리고 습합되어 또 다른 형태로 변모된다. 그리고 그 땅에서 살아가는 사람과 흐르는 시간, 그리고 환경과 어우러져 그 나름대로 한 나라의 오랜 전통문화로 자리 잡는다.

몽골국립박물관

'몽골국립박물관 전경(全景)

여행은 세상으로 향한 창문을 여는 활동이다. 세상을 향한 창문은 많이 열려 있을수록 보고 들어서 깨닫고 얻은 지식이 많아진다. 덩달아 사물을 보고 분별하는 능력은 높아지고 어떤 분야에 해박한 학식과 조예를 갖게 된다. 이런 것을 '안목(眼目)'이라고 말한다.

유홍준의 『안목』에서는 "확실히 박규수의 안목은 보기에 따라 높고, 깊고, 넓었다. 그런데 가만히 생각해 보니 분야마다 그 뉘앙스가 조금 다른 것 같다. 예술을 보는 안목은 높아야 하고, 역사를 보는 안목은 깊어야 하고, 현실정치·경제·사회를 보는 안목은 넓어야 하고, 미래를 보는 안목은 멀어야 한다는 생각이 든다. 우리 사회 각 분야에 굴지의 안목들이 버티고 있어야 역사가 올바로 잡히고, 정치가 원만히 돌아가고, 경제가 잘 굴러가고, 문화와 예술이 꽃핀다고 감히 말할 수 있다"라고 했다.

어느 나라나 지도자의 안목은 서민들의 삶과 직결된다. 지역사회나 회사도 마찬가지다. 지도자의 안목은 중요하다. 그들은 세상을 깊게, 넓게, 높게 그리고 멀리 바라볼 줄 알아야 한다. 그래야 서민의 삶이 편안해질 것이고, 문화와 예술이 융성해질 것이고, 역사가 올바르게 움직일 것이다. 나는 창문을 열고 세상을 바라보는 것도 좋아하지만, 그보다는 대문을 열고 밖으로 나와서 낯선 세상과 직접 부딪치고 소통하면서 안목을 넓히는 것이 더 즐겁다.

오늘은 여덟 날의 몽골 산책에서 가장 매력적인 몽골국립박물관을 관람하는 날이다. 이곳에서 몽골 역사를 직접 보면서 조금 더 깊고, 넓고, 높은 안목을 가졌으면 한다. 이곳은 몽골의 역사·문화·사회 등 여러 가지를 함께 볼 수 있는 집약된 공간이다.

박물관은 '수흐바타르' 광장 옆에 있다. 도심은 변두리와는 다르게 깨끗하고, 웅장하고, 번화했다. 울란바토르는 칭기즈 칸이 대제국을 이룬 몽골의 수도이다. '붉은 영웅'이란 뜻처럼 기강이 넘치는 도시다. 이 도시는 거친 역사의 땅 몽골에 있다. 몽골국립박물관에서도, 혁명가의 이름을 딴 수흐바타르 광장에서도, 그리고 천진 벌덕에서도, 부르칸 칼둔산에서도 칭기즈 칸은 항시 우리를 기다리고 있었다.

몽골국립박물관 안으로 들어선다. 이곳은 1924년에 건립되었으며 몽골의 역사와 문화를 엿볼 수 있는 6만 점 이상의 유물을 소장한 몽골 최대의 박물관이란다. 박물관의 어스름이 침침해지는 황금빛 속에서 800년의 시공간의 간격이 고스란히 녹아있다. 800년이 지나 아직도 그들의 후손들에 의해 모든 고난과 고통을 견디며 칭기즈 칸의 생명을 이어가고 있다. 그들은 여전히 '황금빛'의 자식들이며, 이리와 암사슴의 후손들이라는 자부심이 대단하다.

몽골의 '멍케 텡그리(영원한 푸른 하늘)'의 성긴 구름 사이로 칭기즈 칸의 영기는 지금도 바람에 나부끼고 있다. 그들은 아직도 자부심을 가지고 살아가고 있다. 이곳은 동방의 민족들이 그 위대함을 몰랐던 공간이다. 오히려 서방의 민족들이 더 관심을 많이 가지는 공간이다. 그래서일까. 박물관 안에는 서양인들로 넘쳐난다. 그들은 경건하게 관람하고, 진지하게 대화를 주고받으면서 박물관을 천천히 둘러본다. 우리도 가이드를 따라 설명을 들으면서 몽골 사람들의 생활상을 그린 그림도 보고, 내부 유물들을 천천히 둘러봤다. 다만 따로 한글 설명이나 한글 안내 책자가 없어 조금 불편했다.

몽골이 위대하다는 이미지는 1390년경 제프리 초서가 가장 분명하게 표현했다. 제프리 초서는 외교적인 일로 프랑스와 이탈리아를 광범위하게 여행했으며 자신의 독자들 다수보다 훨씬 더 국제적인 안목을 갖추고 있었다. 영어로 쓰인 첫 책『캔터베리 이야기』에서 가장 긴 이야기는 칭기즈 칸의 생애와 모범을 로맨틱하고 환상적으로 묘사한다.

이 고귀한 왕의 이름은 칭기즈 칸이었으니

그는 당대에 큰 명성을 떨쳐

어느 지역 어느 곳에도

만사에 그렇게 뛰어난 군주는 없었다.

그는 왕에게 속한 것은 하나도 부족한 것이 없었다.

그가 자신이 태어난 신앙에 따라

스스로 맹세한 법을 지켰다.

게다가 강인하고, 지혜롭고, 부유했으며

누구 보아도 정이 많고 의로웠다.

그는 약속을 지켰고, 자비롭고, 명예로웠으며,

그의 감정은 중심이 잡혀 흔들림이 없었다.

그의 집의 어떤 젊은 남자 못지않게

젊고, 생기 있고, 강하며, 전투에서 앞서고자 했다.

그는 잘생긴 사람이고 운도 좋았으며,

늘 왕의 지위를 잘 유지하여,

그런 사람은 달리 어디에서도 찾아볼 수 없었다.

그 고귀한 왕, 이 타타르의 칭기즈 칸.

몽골국립박물관에서 본 유물들

1492년 여름 크리스토퍼 콜럼버스는 유럽에서 출발하여 대서양을 항해했다. 그는 스페인 군주들인 이사벨과 페르난도가 몽골제국의 대칸에게 보내는 편지를 지니고 있었다. 하지만 아시아 통치자의 이름을 몰랐기 때문에 스페인 서기는 이름이 들어갈 자리를 빈칸으로 남겨놓았고 현지에 도착하면 채워 넣으라고 말했다. 콜럼버스는 아시아에 도착하지 못했기 때문에 그 편지는 전달하지 못했고, 또 역사는 그 빈칸으로 남아 있는 이름을 채워 넣지 못했다. 콜럼버스는 그 동시대의 사람들이 몽골 사람들의 역사를 얼마나 진지하게 다루었는지를 말해준다. 그들은 몽골족을 역사의 위대한 세력으로 인식했으나 정작 몽골족에 대해서 아는 것이 너무나 없었다.

1492년 콜럼버스의 지리상 발견은 그가 새로운 세계를 개척하기 위해 바다로 나아간 것이 아니었다. 단지 엄청난 보화와 물산이 넘치는 몽골제국의 수도 칸발릭(북경)으로 가고자 했다. 이 과정에서 우연히 아메리카 대륙에 도착했고, 이후 유럽은 거인으로 성장할 발판을 열게 되었다. 그러나 콜럼버스는 죽을 때까지 그곳을 몽골제국의 대칸이 지배하는 인도의 한 지역으로 알았다. 그래서 그 섬을 '서인도 제도'라고 불리고 있다.

만약 콜럼버스가 몽골제국의 수도 칸발릭에 정확히 도착했다면 세계는 지금 어떻게 달라졌을까. 남북 아메리카 대륙은 지금 어떤 모습으로 변화했을까. 유럽의 서구인들은 지금처럼 세계의 패권을 차지했을까. 몽골의 유목민들은 세계사에 어떤 영향을 미쳤을까. 몽골의 역사를 알아갈수록 칭기즈 칸의 영향으로 동·서양이 일체화되어 처음으로 진정한 의미의 세계사가 성립되었다는 사실을 알게 되었다. 우리는 서구 중심의 왜곡된 역사적 기록 때문에 모르고 있던 사실이 너무도 많았다.

마치 콜럼버스가 아메리카를 향해 항해했을 때 그가 찾고 있던 몽골 군주의 이름을 몰랐던 것은 이해할 만한 일이다. 그는 미지의 세계에 대한 제한된 지식만 가지고 있었던 시대에 살았다. 오늘날 우리는 그가 알지 못했던 것을 알 수 있는 기회가 있고, 이야기를 채워 넣을 수도 있다. 몽골의 역사는 아시아와 유럽의 역사와 맞물려 돌아간다. 역사는 자신의 입장에서 서술하다 보면 왜곡될 수도 있다. 오래되고 깨진 모자이크의 파편을 수집하는 고고학자처럼 우리는 원래 초상화의 부분만을 회수할지도 모른다.

하지만 깨진 조각의 낡은 빛깔 속에서도 우리는 역사의 영광스러운 이미지를 읽을 수 있다. 그 역사는 과거의 인물이 어떠했는지를 말해줌으로써 오늘날의 우리가 어떤 존재인지를 알게 해 준다. 우리는 콜럼버스가 역사적인 항해에 나서면서 지니고 있던 건네지 못한 편지를 결코 발견하지 못할 것이다. 하지만 그 편지에 빈칸으로 남겨져 있던 이름을 채워 넣는 것은 가능해졌다. 역사라는 장에서 너무 늦어서 어떻게 해볼 수 없다는 말은 통하지 않는다. 몽골국립박물관의 많은 흔적이 그런 사실을 항변하고 있는 듯했다.

박물관에는 과거 시대를 알려주는 족적이나 화석처럼 그들이 살아있었던 증거들이 많지는 않지만, 여전히 남아있다. 『몽골비사』라는 역사서 속에도 수많은 이야기가 숨어있다. 칭기즈 칸은 국가를 창건하고 거기에 영감을 불어넣었지만 국가에 생명을 불어넣은 것은 왕비들이었다. 그리고 800년간 국가를 지탱할 수 있었던 힘은 몽골인 자신들의 의지였다. 누구도 역사의 페이지를 잘라내지 못한다. 부끄럽던 사실까지도 감출 수가 없다. 언젠가는 드러나게 마련이다. 증거는 여전히 우리 주위에 많이 있다. 그것은 감추어진 것이 아니라 단지 인정되지 않을 뿐이다.

우리와 가장 많이 닮았고, 우리와 가장 가까운 이웃이면서 너무 몰랐던 몽골의 역사에 대해 조금이나마 알게 되어 기뻤다. 오래된 역사적 사실뿐만 아니라 우리말이나 생활 습관 그리고 음식들에 깊숙이 스며든 몽골의 흔적들, 일제강점기 때 몽골의 전염병을 근절시킨 의사 이태준 열사의 이야기, 세계 2차 대전 당시 몽골의 상황과 소련의 수탈 현장 등 많은 이야기를 보고 듣고 알게 되었다.

여행 친구들과 함께했던 여덟 날의 몽골 산책을 통해, 글을 쓰면서 참고했던 몽골에 대한 여러 종류의 책을 통해서 몽골에 대한 안목이 조금은 더 넓어졌고, 더 깊어졌다. 물론 아직도 몽골에 대해 모르는 것들이 너무 많다. 짧은 기간 동안 몽골 산책으로는 몽골의 극히 일부분만 본 것에 불과하다. 여러 면에서 지식도, 경험도 그리고 깊이도 많이 부족하다. 어쩌면 번데기 앞에서 주름잡는 꼴이 되는 것은 아닐는지. 다음에 기회가 또 온다면 몽골 고비사막과 바이칼호수 근처에 있다는 가이드의 고향 '흡수골'에도 다녀오고 싶다.

수흐바타르 광장 산책

몽골국립박물관을 나와 수흐바타르 광장으로 걸어간다. 비가 내려 불편했지만 국회의사당 겸 정부 청사 앞에서 만난 칭기즈 칸의 거대한 동상 앞에 서면 불편함은 아무런 문제가 되지 않는다. 지금으로부터 800년 전 아시아와 유럽 대륙을 몽골 말과 육포 그리고 '아이락'이라는 마유

몽골 울란바토르 여행의 중심, 수흐바타르 광장에서

주를 가지고 달렸던 몽골 사람들이다. 이곳은 서양에서 만나는 새로움, 낯섦, 어색함보다는 동양이라는 익숙함, 친근함, 가까움, 오래됨 때문인지 낯설게 느껴지지 않는 공간이다.

광장 정중앙에 있는 칭기즈 칸 동상

박물관에서 바라본 몽골이 시간이라면, 수흐바타르 광장에서 바라본 몽골은 공간이다. 이 공간 속에는 흐른 시간의 역사가 기록되어 있고, 여러 갈대의 부침(浮沈)처럼 이리저리 왔다가 가버린, 오래된 과거의 흔적들이 아직도 남아있다. 누군가 "기억을 생생하게 하는 것은 시간이 아니라 공간이다"라고 했듯이, 수흐바타르 광장 국회의사당 겸 정부 청사 정중앙에 앉아 있는 칭기즈 칸의 거대한 동상에서 몽골을 지켜주는 위

대한 힘이 느껴졌다. 또 건물의 양 끝에는 몽골제국의 대를 이은 둘째
아들 오고타이 칸(왼쪽)과 손자 쿠빌라이 칸(오른쪽)이 앉아 있다. 좌우
장군상은 몽골제국 개국공신 '보오르추'와 '무칼리'라고 했다. 한때 유라
시아 대륙을 누볐던 몽골 기마병들의 힘찬 함성이 들리는 듯했다.

여행은 온전히 새로운 무엇과 만나는 것이 아니다. 우리 곁을 쓸고 지
나갔던, 그러나 쉽게 잊고 지냈던 세상 모든 존재들의 과정과 울림을 다
시금 마주하는 일이다. 비가 내리는 넓은 수흐바타르 광장 앞에 서면 서
울 광화문광장을 연상케 했다. 그리고 칭기즈 칸과 수흐바타르의 얼굴
에서 세종대왕과 이순신의 얼굴이 겹치는 것은 왜일까. 서울 광화문광
장에 세종대왕과 이순신상이 있다면, 수흐바타르 광장에는 칭기즈 칸과
수흐바타르의 기마상이 있었다.

수흐바타르의 기마상

이 광장의 주인 인물은 '칭기즈 칸'이 아닌 중앙의 말을 탄 '수흐바타르'였다. 수흐바타르는 몽골제국 시대 인물이 아니고 20세기 인물이다. 오늘날 몽골 독립에 영향을 크게 끼친 인물이란다. 몽골 혁명의 아버지라고 불리는 그는 1921년 7월 21일 울란바토르에 몽골인민정부를 수립한 인물이다.

'울란바토르'라는 도시 이름은 몽골어로 '붉은 영웅'이라는 뜻으로 수흐바타르를 기리기 위해 지은 이름이다. 또 몽골의 동남부에 위치한 수흐바타르 아이막, 북부 러시아 국경도시 수흐바타르시도 그의 이름에서 딴 지명이다. 울란바토르 중심에 있는 수흐바타르 광장도 그의 이름을 따서 지은 것이다. 2016년 현재는 공식적인 광장의 명칭이 칭기즈 칸의 이름을 딴 '칭기즈 칸 광장'으로 바뀌었다.

그래도 몽골 사람들은 여전히 '수흐바타르 광장'으로 부르는 경우가 많다. 그는 몽골의 정치인이자 군인, 혁명가, 그리고 국부로서 칭기즈 칸 다음으로 화폐에 얼굴이 들어가는 국가적인 영웅이다. 그의 삶을 정리하자면 평범한 한 노동자가 인생 막바지 3년간 정말 불꽃처럼 타오르고 사라진 셈이다. 젊은 나이에 공산혁명을 완수한 뒤 추한 모습을 보이지 않고 요절해 버려 몽골의 영웅이 되었다는 점에서 쿠바의 체 게바라와도 비슷했다.

수흐바타르 광장 주변은 고층 건물들이 우후죽순처럼 즐비하다. 특히 눈에 띄는 것은 고층 건물 사이에 보이는 아담한 분홍색 건물이다. 이곳은 '오페라하우스'란다. 과거에 초원이었던 이곳은 관공서며 방송국, 은

행, 호텔 등 다양한 현대문명의 손길에 잠식당하고 있다는 느낌이 든다. 마치 고층 빌딩들은 아우성치는 듯했다.

'유목민과 정주민'이라는 두 세력 간의 힘 대결은 진행 중이지만 결국 정주 문명이 긴 세계 전쟁에서 승리를 거둘 것이라고, 미래에는 카인의 문명화된 후손들의 것이며 그들은 끊임없이 유목 부족의 넓은 땅을 침식해 들어갈 것이라고 외치는 듯했다. 또 건설 중인 고층 빌딩에 세워져 있는 거인 골리앗 같은 대형 크레인의 분주한 움직임은 몽골 초원을 계속 잠식해가고 있다.

하지만 유목민과 정주민의 삶은 서로 틀린 것이 아니라 다른 것이다. 유사 이래 카인과 아벨을 시작으로 둘 사이에는 끊임없이 반목이 있었고, 오랫동안 분쟁과 다툼으로 얼룩져왔다. 지금도 그런 다툼은 계속되고 있다. 문제는 서로 간의 종교와 문화와 습관 등 모든 다름을 인정하는 것이다. 다른 생각, 다른 종교, 다른 삶의 방식을 존중하는 것이다. 서로 다름을 인정하는 순간 인간은 더 자유로워질 것이고, 인류는 더 번성할 것이다. 그러면 지구상에 반목과 갈등은 사라지고, 세상은 평화로워질 것이라고 믿는다.

몽골에서의 마지막 시간

~~~~~~

　수흐바타르 광장을 끝으로 몽골 산책은 끝자락에 와 있다. 오전 내내 내렸던 비가 잠시 그쳤다. 우리에게 잘 돌아가라는 몽골 초원의 축복 같은 것이 아닌가 싶다. 여덟 날 동안 내가 보았던 몽골 초원은 어떤 모습이었을까. 지나온 날들을 되돌아본다.

　몽골 초원은 직선이 아니라 부드럽게 휘어진 곡선이다. 몽골 초원에 와서야 비로소 초록빛이 어떤 질감인지 알게 되었다. 사방이 초록인데 그냥 초록이 아니다. 주변의 모든 것을 빨아들일 것만 같은 초록이다. 짙고, 끈끈하고, 촘촘한 느낌의 초록. 초록은 대지를 장악하고, 언덕과 언덕을 뒤덮고, 여행자의 마음마저 점령한다. 이 세상의 유일한 색인 듯 압도적으로 시야를 채운다. 빈 곳을 모두 채워버리겠다는 강렬한 생명력이 넘실거리는 초록빛은 테를지 국립공원에도, '어워' 주변에도, 몽골올레 길에도, 유목민의 집 '게르' 앞에도, 캠프 주변 언덕에도, 그리고 언덕 너머 산에도 가득했다.

　몽골 초원을 산책하면서 몽골 초원의 풍경은 우리에게 아무 말도 하지 않는다. 그러나 나는 몽골 초원의 풍경을 보면서 "아름답다, 우아하다, 앙증맞다, 멋지다, 수수하다, 청아하다, 당당하다, 웅장하다, 숭고하다" 따위 수많은 감정을 본 대로, 느낀 대로 끊임없이 말한다. 그리고 결국은 할 말을 잃는다. 숭고할 만큼의 아름다운 몽골 초원의 풍경을 통해서 메말라가던 내 정서는 풍성해지고, 각박했던 내 마음은 순화되고 치유된다.

몽골에서 마지막 시간은 소리 없이 흘러가고 있다. 누구에게나 마지막은 그리움의 시간이다. 지나간 모든 시간은 다시금 그리움이 된다. 몽골에서 그리움이 간절할수록 그만큼 추억하고 싶은 순간들이 많다는 증거이다. 덩달아 지나간 순간이 반복되면서 다시 나에게 감동을 주고, 한순간의 감동이 또 다른 감동을 부채질하여 추억하는 시간은 그만큼 늘어난다.

여덟 날의 몽골 산책에서 몽골올레 길을 걷고, 복드항산과 칭기스산에도 올랐다. 쳉헤르 온천과 미니 고비사막에도 갔고, 승마와 낙타 체험도 했다. 그리고 몽골의 옛 수도와 지금의 수도를 둘러보았다. 오고 가는 길에 끝없이 펼쳐진 지평선도 보았다. 광활한 몽골 초원을 바라보면서 나는 무엇을 비우고 무엇을 채웠을까.

흔히들 "많이 비울수록 삶이 가벼워지고 자유는 커진다"라고 말한다. 몽골 초원에서 그런 것을 느낀다. 가만히 생각해 보면 진정한 행복을 위해 우리에게 꼭 필요한 것은 얼마 되지 않는다는 것이다. 나는 초원 앞에서 많이 버리려고 노력했고, 자연 앞에서 겸손해지려고 노력했다. 살포시 내려앉은 초원의 빛깔과 푸른 하늘에 감사하며 살아가는 유목민들의 '지족(知足)'이라는 마음을 배우려고 했다.

몽골 초원에서는 유목민에게 '안분지족(安分知足)'한 삶은 어떤 모습일까. 지금 이 순간 '지금 여기'에 충실한 삶이 아닐까. 칭기즈 칸의 말에서 그 답을 찾아본다. 그는 "길을 따라 흐르지 않고, 정착하는 삶을 사는 순간 몽골인은 멸망할 것이다"라고 말했다. 단순히 유목의 문화를 찬양하는 것이 아니라 몽골 초원이라는 척박한 자연환경에서 살아남기 위한 방법은 유목밖에 없음을 오래전에 알았다. 초원의 생태계는 전적으로 풀의 생장과 발육에 달려 있다. 초원에 풀이 죽으면 모든 것이 사라진다.

몽골의 기후 조건 속에선 농경 생활이 가능하지 않고 경작지를 갈아서 농작물을 재배해도 생산량이 턱없이 부족하다. 그리고 한곳에 정착하여 목축하는 생활도 불가능한데, 수많은 사람이 모여 살다 보면 끊임없이 먹는 가축들로 인해 초지가 금세 황폐해지기 때문이다. 초원이 황폐해지는 순간 생태계의 정교한 먹이사슬은 돌이킬 수 없을 정도로 무너지고 만다. 고작 풀 한 포기에 지나지 않지만 그 풀 한 포기에 초원에 사는 모든 생물의 목숨이 달린 것이다. 자연에 순응하면서 살아가는 삶이 유목민에게는 '안분지족'의 삶이 아닌가 싶다. 칭기즈 칸의 말처럼 유목민은 흐르지 않고 모여 사는 순간 자연의 재앙이 몰려오기 때문이다.

여덟 날의 몽골 산책은 나에게 즐거운 상상, 두서없는 생각들을 하게 했다. 산책길에서 즐거운 상상은 초원에서 불어오는 바람처럼 자연스럽게 마음을 유쾌하게 했고, 두서없는 생각들은 어디선가 날아온 씨앗이 아름다운 꽃으로 피어나듯 자연스럽게 나만의 소중한 글감이 되었다. 몽골에서 산책은 늘 단조로운 풍경을 반복해서 만났지만 그것은 늘 새로운 하루였다. 날마다 같은데 뭔가 다른 빛깔의 초원과 사막 그리고 다채로운 햇살을 만났고, 너른 초원에서 풀잎들이 부딪치는 여러 음색의 바람 소리도 들을 수 있었기 때문이다.

여덟 날의 몽골 산책을 통해서 초원과 사막을 생활의 무대로 하고, 밤 하늘을 생활의 배경으로 하는 저 유목민의 정열과 감격이 어떠한 것이었는가를 처음으로 체험했다. 그리고 몽골 초원과 처음 만나는 순간 낯선 풍경을 경이로운 눈으로 바라볼 뿐, 나만의 감정에 깊이 빠져 있을 만한 여유가 없었다.

삶에서 중요한 의미를 지닌 사건들이 항상 그렇듯 당시 느꼈던, 북받치던 감정들은 여행을 다녀와서야 더 깊고, 더 충만하게 된다. 그런 감정들은 쉽게 지워지지 않는다. 그런 장면을 마음속으로 다시 떠올릴 때마다 새로운 빛깔과 향기를 띤다. 그리고 신비롭게도 낱낱의 풍경들은 생명을 얻어 되살아난다.

몽골 산책의 후유증은 처음으로 마주한 낯선 몽골 초원, 산기슭마다 알알이 박힌 하얀 게르, 끝이 보이지 않는 스텝 지대의 지평선, 텅 빈 곳과 유난히 푸른 하늘, 몽골 사람들의 정신적인 지주 역할을 하는 '어워', 제주 오름을 닮은 크고 작은 언덕과 산천, 처음 경험한 미니 고비사막과 사막에서의 일몰, 그리고 여행 친구들과 함께 걸었던 몽골올레 길에서 보낸 시간만큼에 비례했다. 한 장소가 우리에게 남겨준 이미지에는 그만큼 많은 추억이 들어 있기 때문이다.

우리가 한동안 머문 장소는 작별한 뒤에 시간이 한참 지나서야 기억에서 하나의 형태를 얻고 변하지 않는 모습이 되었다. 몽골 초원에서 보고 느꼈던 빛깔과 향기는 조각조각이어서 하나의 기록으로 남긴 후에야 진정한 여행이 되었다. 그렇게 몽골 여행의 후유증도 시간이 흐르면서 그 상처가 서서히 아물어가고 있다.

몽골 산책에서 돌아와 고된 여행으로 인해 생긴 피로가 풀릴 때쯤 해서 다시 몽골 초원이 그리워진다. 왜일까. 그 이유는 지구상에 남은 마지막 미래의 땅을 이곳 몽골에서 보았기 때문이다. 소박하고 순박한 몽골 사람들의 자급자족하는 순환의 삶에서 인류가 자신이 가진 자원의 한계에 적응하며 찾아낸 지속 가능한 '삶의 방식'을 이곳에서 보았다. 그리고 너른 초원에 살아가는 유목민의 삶이야말로 '오래된 미래'라는 것을 직감했다.

우리가 사는 세상에선 길을 내겠다고 산을 깎고, 강물을 바로 흘리겠다고 시멘트를 바르는 걸 주저하지 않는다. 자연의 입장에서 보면 얼마나 억지스럽고 폭력적인가. 그런 폭력의 숲을 의심 없이 살아가는 인간인지라 문명이라는 이름으로 너무 많은 것을 버리고 와버린 것은 아닌지. 몽골 초원의 풍경이 이국에 대한 동경으로 끝나지 않았으면 한다. 우리가 앞으로 꿈꿔야 할 풍경이고, 가꾸어가야 할 풍경이며, 미래의 지구 풍경이 되어야 한다는 것이다.

몽골 초원에 사는 유목민은 한없이 장엄하고 자유로운 자연의 품속에서 호흡하고 생활하는 사람들이다. 하늘과 땅의 뜻을 받들고, 풀과 가축과 유목민이 '어울림'이라는 삶의 방식으로 살고 있는 그들의 모습은 매우 인상적이었다.

우리는 태어날 때부터 누군가의 돌봄을 받으면서 살아간다. 누구나 살아가면서 돌봄을 받을 때 비로소 아픔은 치유되고 고통은 회복될 수 있다. 그런 순간들이 떠오를 때마다 따뜻하고 깊은 감사가 밀려온다. 그럴 때마다 누군가의 '돌봄'에 대한 은혜를 갚을 수 있는 일은 뭐가 있을까. 가끔 영산강가에 있는 수변공원 갈대밭 사이로 놓인 오솔길을 따라 산책할 때면 종종 생각하게 된다.

『언어의 무게』에 보면 이런 말이 나온다. "인생의 풍요로움은 추억으로 이루어진다, 잊힌 추억으로." 그래서일까. 여행 친구들과 함께했던 지난날들의 잊혀가는 그리움을 작은 책으로 엮고 싶다는 소망을 품게 되었다. 그리고 대략 5년이 지난 오늘에야 그 소망을 이루게 되어 기쁘다. 이것은 누군가의 '돌봄'에 대한 나의 작은 보답이고, 동시에 잊혀가는 추억을 되살리는 일이 나를 풍요롭게 할 것이라고 생각했기 때문이다.

대략 여덟 날의 몽골 산책을 함께 했던 여행 친구 대회, 성엽, 영진, 홍정 그리고 가이드 수혜와 운전기사 냠바야트 님과의 소중한 순간들과 내 마음에 번지는 다채로운 쪽빛 추억들을 가급적 시간순으로 정리했다. 여행 친구들과 맛있는 것을 먹고, 이색적인 체험도 하고, 시시콜콜한 이야기도 나누고, 몽골올레 길을 천천히 걸으면서 그곳에서 만났던 이국적인 산천 풍물들의 숨겨진 이야기들을 오래도록 기억하고 싶었다.

몽골 미니 고비사막에 있는 '바양 고비' 캠프에서 가이드가 준비한 마유주로 조촐한 송별 파티.

여덟 날의 몽골 초원의 산책은 끝이 났지만 아직 완결되지 않은 미완의 기억들은 여전히 뇌리에 남아있었다. 미완의 기억은 한 권의 책으로 완성될 때 비로소 그 여행으로부터 자유로워질 수 있을 것이다. 그것은 함께 했던 여행 친구들과의 추억도 함께 하는 것이다. 그때 비로소 나만의 추억이 아니라 모두의 추억이 된다.

나를 응원해 준 최광례, 김록, 김미현, 김현승. 우리 가족에게 항상 고맙고 모두 건강하기를 바라며, 가이드 수혜 청년은 결혼해서 잘 살아가기를 바라며, 운전기사 냠바야트 님은 건강하기를 바라며, 여행 친구들에게는 함께 해서 고맙고 감사하다는 말을 전하고 싶다. 그리고 몽골올레 길이 다 완성되면 여행 친구들과 다시 한번 몽골 초원을 걸어보고 싶다는 작은 소망을 여기에 적어본다.

2024.10.31. 무안 남악에서

도ㅇ가ㅇ 기ㅁ조ㅇ호